失踪当時の服装は

ヒラリー・ウォー

1950年3月。アメリカのマサチューセッツ州にあるパーカー・カレッジの一年生，ローウェル・ミッチェルが失踪した。彼女は美しく成績優秀な学生で，男性とのうわついた噂もなかった。地元の警察署長フォードが，部下とともに捜索にあたるが，姿を消さねばならない理由も，彼女の行方もまったくつかめない。事故か？　他殺か？　自殺か？　雲をつかむような事件を，地道な聞き込みと鋭い推理・尋問で見事に解き明かしていく。アメリカ・ミステリ界を代表する巨匠が，捜査の実態をこの上なくリアルに描いた警察小説の里程標的傑作，新訳決定版！

登場人物

マリリン・ローウェル・ミッチェル……パーカー・カレッジの女子学生
ペギー・ウッドリング
ヒルダ・ガンサー
マーリーン・ビーチャー
……ローウェルと同じ寮の友人
シャーウッド夫人……ローウェルの寮の寮母
ジェームズ・ハウランド……パーカー・カレッジの学長
ミセス・ケニヨン……同、学寮長
ハーラン・P・スワード……同、歴史教師
ロイ・マークル……同、英語教師
ウイリアム・シュグルー……同、科学教師
ボブ・キンケイド
ウォーレン・マイアーズ
ハンク・ウォルトン
ロジャー・ハドリー
ジャック・カーティス
……ローウェルの男友達

チャールズ・ワトソン……………《荷馬車の車輪亭》で会った男
カール・ビーミス・ミッチェル……ローウェルの父親
フランク・W・フォード…………ブリストル警察署長
バート・K・キャメロン…………同警察署巡査部長
ジョン・モンロー…………………私立探偵
デヴィッド・マクナリー…………地区検事

失踪当時の服装は

ヒラリー・ウォー
法 村 里 絵 訳

創元推理文庫

LAST SEEN WEARING...

by

Hillary Waugh

失踪当時の服装は

ダイアナに
そしてルース、コーニィ、ノラ、ジョーン、カーターに

一九五〇年三月三日　金曜日

この日、マサチューセッツ州ブリストル郡にあるパーカー・カレッジの一年生で、十八歳になる美しい娘――マリリン・ローウェル・ミッチェルは、正午の歴史の授業に出席した。そして授業が終わると、教卓のところに行って教師のハーラン・P・スワードと話をした。その数分後、彼女は校舎をあとに、ひとり歩いてランバート別館に戻ったものとみられている。

ルームメイトのペギー・ウッドリングが教科書を置きに部屋に寄ったとき、ローウェルはベッドに横たわっていたという。片方の腕を顔の上に乗せて仰向けに寝ていた彼女は、ブルー・ジーンズに白いシャツ、踝丈《くるぶしたけ》のソックスにスニーカーという、普段の恰好のままだった。彼女はチャイムが鳴っても起きあがろうとはせず、昼食を食べにいくのはやめておくとペギーに話した。気分がすぐれないというのが、その理由だった。たいしたことはないが、お腹も空いていないし、しばらく休んでいることにすると、彼女は言ったのだ。

役に立てることは何もないと判断したペギーは、階下の食堂に行って金曜日のお決まりの昼食——魚のフライと、茹でたジャガイモと、コールスロー——を急いで平らげ、談話室で煙草を一本吸い、届いていた手紙を読んだ。そして、教科書を取りに部屋に戻ってみると、ローウェルの姿は消えていた。

それでも、このときは少し驚いただけだった。ペギーが疑念を抱きはじめたのは、動物学の授業から戻って部屋に誰もいないのを見たときだ。そして、夕食の時刻になってもローウェルが帰ってこないと、彼女はいよいよ当惑を覚えた。

ランバート寮は、ヴィクトリア様式の建物三棟から成っている。ランバート別館はその一棟で、他にランバートA館とランバートB館がある。A館とB館はかなり大きく、それぞれに二十五名ほどの女学生が入っているが、〝アン〟と呼ばれている別館《アネックス》は、それよりもこぢんまりとしていて、寮生は一年生ばかり六名きり。その他に教員のヴァージニア・グレンフェルと、この館に食堂があるため、ふたりの調理師とメイドがひとり暮らしている。

ペギーは、同じアンに住むヒルダ・ガンサーとマーリーン・ビーチャーと夕食をとった。そして三人で話した末、ローウェルは医務室にいるにちがいないという結論に達した。「ミッチは生死に関わるような病気にかかってるのかもしれないわ。それをみんなに内緒にしてるんじゃないかしら」マーリーンが言った。

しかし、夕食後にリンゴとクッキーを持って医務室を訪ねた三人は、そこにローウェルがいないことを知って、心底驚くことになった。不安な思いがよぎりだしたのは、このときだった。

それでも、アンの二階に戻った彼女たちは、部屋を調べてみていくぶんほっとした。クロゼットを覗いたヒルダが、ローウェルが身に着けていたジーンズとシャツとソックスが洗濯袋のいちばん上に押し込まれているのを見つけたのだ。スニーカーも床に置いてある。つまり、着替えたということだ。わざわざ着替えたとなれば、スカートにはきかえたにちがいない。パーカー・カレッジでは、学生がジーンズで構外に出ることを禁じている。ローウェルは、スカートをはいてどこかに出かけたのだ。ならば、自分の行き先は心得ていて、すぐには戻れないこともわかっていたはずだ。

三人は階下におりて、外出表に目をとおしてみた。十二時の門限までには戻るが、帰りが十時半を過ぎる場合、寮生はこの表に署名をして出かける決まりになっている。ローウェルの名前は見つからなかったが、だからといってたいした意味はない。寮生の数が少ないアンでは規則はさほど重んじられていないし、若いミス・グレンフェルはうるさいことは言わないし、A館にいる寮母のシャーウッド夫人も滅多に見まわりにこない。だから、寮生たちは帰寮時に署名をすることも度々あったし、ときにはそれすらせずにすましてしまう。

このあと、マーリーンとペギーはダブル・デートに出かけた。その相手は、ブリストルから北に九キロ半ほど離れたルート19沿いにあるカールトン・カレッジの学生で、一九三六年型ビュイックに乗って八時頃に迎えにきた彼らは、ふたりを街道沿いの《丸太小屋》という店に連れていった。ふたつのカレッジのちょうど中間あたりに位置するこの店は、その名にもかかわらず漆喰《しっくい》とコンクリートでできていて、照明は仄《ほの》暗く、内装が洒落ていて、生演奏で踊れる上に、学生が酒を注文しても「おいくつですか?」と尋ねたりはしない。アンで暮らしている別のふたり――パティ・ショートとサリー・アンダースは、外泊届けを出して、イェールとプリンストンで開かれる週末のダンス・パーティに出かけていたため、ひとり残ったヒルダはA館でブリッジをして過ごした。そして当直番を引き受けていた彼女は、十時半になるとアンに戻って談話室で宿題を始めた。

十二時五分前、外のポーチから笑い声と話し声が聞こえてきた。十二時一分前になると、ヒルダは立ちあがってポーチの灯りを一度消し、またつけて宿題に戻った。間もなくペギーとマーリーンが入ってきて、玄関の鍵をかけた。ヒルダは教科書を置いて立ちあがり、ふたりに声をかけた。「お帰り。どうだった?」

「操り人形と踊ってるみたいだったわ」ペギーは顔をしかめてそう答えると、コートを脱ぎながら尋ねた。「ミッチは戻ってるの?」

ヒルダはローウェルのことを完全に忘れていた。「まあ、たいへん。まだ戻ってないわ! ええ、戻ってないと思う」

三人はまず顔を見合わせ、階段を駆けあがって長い廊下を進み、ペギーとローウェルがふたりで使っている奥の広い部屋へと入っていった。物音ひとつしないし、真っ暗だった。灯りをつける前から、そこに誰もいないことはわかっていた。

「あとで呼びだされることになるでしょうね」マーリーンがそう言って、ふたりをぎょっとさせた。

「病院に電話をかけてみたほうがいいんじゃないかしら?」ペギーが言った。

「無駄よ」ヒルダは答えた。「病院に運ばれたなら、向こうから連絡があるはずだわ」

「でも、何かするべきよ!」

ヒルダは唇を引き結んだ。廊下を引き返して階段をおりる彼女のあとに、ペギーとマーリーンがついてくる。ヒルダは防風扉を開け、ポーチに出て外を見わたした。生け垣のあいだからメープル・ストリートまでのびている曲がりくねった小径《こみち》に、人の姿はなかった。小径の脇の地面に積もって凍った雪が、生焼けの薄っぺらいワッフルのように見えている。隣の《テイラー・ハウス》の灯りは消えているし、通りの向こうの《ブリストル・イン》も真っ暗だ。芝生に生えているオークの大木の枝をとおして射し込む街灯の明かりが、雪の上でちらちらと躍っている。スピードをあげて走り去っていくタクシーが一台。頭上では星が冴えざえと輝いていた。

冷たい夜に吐きだされるヒルダの息が、白く見えている。彼女はしばし、静まり返った通りに目を走らせていた。そのあと中に入って玄関の鍵をかけたヒルダは、震えていた。「ミス・グレンフェルに話しましょう」彼女の言葉に、他のふたりがうなずいた。

クリーム色に塗られたドアを二度叩くと、ミス・グレンフェルが眠そうな声で応えた。

「なんのご用？」

ヒルダはドアに頬をあてた。「ローウェル・ミッチェルが、まだ戻っていないんです。お昼から、誰も姿を見ていません」

「何時です？」

「十二時十五分過ぎです」

古いベッドが軋《きし》んで、ドアの下の隙間から明かりが漏れてきた。そして間もなく、布が擦《こす》れる音につづいて鍵がまわる音が聞こえた。戸口にあらわれた二十六歳の黒髪の美女――ミス・グレンフェルが、バラ色の化粧着のサッシュを結びながら、眠気を払おうとするかのように緑色の目をしばたたいた。「ローウェルの姿が見えないと言いましたね？　いったい何があったんです？」

気分がすぐれないと言っていたローウェルが、自分たちが昼食を食べているあいだに部屋から姿を消し、そのまま帰ってこないのだと、ペギーが答えた。「どのくらい具合が悪かったのかはわかりません。ミッチは感情を表に出さない質《たち》なんです」彼女はそう言って話を結んだ。

「自宅に帰ったのかもしれませんね。ブルー・カードは出ていないんですか?」

「ブルー・カード! そうよ、ミッチはブルー・カードを出しているにちがいないわ」

ランバート寮では、学生の所在を確認するための外泊届けをブルー・カードと呼んでいる。外泊する者は寮母の前で、このカードに行き先と宿泊先と帰寮予定日時を記入して、提出しなくてはならない。ローウェルから外泊の予定について聞いていなかった彼女たちは、ブルー・カードを調べることなど、このときまで思いつきもしなかった。「急に思い立って、一時半の列車に乗ったのかもしれないわね」ヒルダは言った。

「きっとそうですよ」ミス・グレンフェルがうなずいた。

「でも……」ヒルダは、ためらいを覚えながらつづけた。「確かめてみたほうがいいと思います。念のために」

ミス・グレンフェルが唇をすぼめた。「シャーウッド夫人を起こすのは気がひけます。たぶんローウェルは体調がすぐれなくて、週末を自宅で過ごすことに決めたんでしょう」

「外泊することにしたなら、ミッチはブルー・カードを出していったはずです」ペギーが言い張った。

「ええ、まちがいなくそうしたでしょう」ミス・グレンフェルは、少し間を置いてつづけた。

「でも、そうね、確かめてみるべきね」

「ええ、そのほうがいいと思います」ヒルダは、はっきりと言った。

ミス・グレンフェルがうなずいた。「ちょっと待っていてください」彼女はそう言うと、着替えるためにドアを閉めた。

三月四日　土曜日

しかし、ローウェルはブルー・カードを提出していなかった。眠っていたところを起こされて応対に出た寮母のシャーウッド夫人は、きっぱりと否定した。戸口に立った彼女は、長身で白髪《はくはつ》。骨太のふくよかな身体をコットンの寝間着で包み、その上に細かい柄の入った青い化粧着をまとっていた。「なぜそんなことを訊くんです？」シャーウッド夫人が尋ねた。

「何があったんですか？」

ミス・グレンフェルが事情を話した。

それを聞くうちに寮母の眉がくもってきた。確信が揺らいでいるのだ。「わたしの勘ちがいかもしれません。確かめたほうがよさそうですね。忘れている可能性もあります。入ってください」彼女は先に立って書斎と居間を兼ねた広い部屋に入っていった。頭上の灯りに照らされたその部屋の壁紙は中間色で、様々な向きの高速帆船が描かれていた。書き物机の前の華奢《きゃしゃ》な椅子に腰掛けたシャーウッド夫人が、抽斗《ひきだし》を開けた。「この週末は、ブルー・カードの記入にやってくる学生がいつもより多かったんです。それで覚えていないのかもしれません」彼女は二十枚ほどのカードの束を取りだすと、ゴムバンドをつけたまま、丁寧に一枚ずつめくっていった。

「ありませんね」シャーウッド夫人はゆっくりと首を振って、カードの束を脇にどけた。「ローウェル・ミッチェルの外泊届けは出ていません。いったいどういうことでしょう？」

しばらく何を見るともなく机の上を見つめていた彼女が、別の抽斗から謄写版《とうしゃ》で印刷された紙を取りだした。下に向かってその記載をたどっていた指が、真ん中あたりでとまった。シャーウッド夫人はもう片方の手で膝の上に電話を載せると、0をダイヤルして待った。

ミス・グレンフェルがパイプに巻き煙草をさして火をつけた。ヒルダも自分の煙草に火をつけ、目の前のコーヒー・テーブルに置かれた灰皿に灰を落とした。シャーウッド夫人が言った。「交換ですか？　指名通話で、カール・ビーミス・ミッチェル氏に繋いでください。住所は――」彼女は印刷された紙を覗きこんだ。「フィラデルフィアのエヴァーグリーン・アヴェニュー五六〇番地。電話番号は、WH―一七一一です」シャーウッド夫人の指が机を小さく叩いている。

ヒルダはせわしく煙草を吸いつづけた。ペギーは蜂蜜色の巻髪をひねり、マーリーンは膝に置いた手をもぞもぞと動かしている。ミス・グレンフェルは長椅子にゆったりと腰掛けて鼻から少しずつ煙を吐きだし、それが天井に届いて扇形に広がっていくのを眺めていた。

「ミッチェル氏でいらっしゃいますか？」シャーウッド夫人の声は、耳障りなほど高くなっていた。「パーカー・カレッジのランバート寮で寮母を務めておりますシャーウッドです。お嬢さまはお宅に？……そうですか……いいえ、たいしたことではありません。お昼には確かにいらしたんですが、他の寮生たちが昼食をとっているあいだに出かけたようなんです……ええ、もちろん無事にちがいありません。おそらくやむを得ない事情があって、帰寮が遅れているのでしょう……いいえ、まったく見当がつきません……ええ、すぐに捜索を始めます……はい、何かわかり次第おしらせします……はっ？　わかりました。もちろんけっこうです……心配する理由は思い当たりません。たぶん深刻にとらえるようなことではないのでしょう……わかりました。きっといいしらせをお伝えできると思います……おやすみなさい。はい、そうですね。それでは、これで……」

シャーウッド夫人は机の上に戻した電話機を見つめていた。「自宅には帰っていないそうです」そう告げた彼女の声には恐怖の色が滲《にじ》んでいた。「あした、ミッチェル氏がおいでになるそうです」彼女は化粧着のポケットからティッシュを取りだし、眉に浮きだしている汗をそっと拭《ぬぐ》った。

マーリーンが叫んだ。「ああ、なんということかしら！　いったいどうしたらいいの？」

シャーウッド夫人がずんぐりとした指で別の番号をダイヤルした。受話器を耳にあてた彼女の手は、見てわかるほど震えていた。「ケニヨン先生でいらっしゃいますか？　ランバート寮のシャーウッドです。たいへん深刻な問題が起きています。寮生がひとり、行方不明になっているんです」相手の話を聞きながら小さくうなずいている彼女のただでさえ青白い顔が、明るすぎる照明の下で灰色に見えている。「名前はローウェル・ミッチェル」彼女が急に大声になって言った。「別館の寮生です。昼から姿が見えなくなっているようです……いえ、自宅には帰っていません。今、電話をしたところです……親御さんが、あしたおいでになるそうです。すぐにこちらにいらして対策を講じていただいたほうがよろしいかと思います。いらしていただけないなら、警察に連絡するしかありませんね」敷物を見つめるシャーウッド夫人の指が、またも机を叩きはじめた。「けっこうです。別館でお待ちしています」彼女はそう言って電話を切った。

そのすぐあと、よろけながら立ちあがったシャーウッド夫人が椅子をつかんで言った。「あなた方も別館に戻っていたほうがいいでしょう。学寮長が話を聞きたがるでしょうからね。わたしも着替えてすぐに行きます」

四人は無言のまま寮母の部屋をあとにした。どうかしたのかと尋ねかけてきた寮生に、廊下を歩きながらペギーが答えた。「ミッチの姿が見えないのよ。どこに行ったのか、誰も知らないの」別館に戻った彼女たちは、コートを着たまま談話室に坐って待った。やってきたシャーウッド夫人は、鍵を締めずにたわんだ椅子の端に腰掛けると、じっと宙を見つめはじめた。

やがて、学寮長のミセス・ケニヨンが乱暴にドアを閉める音が聞こえてきた。靴の上に履いた防水靴を廊下で蹴り捨てて談話室に入ってきた学寮長は、重いコートを脱ぐとポケットから手帳を取りだした。背が高くて威圧的なミセス・ケニヨンは、ぶっきらぼうな印象の男っぽい女性で、白いものがまじった髪を短く切り揃えている。彼女はそこにいる者たちに背を向けたまま、椅子に掛けた自分のコートに問いかけるかのように、最初の言葉を発した。

「まだ戻っていないのでしょうね。それで、名前は？　もう一度、聞かせてもらいましょう」

「ローウェル・ミッチェルです」シャーウッド夫人が答えた。

「マリリン・ローウェル・ミッチェルです」ヒルダは正した。

振り向いて腰をおろしたミセス・ケニヨンが、手帳のページの上のほうに素早く名前を書き留めた。「ミス・ミッチェルの今日の行動をすべて話してください。起きた時間は？」

「七時十五分過ぎです」ペギーが答えた。「いっしょに起きて朝食を食べました」

「何か変わった様子は？」

学生たちは首を振った。

「ふつうだったと？」

ペギーがためらいがちに答えた。「いくぶん黙りがちだったような気がします」

「ミス・ミッチェルは、何か悩みを抱えていたのですか？」

「そうだったのかもしれません」

「ああ、はっきり答えなさい。いい加減にしてほしいですね。ミス・ミッチェルはここから出ていって、それきり戻っていないんですよ。朝食をとりながらも、何か考えていたにちがいありません。彼女は、この外出のことを考えていた。そうは思いませんか？」

「ええ……たぶん」

「よろしい。そう、あなた方は、いっしょに朝食をとった。それから？」

「わたしは部屋に戻って、十時の授業の予習を始めました」

「あなたが何をしたかなど興味はありません。ミス・ミッチェルが何をしていたか訊いているんです」

「出かけたようです。行き先はわかりません」

「何時に？」

「八時を少し過ぎた頃でした。教科書を持って出ていったんです。そのあとは――」

「ミス・ミッチェルの最初の授業が始まるのは何時だったんですか？」

「九時です。ローウェルは生物科学の講義に出ていました」

「九時にはハンコック・ホールにいたということですね」ミセス・ケニヨンは顔をしかめ、手帳に何かを書き込んだ。「それまでどこにいたんです？」

「わかりません」

「九時の授業に出席するのに、八時に部屋を出た。それなのに、あなたは何も尋ねなかったんですか？」

「尋ねませんでした。A館に行って、予習をしたり誰かとおしゃべりをしたりして過ごすんだろうと思っていましたから」

「あなた方はうまくいってなかったんですか？」

ペギーはきっぱりと首を振った。「とてもうまくいってました。ただ、ローウェルはどちらかというとおとなしいタイプで、自分の行動や考えを何もかも話すということはありません」

「そのようですね」ミセス・ケニヨンが硬い口調で言った。「それにしても、若い娘らしい好奇心はあるでしょう。ええ、あなた方は穿鑿《せんさく》好きではないのかもしれません。でも、友達の様子が妙なことに気づきながら、なんの注意も払わなかったというあなた方の言葉を、そのまま信じるわけにはいきません」

沈黙が漂う中、ミセス・ケニヨンの鋭い眼差しがひとりひとりに向けられていった。しかし、それに応える者は誰もいなかった。学寮長は姿勢を変えて手帳に何か書き込むと、苛立ちもあらわに言った。「いいでしょう。次にミス・ミッチェルを見かけたのは誰です？」

ペギーだった。彼女は昼にふたりが会ったときのことを話した。あのときローウェルは具合が悪そうで、そのあと突然姿を消してしまったのだ。

ミセス・ケニヨンが他の者たちに目を向けた。「あなた方はミス・ミッチェルを見かけなかったんですね？」

全員がうなずき、ヒルダが答えた。「昼食のあとでペギーが様子を見にいったら、部屋にいなかったんです」

学寮長はペギーに向きなおった。「具合が悪そうだったということですが、いったいどこが悪かったんです？」

「わかりません」

「尋ねなかったんですか？」

「はい」

ミセス・ケニヨンの引き結んだ唇が、白くなって細い線のように見えている。「あなた方ほど、人に無関心な女性に会ったことはありません。それでも考えはあるでしょう。どこが悪そうに見えましたか？」

「ええと……たぶん……月のものではないかと」

「いつもそんなふうなのですか？」

「いいえ」

ミセス・ケニヨンは鼻を鳴らした。「これまでそんなことは一度もなかったのに、具合が悪そうな彼女を見て、それが原因だと思った。そういうことですか？」

ペギーが顔を赤らめて答えた。「どこが悪いのかなんて、わたしにはわかりませんでした。

月のもののせいでないなら、おそらくローウェル自身にも原因はわかっていなかったと思います。彼女はただ『気分がすぐれない』と言ったんです」

「それで、深刻なものではないと思ったと？」

「はい、そのとおりです」

ミセス・ケニヨンが蝶番《ちょうつがい》ひとつで枠に繋がっている扉のように、身を折って手帳に書き込みをした。そして、そのあと彼女はローウェルが出かけた理由について尋ねた。しかし、その質問に答えられる者はいなかった。「ミス・ミッチェルとあなた方は、ほんとうにうまくいっていたんですか？」

「ええ、とてもうまくいってました」ヒルダが答えた。「彼女はみんなにとても好かれています」

「いいでしょう。それで、ここには何人の学生が？」

「六人です」

「他の者たちはどこにいるんです？」

「週末の外泊で、今はここにいません」ヒルダが答えた。

「なるほど。その者たちも含めて、あなた方はみんな仲がいい？」

「ええ、とても。もちろん、口論になることはありますけど、深刻なものではありません。それに、わたしが知るかぎり、ローウェルは喧嘩など一度もしていないはずです」

ミセス・ケニヨンが、ミス・グレンフェルのほうを向いた。「それについて、あなたの考えを聞かせてもらいましょう」

ミス・グレンフェルは、学寮長が何を考えているのかに、このとき初めて気づいたようだった。「ヒルダの言うとおりです」彼女は落ち着いた様子で答えた。「ただ、ローウェルは控えめな子で、内に秘める質《たち》なんです。でも、それは付き合いにくいという意味ではありません。みんなにとても好かれているようです。感情をあらわにしないというだけのことです」

「それはたいへん興味深いですね。そういうことなら、友達への怒りを自分の中でたぎらせていた可能性も大いにあります。それが限界に達して、我慢できずに出ていったのではありませんか？」

「そんなことは絶対にありません」ペギーがきっぱりと否定した。「わたしは同じ部屋で暮らしてましたから、ローウェルのことはここにいる誰よりもわかっているつもりです。彼女がそんなふうに感じていたなら、わたしが気づいたはずです。ローウェルはわたしたちを好いているし、ここでの暮らしが気に入っています。わたしたちだって、みんな彼女のことが好きなんです。ローウェルはわたしたちに何も言わずに出ていったりはしません」

「でも、出ていったんです」ミセス・ケニヨンが事実を思い出させた。

「何か別の理由があるはずです。絶対に」

「犯罪に巻き込まれたのかもしれないわ」マーリーンが言った。「誘拐されてしまったんじゃないかしら？」

「馬鹿なことを言うものではありません」ミセス・ケニヨンがぴしゃりとたしなめた。「ミス・ミッチェルが自分の意思で出かけていったことはあきらかです。自分が何をしているのか、わかった上での行動としか思えません。この裏には理由があるはずです。それがなんなのか突きとめるために、わたしがこうしてやってきたんです。あなた方の話がほんとうで、寮生のあいだに不和は存在しなかったというなら、何か別の理由があったんでしょう。さあ、よく考えてください。ミス・ミッチェルが自活の意思を仄《ほの》めかしたことは、ありませんでしたか？」

その問いに全員が首を振った。

それを見た学寮長はきつい口調で迫った。「夢は？　ミス・ミッチェルは、人生に何を望んでいるんです？」

ペギーが瞳をくもらせて唇を噛んだ。「たぶん、結婚して……家庭を築くことを望んでいるんだと思います」

「だったら、駆け落ちをしたんでしょう」

「いいえ、それはちがいます。結婚にそこまで強い願望を抱いているわけではありません。ローウェルが望んでいるのは、ふつうの暮らしです。カレッジを卒業して、一年か二年働いて、そのあと結婚する……」

「仕事の経験は？」

ペギーが肩をすくめてみせた。「去年の夏、ウエイトレスのアルバイトをしていました」

「ウエイトレスになるために出ていったとは考えられません」ミセス・ケニヨンは言った。

「残る可能性はただひとつ。見かけ以上に結婚を望んでいたにちがいありません。シャーウッド夫人、ミス・ミッチェルが自宅に戻っていないとわかったあと、男友達に連絡してみましたか？」

「男友達に？　いいえ」

「ミス・ミッチェルは誰と付き合っていたんです？」

ペギーが答えた。「そういう相手はいません」

「馬鹿なことをおっしゃい。一度もデートをしたことがないとでもいうんですか？」

「デートは何度かしていたようですけど、特定の相手はいません」

「思いを寄せている相手はいるはずです」

マーリーンが言った。「イェールの二年生と何度かデートをしていました。でも、大学のダンス・パーティには招かれなかったようです。もしかしたら、そのことと関係あるのかもしれないわ」

「大いにあり得ますね。その学生の名前は？　イェールのどこに住んでいるんです？」

「名前はロジャー。それ以外は何も知りません」

ペギーが言った。「姉はハドリーだったと思うけど、確かではありません。でも、その人とデートをしたのは、わたしの知るかぎり二回きりです。それに、ダンス・パーティに誘われることなんて、ローウェルは少しも期待していませんでした」

「いちばん頻繁にデートしていた相手は？」

「ああ……わかりません。でも、ジャック・カーティスというハーヴァードの学生と、何度か出かけていたのは知ってます。度々会うカールトン出身の男の子もふたりいるみたいです。名前はボブとウォーレン……名字は覚えていません。それに、もちろんブラインド・デートにも何度か行ってました」

「それなのに、誰がいちばん好きかは打ち明けなかったと？」

「ええ。でも、秘密にしていたわけではありません。ただ、話すほどのことではないと考えていたんだと思います」

ミセス・ケニヨンが、鉛筆のおしりの消しゴムでこつこつと歯を叩いた。「その男の子たちと連絡をとる方法はありますか？　ミス・ミッチェルの住所録は？」

「あると思います。簞笥《たんす》の抽斗に入っているんじゃないかしら」

学寮長は立ちあがった。「わかりました。ここにいても時間の無駄です。とにかく、ミス・ミッチェルの部屋を見せてもらいましょう」

一同はローウェルとペギーの部屋に移動した。その部屋は別館の中で最も広く、三方に窓があり、床には大きな擦り切れた敷物が敷かれている。ふたりそれぞれのベッドと机と化粧簞笥に、ふかふかの椅子が二脚。ローウェルのベッドの傍《かたわ》らには柳細工の椅子が一脚置かれていて、窓辺には蓄音機が載ったテーブルがあり、ドアの横には洗濯物掛けが、そして簞笥の反対側には大きなクロゼットが設《しつら》えてある。ペギーは自分のベッドに、他の者たちは椅子に腰掛けたが、ミセス・ケニヨンだけは腰をおろさずにローウェルの簞笥の前に立った。

いちばん上の抽斗を開けて靴の箱を取りだした学寮長の目が輝いた。箱の中に貴重なものが入っていたのだ。「日記です」彼女は大きく息を吐いた。「なんと、まあ……」

シャーウッド夫人が申し訳なさそうに咳払いをした。「ケニヨン先生、あの……ええと……わたしたちには、ローウェルのプライヴァシィを侵害する権利はないと思うのですが」

ミセス・ケニヨンは赤い革の表紙を愛おしげに撫で、赤ん坊を揺りかごに寝かせるかのように、日記帳を化粧簞笥の上にそっと置いた。「わたしは、人のプライヴァシィを尊重しています」日記のほうを向いたまま、学寮長が言った。「相手が若い娘であっても、それは同じです」彼女は誰の目からも見えるその場所に日記を残して、クッキーが入った瓶から離れる小さな子供のように渋々振り向くと、腹に押しつけるように靴の箱を片手で抱えて、その中身を検《あらた》めはじめた。雑貨屋《ウールワース》のカウンターに置かれているような、黒い合皮製の小さな住所録が一冊。その下に、束ねられた家族からの手紙と、それとは筆跡の異なる手紙が二、三通、重ねてあった。差出人はハーヴァード大学のJ・カーティスと、イェール大学のR・ハドリーと、リーハイ大学のH・ウォルトン。それぞれに、二月二十八日と二月七日と二月二十三日の消印が捺《お》されていた。

ミセス・ケニヨンは手紙を手に取って、扇形に広げた。「手紙の遣り取りをしている男友達は、三人きりですか？　他にミス・ミッチェルが手紙を書いている相手は？」

「何人かいます」ペギーが答えた。「でも、返事を出した時点で、処分しているんだと思います」

ミセス・ケニヨンはローウェルの机の前に坐ると、親指で住所録のページをめくりはじめた。そこに記された名前は二十五名ほど。十名が男友達で、残りが女友達と親戚だった。学寮長は黒い住所録を靴の箱に戻し、腕時計に目を向けてつぶやいた。「二時五分」それから声をあげて、さらにつづけた。「連絡もなければ、自宅に戻ってもいないし、外泊届けも提出していない」彼女は中身を読みたそうに封筒をいじっていたが、それで得られるものは何もない。糊の残った接着部分が指にくっついただけだった。ミセス・ケニヨンはため息をついて立ちあがった。「わたしが責任をとります。ミス・ミッチェルがどこにいるのか、その答はこの日記の中にあるはずです。読んでみましょう」異議を唱える者はいなかった。学寮長は鍵をはずそうとした。しかし、鍵など使うまでもなく日記帳は開いた。一九四七年から五一年用の五年連用日記だった。「ミス・ミッチェルは人を疑うことを知らないんでしょうね」ミセス・ケニヨンが言った。「誰でも手に取れる場所に、鍵もかけずに日記をしまっておくとは驚きです」自分も盗み見たことがあると、そこにいる全員が告白するのを期待しているかのように周囲に鋭い眼差しを向けたが、かすかに非難の色を含んだ沈黙が返ってきただけだった。学寮長はローウェルの机に凭《もた》れて先週の記載を黙読し、じっと考え込んだ。

『二月二十七日　月曜日――ゴルフの腕があがったとミス・メリマンは言ってくださるけれど、自分ではどこがよくなったのかまったくわからない。みんなはどうしてあんなにうまくプレイできるんだろう？　また英語の宿題が出た。来週の月曜日までに、シャーウッドの作品〈若き日のリンカーン〉をもとに、時代を超えて支持されるエイブラハム・リンカーンの人格と言葉について書かなければならない。でも、今取り組んでいる〈リチャード・フェヴエレルの試練〉がテーマの宿題よりは、ずっとおもしろそうだ。うちから手紙が届いた。メリッサが中間試験で、Aを四つとBをひとつ取ったと書いてある。「わたしもよ」と言えたらどんなにいいだろう。おまけに先週末、あの子はプリンストン大学の学生とデートをしたらしい!!!　夜、散歩に出た。水曜日に提出する宿題を終わらせるべきなのはわかっていたけれど、あしたすればいい。

二月二十八日　火曜日――あの実験で評価が決まるのでなかったら、生物科学はAだったにちがいない。たぶん、わたしには実践を重んじる気持ちが欠けているのだ。それはわかっている。スペイン語と英語は難しくないけれど、数学はお手上げだ。やっと英語の宿題が終わった。でも、清書がすむ前に、ヒルダとパティとサリーに誘われてブリッジを始めてしまった。意志薄弱なる者……汝の名は女なり。だから、あした大急ぎで仕上げなければならない。でも、歴史の授業は休めない。また遅れている。何か思い切った行動に出る必要があるのかもしれない。

三月一日　水曜日――今日、スペイン語の授業から戻ったら、ジャックからの手紙が届いていた。それで、わたしが喜ぶとでも？　正直なところ、最近は男子学生がものすごく子供っぽく思えてしまう。口にするのは試験のことや、吐かずにどれだけビールを飲めるかなんていうことばかり。少し前までそんな話を聞いてときめいていたなんて、おかしくてたまらない。何も起こらなかった。でも、それがいちばんよかったのかもしれない。ジャックのような誰かと結婚するなんて想像してみて！　悪いけれど、わたしの好みはもっと大人の男性だ。若い男の子の世話を焼くなんて勘弁してほしい。英語の宿題は、ぎりぎりで間に合った。夜、図書室で堪えられなくなるまで調べ物をした。それから部屋に戻って、眠るところだったペギーを説きつけ、ブリッジでひと勝負した。

三月二日　木曜日――今日は生物科学の講義と、スペイン語と歴史の授業があった。なぜ勉強をするのだろうと不思議に思うことがある。学んだことを使う機会なんて、きっとない。そう、少なくともわたしは使わない。今は、それがはっきりとわかる。午後、家族に手紙を書いた。そして、ペギーとサリーとマーリーンとおしゃべりをした。なんとその話題は、結婚前のセックスについて。女性が結婚前にそういう体験をするのはいいことだと、マーリーンは考えているようだ。理論の上の話だけれど、そのほうが旦那さまとの初夜がうまくいくというのだ。「そんなことをしたら、旦那さまに疑われるんじゃないかしら」とサリーが言うと、マーリーンは「男はみんなしてるんだから、女だってしていいはずよ」と返した。でも、彼女にそれを試す気がないことはわかっている。そのあと、婚約者とだったら――あるいは〝お試し結婚〟は――どうだろうという話になった。ペギーは絶対反対らしい。男を結婚に駆り立てるにはセックスという鞭が必要だと、彼女は考えている。だから、結婚前に関係を持ってしまったら、女は指輪を手にすることができなくなるというのだ。わたしは何も言わなかったけれど、もちろんペギーは悲観的すぎる。賭けてもいい。結婚前に寝ているカップルはおおぜいいる』

その日の記載が最後だった。ミセス・ケニヨンは、落胆顔でぴしゃりと日記帳を閉じると鍵の部分をカチリといわせ、乱暴に靴の箱に戻した。

「何か手掛かりになるようなことでも……？」シャーウッド夫人が怖ずおずと尋ねた。

「いいえ。それでも、前もって計画していたわけではないということだけは、はっきりとわかりました」ミセス・ケニヨンは弁明しようともせずに、喧嘩腰ともとれる口調で、三人の男友達からの手紙を読むと言い放った。しかし日記同様、手紙も彼女をがっかりさせただけだった。ハドリーとカーティスからの手紙は、いかにも友人らしい気楽なもので、それぞれの活動について書かれているだけで、デートの誘いめいた文も愛の言葉も見つからなかった。

もう一通の差出人であるH・ウォルトンは、ローウェルがフィラデルフィアにいたころからの知り合いだった。共通の友人たちの最近の様子が書かれたその手紙には、『三月十七、十八、十九日の週末に父の車を借りられそうだから、そちらを訪ねてもいいだろうか？』とあって、『愛を込めて　ハンク』と署名されていた。

ミセス・ケニヨンは嫌悪の色を浮かべて手紙を箱に戻し、不満げに言った。「なんの役にも立ちませんね。ハンク・ウォルトンというのは何者です？　誰か知りませんか？」

「故郷のお友達です」ペギーが答えた。「去年の秋には彼が週末に訪ねてきたし、ローウェルが週末を利用して向こうにフットボールを観にいったこともありました。クリスマスのお休みにも会ったようですけど、そのあとは一度もデートしていません」

ミセス・ケニヨンの黄緑がかった灰色の目がくもってきた。もう話を聞いてはいないようだった。彼女はまたも箱に手を入れて、ローウェルの住所録を取りだした。「これはわたしがあずかっていきます」学寮長はきっぱりとそう言うと、箱を箪笥のいちばん上の抽斗に戻した。「さて……。ミス・ミッチェルのルームメイトは？　あなたですか？」学寮長に長い指を突きつけられて、ペギーは呆然とうなずいた。

「誰もミス・ミッチェルの所有物にふれることがないように、気をつけていてください。あなたもけっしてさわらないように」戸口に立ったミセス・ケニヨンがドアを一気に大きく開くと、全員が立ちあがった。「さあ、下に戻りましょう」

学寮長は先頭に立って階下におりると、談話室で待つよう他の者たちに合図して電話をかけにいった。身元不明の患者が――あるいは死体が――運ばれてこなかったか、《ブリストル病院》と死体公示所に問い合わせる必要がある。しかし、その電話からもなんの収穫も得られなかった。談話室に戻った彼女は戸口に立ち、腰掛けている女性たちを見おろした。「ミス・ミッチェルは気分がすぐれないと言っていたんですね？」彼女は長い指でペギーをさして訊いた。「つわりだったのではありませんか？」

疲労感と不安に苛まれていたペギーは、抑えきれずに少しのあいだ声をあげて笑った。「ローウェルがつわり？　絶対にちがいます」

「あすの朝いちばんに、この住所録に載っている男友達を片端からあたってみますが、この中の誰かといっしょにいるのでないなら、考えられる可能性はただひとつ。堕胎のためにどこかの医者を訪ねたとしか思えません」

ヒルダが言った。「そんなことは、絶対にあり得ません」

ミセス・ケニヨンは、またも指を振り立てた。「このわたしに向かって、あり得ないなどと言ってもらっては困りますよ。若い娘については、あなた方が思っている以上によくわかっているんですからね。シャーウッド夫人――」寮母に注意を向けて学寮長は言った。「ミス・ミッチェルは面倒を抱えていたにちがいありません。残念ながら、これは警察の仕事です。警察の介入は避けたいところですが、あの人たちはそういう類《たぐ》いの医者を知っています。

どこをあたったらいいのか、わたしには見当もつきません」

「ローウェルだって、そんなお医者さまのことなんか知るはずがないわ」ヒルダが憤然と言った。

「必要となれば見つけだすものです。以前にそういう知識があったかどうかなど、考慮しなくてよろしい」ミセス・ケニヨンは姿勢を正し、背筋をまっすぐにのばしたまま身を傾けてコートを取った。「朝になったら、構内警察にカレッジの敷地内を捜索させます。それでも結果が得られず、住所録の男友達をあたっても何もわからないとなったら、厄介なことになるでしょう。そうなったら助けを求めるしかありません……警察にね」学寮長は〝警察〟という言葉を、それが淫《みだ》らな言葉であるかのようにためらいがちに口にした。

それを聞いた寮母のシャーウッド夫人が、身を震わせながら怖ずおずと言った。「地元の医者に電話をしてみては……」

「そんなことをしても無駄です。いいえ、警察に連絡するしかありません。残念ながら、事は公になるでしょう。醜聞《まぬが》も免れません。来年の入学希望者数に影響が出るのは必至です。でも、そんなことは心配しなくてけっこう。あなた方は包み隠さず、警察にすべてを話さなければなりません。気分のいいものではないでしょうね。さてと……わたしはこれで戻りますが、その前に話しておきたいことは？　この問題に関わりがあるかもしれないことで、言い忘れていることはないでしょうね？」

無言のままの三人の寮生に見つめられて、ミセス・ケニヨンの口元の皺《しわ》がさらに深くなった。学寮長は他の人間ならば無作法ともとれる仕草で一同に背を向けると、防水靴を履きに廊下に出ていった。

午前二時四十分のことだった。

土曜日の朝

早朝、雲ひとつない空に顔を出した太陽が、薄雪の残るパーカー・カレッジの構内に青く長い影を投げかけた。風はなく、冷たい夜気が消えていないせいで、気温は日だまりの中でもまだ四・四度、日陰ではマイナス六・六度しかなかった。

間もなく、さらに高く昇った太陽は、《ブリストル・イン》の屋根ごしに斜めに日射しを投げかけてランバート別館の玄関前を照らし、くすんだ黄色に塗られた建物を鮮やかに輝かせて、A館とB館から朝食にやってきた寮生たちの身体を温かく包み込んだ。そんなおだやかさの中、食堂での会話はローウェル・ミッチェルの話題一色になっていた。同じ寮で暮らす仲間が失踪したというニュースが麻疹《はしか》のように寮じゅうに広まった今、いつもならば一日の始まりの食事の席を支配している眠気は、どこかに吹き飛んでしまったようだった。中でも寮生たちの関心は、ローウェルは退学になってしまうのだろうかという一点に集まっていた。よほどの理由がないかぎり、カレッジにとどまるのは難しいだろうというのが大半の意見だった。

構内警察は、まず三棟が三角にならぶランバート寮の裏にまわってパーカー・ロードを横切り、パーカー湖につづく土手をくだっていった。そして艇庫にたどりつくと、その中を徹底的に調べはじめた。ロッカーも物置もすべて扉を開け、階段をのぼってロフトも検《あらた》めた。隣接する休憩所も見落としはしなかったし、磨き込まれたカヌーのあいだにオールを突っ込んで水中を探りもした。そのあと構内警察は、湖の岸から扇形に広がって北のはずれまで続く林を抜け、ホイーラー川の河口を過ぎ、カレッジの敷地の縁にいたるまで徹底的に調べた。そしてダムのほうへと移った一団は、体育館や運動場を利用するときに学生がわたるヒギンズ橋の下を調べ、さらに下流のクイーン・ストリート橋まで捜索の足をのばした。

ハンコック・ホールでは用務員が長梯子《ながばしご》をのぼって天窓を抜け、陸屋根の上を見まわった。そのあと地下におりた用務員は、トイレの個室の木のドアをすべて開けてまわり、段ボール箱の蓋を開け、椅子の上に乗って天袋の中を覗きさえした。図書室ではミセス・シェルドンが係員たちに大急ぎで書庫を調べさせ、川の向こうでは体育主任のミセス・ゴードンが用具の入ったロッカーを開け、大金を投じて新たにつくられたヒギンズ体育館内のプールの電気をつけてもみた。

一時十五分、姿を消した娘の父親である建築家のカール・ミッチェルを乗せた、スプリングフィールド発ボストン行きの普通列車が、ブリストル駅に到着した。列車の踏み段をおりてタクシーを拾いに向かったミッチェル氏の灰色のフェルト帽を被った顔は蒼白で、引き結ばれた唇は細い一本の線のようになっていた。

ランバート寮に着いた彼は、別館の談話室に直行した。そこではジーンズにシャツという出で立ちのヒルダが、マーリーンとペギーとB館からやってきた娘を相手にブリッジをしていた。ミッチェル氏は帽子を脱ぎ、硬い口調で尋ねた。「カール・ミッチェルです。娘のことで何かニュースは？」

ヒルダは急いで立ちあがり、ニュースはないと告げた上で、寮母のシャーウッド夫人がいるA館に彼を案内した。質問を繰り返したミッチェル氏にシャーウッド夫人は首を振って答えた。「まだ何もわかっておりません。ですが、お嬢さまはきっとご無事です。何かが起きて、帰寮が遅れているだけです。そうにちがいありません」

ミッチェル氏は、寮母の言葉に耳を傾けようともしなかった。「それで、どういう捜索が行われているんですか？」

シャーウッド夫人は責められるのを恐れているかのように、青くなって身を震わせた。「学寮長に報告いたしましたので、捜索の指揮はあちらで……」そのあと、彼女はすがるような口調で言った。「学寮長とお話しになりますか？」

「警察は？　連絡したんでしょうね？」

「いえ、それはまだ……。今、構内警察に調べさせているところです」

ミッチェル氏の表情がこわばり、黒い目が怒りのせいで輝いた。「ローウェルが姿を消してから、すでに二十四時間経っている」彼は皮肉めいた口調でつづけた。「あなた方は、どれだけ経ったら警察にしらせる頃合いだと考えるんでしょうね？」

「あなたがおいでになるのを待っていたんです。そのあいだに、お嬢さまが見つかればと思っていました。そうなれば醜聞が立つこともありません」

一瞬、彼の口元が歪んで輝く歯が覗いた。「あの子の部屋を見せてください」

シャーウッド夫人はコートを着ると、ミッチェル氏を連れて別館へと向かった。彼の決然とした歩調に合わせるには、小走りになる必要があった。彼女は息を切らしながら階段をのぼり、先に立って長い廊下を進んでいった。戸口まで来ると、ミッチェル氏が前に出て、誰もいない部屋の中を覗いた。そのときになって、初めて娘が姿を消したことを実感したのだろう。彼の目の中で燃えていた怒りの炎が消え、その顔に絶望の色が広がっていった。部屋の中を見わたした彼は一、二度息を呑み、いくぶん穏やかな口調で寮母に尋ねた。「娘が姿を消したあと、何かにふれましたか？」

「いくらかは……。ゆうべ、ルームメイトがこの部屋で休んでいます。でも、お嬢さまのものにはふれていません。ベッドもそのままになっています」

皺《しわ》の寄ったベッドカバーに目を向けたミッチェル氏の表情がやわらいだ。彼は部屋に入るとベッドの足側に立って、ゆっくりとあたりを見まわした。「あれは、あの子の本ですか？」ドア近くの机の上に置かれた、今にも崩れそうな本の山を帽子で示して、彼が訊いた。

「そうだと思います」

ミッチェル氏は灰色のオーバーに包まれた肩をかすかに動かし、その場に背を向けた。

「学寮長と話がしたい」彼は小さな声で言った。

シャーウッド夫人は階段のうしろにある電話の前にミッチェル氏を案内して、ミセス・ケニヨンを呼びだした。受話器をわたされたミッチェル氏は、名乗った上で尋ねた。「何かわかりましたか？」

その問いに答えた学寮長の声にくもりはなく、口調は決然としていた。「ひとつ手掛かりがつかめました。きのうの朝八時少し過ぎに、お嬢さまらしき姿の学生が湖の北のはずれを歩いているのを見たと、艇庫の管理人が話しています。その学生は、九時になる十分ほど前に戻ってきたということです」

「そんなことがなんの手掛かりになるというのです？　娘が姿を消す四時間も前のことではありませんか」

「わかっています。でも、これできのうの午前中にお嬢さまがどこにいたのか、わかったではありませんか。出欠表を調べてみたところ、お嬢さまはすべての授業に出ていることがわかりました。九時の生物科学、十時のリズム体操、十一時のスペイン語、十二時の歴史。きのうの午前中にお嬢さまが何をしていたのか、これですべてあきらかになりました」

「しかし、一時以降に娘の姿を目にした者は見つかっていない」

「そのとおりです。残念ながら、今のところわかっているのはこれだけです。お嬢さまの住所録に載っている男友達全員に、今朝電話をしてみましたが、行方を知っている人間はひとりもいませんでした。構内の徹底的な捜索でも何も見つかっておりません」

「警察に連絡するべきだと思いますね」

「おっしゃるとおりです。わたしどもでできることは、すべていたしました」

「醜聞が立つことを恐れずに、ゆうべのうちに警察を呼んでほしかった。そうするべきだったんです」

ミセス・ケニヨンは必死で弁解した。「どうか、そんなふうにお思いにならないでください。お嬢さまが戻られて、事が公にならずにすめばと願っていたことは確かです。でも、わたしどもが何よりも望んでいたのは、お嬢さまの無事の帰寮です！　それに、たとえ警察に連絡していたとしても、これまでのところ、今以上の何かができたとは思えません！　時間は無駄にしていないと、はっきり申しあげる自信があります。それでも、この先は警察に頼るしかないでしょう。警察は、わたしどもにはない術《すべ》を持っていますからね。ええ、すぐに警察を呼びましょう」

ミッチェル氏は癖のある白髪まじりの髪に手を滑らせ、送話口に向かって言った。「申し訳ない。感謝知らずの無礼者と思われるでしょう。しかし、ひどく動揺しているんです。もちろん感謝しています。できるかぎりの手を尽くしてくださっていることは、わかっています。警察への通報は、していただかなくてけっこうです。わたしが今、ここから電話します」

彼はうなずいて挨拶の言葉を口にすると指でフックを押しさげ、受話器の向こうから聞こえてくる音に耳をすましたあと、交換手の呼び出し番号をダイヤルした。

ブリストル警察署長で、五十八歳になる白髪まじりのフランク・W・フォードは、電話を受けるとすぐに、バート・K・キャメロン巡査部長と私服警官のドナルド・C・ラシターを事件の担当に割り当てた。まずキャメロンは、ミセス・ケニヨンと構内管理人のエドワード・M・スモールに連絡をとり、ミッチェル氏やシャーウッド夫人もまじえて、ローウェルの部屋に集まることにした。彼はその場でメモをとりながらローウェルの行動に関する情報に耳を傾けていたが、学生が湖の畔《ほとり》を歩いていたという艇庫の管理人の話を聞いて、歯が見えるほど唇を噛んだ。「湖は捜索したんですか?」

「水際だけは、すでに……」ミセス・ケニヨンが答えた。「このあとすぐカヌーを出して、ミス・ミッチェルが沈んでいることを示す何かが見つかるか、試してみるつもりです」

「いい考えだ」キャメロンは感情のこもらない声でそう言うと、ミッチェル氏の表情をそっとうかがった。「ラシターに手伝わせましょう」彼は読むのに苦労しそうな乱暴な字で、手帳にすばやく何か書き込んだ。

ミッチェル氏が言った。「娘が湖に身を投げたかもしれないと考えているなら、それは大きなまちがいです！」

キャメロンは首を振った。「何事も断定はしていません。ただ、あらゆる可能性について調べようとしているんです」彼は坐ったまま背筋をのばし、そこにいる者たちに向かって言った。「誘拐されたわけではなく、自分の意思でここを出ていったということならば、行方を突きとめる最良の方法は、出ていった理由を探りだすことです。成績は？　成績が芳《かんば》しくなくて絶望していたということはありませんか？」

ミセス・ケニヨンが答えた。「それについては調べてみました。どの科目も平均以上。もう少し頑張れば優等賞をとれるほどです。生物科学と体育がCで、英語がBプラスで、歴史がAマイナス。スペイン語はAです。学業においても、人付き合いにおいても、欠点も汚点もまったくありません。わたしが調べたかぎりでは、友達ともとてもうまくいっていたようです」

キャメロンは足の位置を変えて爪先をあげ、前屈みになって一同を見わたした。「ミッチェルさん、お嬢さんは家庭ではどうだったんですか？　家族の誰かと揉めていて、逃れたがっていたということはありませんか？」

ミッチェル氏は首を振った。「そんなことはありません。うちの家族は、珍しいほど幸せな家庭生活を送っています。ひじょうに仲のいい家族です」

「なるほど。そういうことなら、別の動機を探らなければなりませんね」目が眩《くら》むほどぴかぴかに磨かれたミッチェル氏の靴に見とれながら、キャメロンは言った。「お嬢さんが問題を抱えていた可能性は？　つまり、身籠もっていたということはありませんか？」

ミッチェル氏は身をこわばらせて表情を硬くした。「絶対にありません」

「あなたの知るかぎり、異性と関係を持ったことはないと？」

「ないと言ったら、ない」

「仮にそういう問題を抱えているとしたら、これが初めてだということですね？」

「あの子がそういう問題を抱えているなど、絶対にあり得ない」

「そういうことが起きたら、お嬢さんはあなたに打ち明けると思いますか？」

「そんなこと、わかるわけがないでしょう。とにかく、そういう問題は起こらない」ミッチェル氏は横向きになって、キャメロンと向き合った。「巡査部長、あなたは考える筋道をまちがえている。警察の仕事がどういうものかはわかっています。ふしだらな娘をおおぜい見てきたせいで、そういう見方をするようになってしまったんでしょう。つむじ曲がりもいいところです。しかし、信じてもらいたい。わたしはうちの娘をよく知っています。ですから、わたしの言葉をそのまま受け取ってくださってだいじょうぶです。娘が身籠もっているなど、あり得ないことです」

キャメロンはうなずき、手帳に『否定』と書き込んだ。そのあと彼は言った。「そうなると動機が見当たらない。何から調べたらいいものか、見当がつきませんね。公開捜査に踏み切って、情報を募る以外ないでしょう」彼は寮母に向かって言った。「下でブリッジをしていたお嬢さん方は、この別館の寮生ですか？」

「はい、三人は……」

「呼んでもらえますか？　ミス・ミッチェルの持ち物を調べてほしいんです。彼女が失踪当時に何を身に着けていたか、知りたいのでね。それからケニヨン先生――」キャメロンは学寮長のほうを向いた。「事務記録簿をあたって、ミス・ミッチェルの身長などを調べてください」

ヒルダとペギーとマーリーンがやってきて、キャメロン巡査部長に言われるまま、ローウェルの簞笥《たんす》の抽斗《ひきだし》やクロゼットの中を検めはじめた。そこにあるものを見て、何がなくなっているか探ろうというのだ。

「灰色のスカートは二枚あったのかしら？　一枚はここにあるけど、もう一枚あったような気がするわ」

「二日前にはいていた深緑のスカートが見当たらないわ。あれはミッチのでしょ？」

ボタンのついた黄色いセーターと、ピンクのアンゴラのセーターと、濃紺の上着もなくなっていた。

「白いサドルシューズも見えないわ」

「茶色のハンドバッグもなくなってるんじゃない？　正装用の黒いのと普段に使ってるのはここにあるわ」

「ミッチがもう一枚灰色のスカートを持っているのは確かよ」

「ジーンズだって、これだけじゃないはずよ」

ペギーはキャメロンのほうを向いた。「巡査部長さん、一度に二着も三着も服を着込んで出かけるなんてあり得ません。そうでしょう？」

キャメロンはかすかに笑みを浮かべた。「確かに。それよりも、スーツケースに詰め込むほうが簡単だ。旅行鞄はなくなっていないかな？」

白い縁飾りがついた青い旅行鞄と、それよりも大きな牛革製のスーツケースがクロゼットに収まっていた。「いいえ、ミッチの旅行鞄はこのふたつだけです」

「だったら他の服は洗濯に出しているにちがいない。ミス・ウッドリング、彼女はどこの店を利用していましたか？　カレッジの洗濯屋ですか？」

「ええ、そうです」

キャメロンは立ちあがり、箪笥に向かって歩きながら言った。「よし、ダン。調べてきてくれ」彼は糊づけされた洗いたての白いシャツを取りだした。「ミス・ミッチェルの符号は、『P‐LA‐一二三〇』だ」

クロゼットと簞笥の中をすっかりさがしおえると、ペギーが見当たらないものを書きだした。それによれば、灰色のウールのスカートと深緑のスカート（おそらくスカートがもう一枚）、黄色とピンクのセーターが一枚ずつ、濃紺の上着、茶色と白のサドルシューズ、黄褐色のポロコート、そしてイニシャル入りの茶色い革製のハンドバッグが見えなくなっていた。たぶんブラウス数枚とソックス数足もなくなっている。

「帽子は？」キャメロンは尋ねた。

「わかりません。箱には三つ入っているけど、ミッチが帽子を被ってるのを見たことがないんです。だから他に持っていたとしてもわからないわ」

「ストッキングは？」

「まさか。サドルシューズにストッキングははきません。踝《くるぶし》までのソックスをはいていったにちがいないわ」

「下着はどういうものを？」

「ペティコートとパンティとブラです。でも、アンゴラのセーターを着るときは、スリップを着けていました」

この頃には、ローウェルの身長などの記録は届いていたし、ラシターも洗濯屋から情報を持って戻ってきた。洗濯屋には、水洗い扱いで、ジーンズが二本とペティコートが三枚とスリップが一枚とブラウスが三枚。そして、ドライクリーニング扱いで、深緑のスカートが一枚と濃紺の上着が一枚とアンゴラのセーターが一枚出されていた。

ローウェルの身長などは記録簿に載っていたし、父親からさらに多くの情報を得ることができた。ミッチェル氏は娘の身体的特徴について詳しく語り、どんな宝石を持っていたか、どれくらい金を持っていたか話した。部屋の捜索では、ローウェルの手紙と日記以外、これといったものは何も見つからなかった。キャメロンは日記と手紙をあずかることにして、この聞き込みを終わりにした。ミッチェル氏が《ブリストル・イン》から夫人に電話をかけるために足早に立ち去っていったのを見て、キャメロンは機を逃さず、ヒルダとペギーとマーリーンを脇に引っぱっていった。ローウェルは身持ちのいい娘だと父親は信じているようだが、その言葉を鵜呑みにするには——ミッチェル氏にも言われたとおり——キャメロンはつむじが曲がりすぎていた。

しかし、三人の女子学生はミッチェル氏の言葉どおりだと断言した。身籠もっているなど問題外。ローウェルは道徳意識がとても高く、どんなに男の子に興味を持たれても、彼女のほうが心を動かすことは少なかったらしい。それに、たとえローウェルが誰とでも寝るような類《たぐ》いの娘だったとしても、男の子たちは彼女を相手にそんなことをする気にはならないだろうというのだ。

キャメロンがそんな話を聞いている頃、ミッチェル氏は妻に電話をかけていた。ニュースは何もないが、州警察にも連絡がとられて、近隣八州に情報を公開しての捜索が始まるようだと、彼は話した。「ヴァーナ、今のところ警察は打つ手がないようなんだ。残念ながら、まだ少し時間がかかるだろう。ジョンに電話をして、月曜日は休むと伝えてくれないか。それと、ローウェルの写真を何枚か送ってほしい。情報提供を呼びかける手配書用に必要だと、キャメロン巡査部長に言われてね。全身が写っているものが一枚と、胸から上をとらえたものが数枚、必要らしい。それから、あの子が活字体で書いたものが何かないかさがしてみてくれないか。筆記体で書かれたものはこちらにあるんだが、活字体の筆跡もほしいらしい。これは、あったらでいい」彼はしばし相手の話に耳を傾け、それから言った。「ほんとうに、そのほうがいいと思うのかい？　居心地はよくないぞ……ああ、家で坐っているのがつらいのはよくわかる。しかし、こちらにいても地獄だ。それに、メリッサはどうするんだ？　学校があるだろう？　ローウェルが見つかるまでには、何日もかかるかもしれない……わかった、きみがそうしたいならそうしなさい。《ブリストル・イン》に家族三人で泊まれる部屋をとろう。心配しすぎてはいけないよ。ローウェルは、しっかりした娘だ。自分の意思で出かけたことはわかっているし、わたしが一日に送った五十ドルの小切手も持っている。当分はしのげるはずだ。何時の列車で来る？……わかった。駅に迎えにいく。郵便物に気をつけているよう、グレナディンに指示するのを忘れないように頼む。ローウェルから手紙が届くかもしれないからね。あの子から何か言ってきたら、それが手紙でも電話でも、とにかくすぐにしらせるよう言ってくれ。情報が公開されたら、ローウェルはすぐに見つかる」

カール・ミッチェル氏は電話を切った。娘は無事だと、妻に思い込ませることに成功したつもりだった。しかし、彼自身はそう思えなくなっていた。じきにカヌーでの捜索が始まる。きのうの朝、ローウェルが畔《ほとり》を歩いていたという冷たい湖の光景が、どうしても頭から離れなかった。

土曜日の午後

キャメロン巡査部長は、自ら鉄道の駅とバスの発着所に足を運び、五時になる十五分前になってようやく警察本部に戻った。しかし、フォード署長はまだ帰宅していなかった。入ってすぐの奥行きのある部屋の中央に置かれたテーブルの前に坐っていたフォードは、立ちあがって受付デスクのほうに移動した。「そろそろ戻る頃かと思っていたんだ」よくひびく低い声で彼は言った。「聞かせてもらおう」

「まだ何もわかっていません。とにかく、まず娘の特徴などを放送で流させる手配をします」

キャメロンが町の向こう側にある州警察本部に直通電話を繋げて情報を伝えるのを、フォードは傍《かたわ》らで見ていた。逆立った白髪まじりの短髪に覆われた小さな丸い頭と、突きでた顎が目立つ顔。その深い皺《しわ》が刻まれた顔は、いつにも増して厳《いかめ》しく見えている。キャメロンが電話を切ると、フォードは広い部屋の片側にある自室のドアを顎で示した。部屋に入った彼は使い込まれたロールトップ式の机の前に坐り、木製の肘掛け椅子を引き寄せて腰をおろしたキャメロンと向き合うよう、椅子を半回転させた。フォードはうなずいて、ベストのポケットからセロハンに包まれた葉巻を一本取りだした。掲げられた葉巻が、背後の窓から射し込む日射しを受けて輝いている。フォードは指のあいだで、その葉巻を弄《もてあそ》びはじめた。

「はっきり言って、これは難事件です」キャメロンはそう言うと、ローウェル・ミッチェルが授業が始まる前に湖の畔《ほとり》を歩いていたことや、体調が悪そうだったこと、そしてそのあと姿を消したことを順を追って話した。学寮長のミセス・ケニヨンを伴って学生に話を聞いてまわったキャメロンは、わずかではあったがさらなる情報を集めてもいた。それによれば、ローウェルは生物科学の授業が終わったあと、ヴァージニア・ロリンズといっしょにヒギンズ橋をわたって体育館に行き、リズム体操の授業が終わると、またロリンズと連れだって校舎に戻り、スペイン語の授業に出たということだった。そして、スペイン語の教室をあとにしたローウェルは、いっしょにいた数人の友人たちと別れてひとり歴史の授業に向かった。いつもなら歴史の授業のあとはA館のスー・チャペルとランバート寮に戻るのだが、きのうは彼女が教師と話をしていたため、スーは先に寮に戻ったらしい。

確かめ得たところでは、ローウェル・ミッチェルの失踪当時の服装は、黄褐色のポロコートと、灰色のスカートと、白いブラウスと、黄色いセーター。姿を消す動機は見当たらず、バスの発着所と鉄道の駅をあたってみても何ひとつ情報は得られなかった。しかしながら、この週末はいつにないほどおおぜいの寮生が外泊をしているため、ローウェルもそのひとりでないとは言い切れない。理由は見当たらないものの、自殺という可能性も除外せず、ラシターと娘の父親もまじって、そんな痕跡がないか、今もカヌーで湖をさがしまわっている。湖の深さは、最深部は六メートルほどあるが、他は九十センチから一メートル二十センチほどだという。ミッチェル氏は、情報提供者に懸賞金を与えることを考えているようだ。

「こんなところです」キャメロンは、そう言って報告を終えた。「姿を消す理由はまったく見当たりません。世の中に出て自分の力で生きていくことを望んでいたなら別ですが、去年の夏にウエイトレスのアルバイトをしたことがあるだけで、他に働いた経験はないようです。理由は見当たらないが、ローウェル・ミッチェルは実際に寮を出ていった。体調がよくなかったことと関係があるとしか思えないのですが、病気の娘が行くような場所にも行っていない。診療所も町の病院も近所のドラッグストアもあたってみたんですが、ローウェル・ミッチェルらしき娘を見かけた者はいませんでした。どう思います、署長？」

フォードはついにセロハンをはがすと、裸になった葉巻を掲げてじっくり目を走らせた。

「事件の裏に青年あり」しばしののち、彼は言った。

「青年？　青年の影など、どこにもありませんよ」

「行いの正しい娘だったという、家族や友人の言葉を鵜呑みにしているわけではないだろうな。まちがいない、男が絡んでいる」

「直感的明知というやつですか？　しかし、どこを見てもそんな証拠はありません」

「大学出は、小難しい言葉を使いたがるから困る」フォードはつぶやいた。「いや、直感的明知などという洒落たものは持ち合わせていない。わたしは警官だ。しかも、この仕事を三十三年つづけている。パーカー・カレッジの娘が失踪したのは、これが初めてではない。スミス・カレッジ、ベニントン・カレッジ、ヴァッサー・カレッジ、ブリンモア・カレッジ……どこのカレッジの名を挙げてくれてもいい。あらゆる女子大の学生が、姿を消している。娘たちが、なぜ姿を消すかわかるか？」フォードは葉巻をしまって片方の手をあげ、指を折って数えはじめた。「理由はひとつではない。成績がふるわない。級友とうまくいかない。家庭内にいざこざがある。犯罪に巻き込まれた。自立したい。そして、男。理由は六つ。答はこの中にある」

「六つの理由ね」キャメロンは言った。「状況を見るかぎり他にはあてはまらない。だから、ミッチェル嬢失踪の裏には男がいると言うわけですね」

フォードの顔に意地の悪い笑みが広がった。「あきれた刑事だ！　そのうち夜にでも、じっくり腰を落ち着けて考えてみるんだな。いいか、その娘は自分の意思でランバート寮から出ていった。つまり犯罪に巻き込まれたという可能性はない。成績がふるわなかったなら、探るまでもなくわかるはずだ！　級友とうまくいっていなかったなら、それも簡単にわかる！　家庭内にいざこざがあったなら、両親が承知していないはずがない！　自立を望んでいたなら、それもすぐにわかる！　しかし、男となるとそうはいかない！　クオド・エラート・デモンストランドゥム……証明終了。それとも、まだ説明が足りないかね？」

キャメロンは耳をはじいてみせた。「今のはラテン語ですか？　それとも耳がどうかしてしまって聞きちがいをしたかな？」

フォードは、すまし顔で答えた。「大学は出ていないかもしれないが、無知なわけではないんだ」

「そのとおり、ただ忘れっぽいだけです。たとえば、住所録に載っている青年全員に、学寮長が電話をかけたという事実を忘れている。ミッチェル嬢は、その誰とも駆け落ちなどしていません」

「学寮長は青年たちに『どこまでの付き合いだったのか？』とは尋ねていないだろう？　賭けてもいい、ミッチェル嬢はいかがわしい医者のもとに身を隠しているにちがいない」

「賭ける？　月のもので苦しんでいたというのに？」

「それは、きみの思い込みだ。以前にミッチェル嬢が月のもので苦しんでいたことがあるのか？　おそらくないだろうね。だいいち腹痛など訴えてはいない。気分がすぐれないとしか言っていないじゃないか」

「なぜわかるんです？　女でもないのに」

「女ではないが、うちには十六歳の娘がいるんでね。月に一度、身をふたつに折って腹痛に堪えている」前のめりになったフォードの目に、またも意地の悪い表情が浮かんだ。「期待はしていないがね、名刑事くん、ミッチェル嬢の不調はただの芝居だったという可能性については、考えてみたかな?」

「芝居? なぜそんな突拍子もないことを?」

フォードは背筋をのばして葉巻を手に取ると、シャツでそれを拭《ぬぐ》うようにして口にくわえた。「歴史の授業が終わるまで、ミッチェル嬢はずっと元気だった」彼は低い声で言った。「それが寮に戻った途端、具合が悪くなった。変化が急すぎる。なぜ、芝居を打ったのか? 思いどおりに事を進めるためだ。そう……つまり、何も訊かれずに外に出たかったんだろう。何か訊かれるかもしれないと思ったのはなぜか? それは、スカートをはいていたからだ。ジーンズのままでは外に出られない。しかし、スカートをはいたら、その瞬間、どこに行くのかとみんなに尋ねられる。ミッチェル嬢は何も訊かれたくなかった。言い訳をしたくなかったんだ。そこで、どうしたか? 仮病を使ったわけだ。いいか、思い出してくれ。ミッチェル嬢が出ていくのを見た者はいない。これはわたしの勘だが、彼女は誰にも見られたくなかったんだ」

キャメロンは唇を噛んだ。それから煙草を取りだした彼は、フォードの机の脇にマッチを擦《こす》りつけて言った。「そして今、ミッチェル嬢はどこかの医者のもとにいると言うんですね？　一週間ほどしたら、少し利口になって少し痩せて戻ってくると？」

「医者がしくじって、殺してしまわなければね」

キャメロンはマッチを振って火を消し、部屋の向こうに投げ捨てた。「そういう医者に心当たりは？」

「ふたりいる。ホワイト・ストリートのバーグマンと、イースト・ブリストルのヒル。バーグマンのほうが可能性が高い。ヒルのところよりも近いからな。何をすべきか、わかっているだろうな？」

「ふたりを見張るんですね？」

「そのとおり。私服警官をふたり、それぞれの家に張り込ませろ。侵入できればなおいいが、怪しまれるようなことは絶対にするんじゃないぞ。動きがあったら、逐一報告するように。加えて、町の医者を片っ端から訪ねて、ミッチェル嬢がやってこなかったか探るんだ。そういう娘がやってきたら、医者はわたしにしらせることになっている。ところが、そんな話は届いていない。隠れて診ているとすれば、医者はそれを隠そうとするだろう。どんな反応も見逃すなよ。これは、きみに行ってもらったほうがよさそうだ。ミッチェル嬢は煙草を吸うのか？」

「はい。簞笥《たんす》にフィリップ・モリスが半カートン入っていました」

「くそっ！　途中のどこかで、ひと箱買ってくれればと思ったんだがな。バーグマンの家から一区画ほどのところに、ドラッグストアがある。とりあえず、あたってみてくれ。一週間も医者のもとで過ごすとなれば、そこで何か——たとえば雑誌や何かを——買っているかもしれない」

「調べてみます。他には？」

「ああ、他にもある。九月にミッチェル嬢がこの町にやってきた日から、綴られている最後のページまで、日記を読んでみてくれ。そこに出てくる男の名前をすべて書きだしてほしい。どんな状況で出てきたとしてもかまわない。その男について、彼女がなんと言っているか知りたい。それに手紙もだ。特に家族から届いたものに興味がある。父親は仲のいい家族だと言っているが、どうも信じられない。いいか、行間を読むんだぞ」

「わかりました」キャメロンは、仕事に取りかかるべく立ちあがった。

「もうひとつある。ミッチェル嬢は、歴史の教師と何を話していたんだ？」

「さあ。きっと課題のことでも話していたんでしょう」

「推測など聞きたくない。調べてこい」

「いったいなぜ、そんなつまらないことにこだわるんです？」

「ああ、わたしはなんでも知りたいんだ。きみが使う小難しい言葉の意味にだって、こだわっている。ミッチェル嬢が元気で授業に出ていたことを、よもや忘れているわけではないだろうな？　ああ、体育の授業にも出ていた。ところが、歴史の時間が終わって教師と話した五分後、気分が悪いと言ってベッドに横たわっていたんだ」

「教師が何をしたと思っているんです？　彼女の顔に青酸カリを噴きかけたとでも？」

「何かをしたとは思っていない。しかし、このことはきみの鈍い頭に叩き込んでおけ。ミッチェル嬢は、いつもとちがった行動をとっている。何も起きていなければ、そんなことは問題にならない。しかし、実際に事が起きているんだ。構内でいつもとちがう何かがあったなら、それがどんなに些細なことであってもすべて把握しておく必要がある。徹底的に調べるべきだ。どんなに小さなことでもかまわない。どうでもいいように思えることでもかまわない。とにかく調べろ。わかったか？」

「一点のくもりもなく」

フォードは葉巻を歯で支えて言った。「減らず口はそのくらいにして、さっさと行け。わたしは家に帰って食事をする。報告書を書くのを忘れるなよ。あすの朝、読ませてもらう」

キャメロンはドアのほうに向かいながら、肩ごしに皮肉を込めて言った。「少しばかり眠らせてもらっても、かまわないでしょうね？」

一九五〇年三月五日　日曜日

ボストンの《ポスト・トラヴェラー》紙は、『パーカー・カレッジの女学生失踪　近隣八州で公開捜査開始』という二段抜きの見出しをつけて、ローウェル・ミッチェル失踪事件を第一面で報じた。国じゅうで起きている他の事件のものと同じく、その記事も短くて詳細に欠けていたが、そこには謎と人情劇的要素と女学生という、新聞の編集発行人が求めるすべてが含まれていた。新聞各社は優秀な記者を集めて指示を与え、現場に送りだした。通信社も、最も早い列車で記者を急派した。その結果、ハートフォードからチャーリー・ミラーが、スプリングフィールドからレン・ワルツバーガーが、ブリストルの町にやってきた。もっと遠くから飛行機や列車や自動車に乗ってくる者もいて、ニューヨークからはマリー・タルボットと《プロヴィデンス》紙のケン・ラファティが、ボストンからは《ポスト・トラヴェラー》紙のパット・オマリーが、ブリッジポートからは《ポスト》紙のジョン・イネスがやってきた。朝の早いうちから正午にかけて、次々と記者たちが到着し、その夜と翌日にも遅刻組が続々とあらわれた。

警察本部は彼らの第一の標的となり、フォードが出勤したときには、すでに五人の記者が待ちかまえていた。しかし、もっと積極的な者もいた。朝食をとっている署長をつかまえていっしょに出勤した、六人目の記者がいたのだ。朝のコーヒーの時間を台無しにされたフォードは、苛立ちもあらわに記者たちをかきわけて進み、帽子とオーバーを脱ぎ捨てた。そして、防波堤となってくれる大きなテーブルの前に坐ると、矢継ぎ早に質問を浴びせる記者たちと初めて向き合った。彼はそっけない口調で言った。「まだ何もわかっていない。警察は、できるかぎりの手を尽くしている。ミッチェル嬢が一刻も早く見つかるよう望んでいる」

「父親の名はカール・ミッチェルと聞きましたが、あの有名な建築家と同一人物ですか？ ついこのあいだ完成したニューヨークのブリン・ビルを設計して大評判になった、あのミッチェル氏なんですか？」

「本人に訊いてくれ」

「署長、あなたの考えをうかがいたい。ミッチェル嬢の身に何が起きたとお思いですか？」

「夜の便でロンドンにでも飛んだんだろう」

「ほんとうですか？」

週に一度発行されるブリストルで唯一の新聞——《ビューグル》紙の副編集長で花形記者でカメラマンでもあるカルヴィン・レスリーが、ぶらぶらと部屋に入ってきた。「すでに禿《はげ》鷲《わし》どもが死肉をつついているわけだ」彼が言った。「やあ、フランク」

「やあ、レス」

「うちの新聞が日刊紙だったら、特ダネになったのにな。何か新事実は？」

「今のところない」

他の誰かが尋ねた。「署長、犯罪に巻き込まれたという可能性はないんですか？」

「あらゆる可能性がある」

「その娘は生きているとお考えですか？　それとも死んでいると？」

「どちらとも言えない」

キャメロンが記者たちをかきわけて、フォードの背後に身を滑らせた。そして、そのまま署長室に入った彼は、クリップでまとめたタイプ打ちの書類の束を机の上に投げ置いた。つづいて部屋に入ってきたフォードが訊いた。「報告書か？」

「朝の四時までかかって、これだけ仕上げました。まだ途中ですが、少しは眠らせてもらわないともたないんでね」

「日記と手紙はどうした？」

「日記は半分まで読んだところです。ミッチェル嬢は、ハウランド学長のことをかわいいと思っているようです。歴史の教師はグレゴリー・ペックに似ていて、英語の教師は力強くてウィンストン・チャーチルのような声をしているらしい。喜劇俳優のW・C・フィールズはすごくおもしろいということです。覚えてますよね？　日記に出てくる男の名前をすべて知りたいと言ったのはあなただ」

「そのとおり」フォードはうなるように答えた。「英語の教師も、歴史の教師も、学長も、用務員も、タクシーの運転手も、ドラッグストアのソーダ水売り場にいる店員も、とにかくすべてだ。それこそが、わたしの望みだ。気が利くきみが、W・C・フィールズまでも一覧に加えてくれたというなら、それもたいへんけっこうだ」

「よかった。満足してもらえてうれしいですよ。ミッチェル嬢の赤ん坊の父親は、ハウランド学長かもしれませんね」

「何が不満なんだ？　もっと眠りたいのか？　四時間も眠れば充分だ。さっさと向こうに行って、あの記者どもをなんとかしてくれ。わたしはこの報告書を読ませてもらう」

キャメロンは記者たちのしつこい質問に堪え、ローウェルの特徴を伝え、去年の夏に彼女が小遣い銭を稼ぐためにウエイトレスのアルバイトをしていたことを話した。そして、構内で徹底的な捜査が行われたことも、そこで何も見つからなかったことも加えた。「湖もくまなくさがした。最深部の湖底に沈んでいれば別だが、湖に身を投じた形跡はない。タクシーは使っていないが、列車かバスで町を出た可能性もある。それについては、寮を留守にしている学生たちが戻ってきたら、もう少しわかるのではないかと期待している」

「失踪した娘の写真はあるんですか？」

「午後に届く。フィラデルフィアから家族がやってくるんでね」

「父親は、もう町に来ているんでしょう？　どこに泊まっているんです？」

「言えないね。きみたちに追いまわされては気の毒だ」

「われわれは助けになろうとしているんですよ。情報を広めてやろうとね。おおぜいがこのことを知れば、誰かがどこかで娘に気づくかもしれない」

「そこまで人のためを思っているとはね。まったく感動させられる」

八時三十分。老人のような足取りで警察本部の階段をのぼったミッチェル氏は、角を曲がって受付デスクに向かおうとしたところで、八人の記者に行く手を阻まれてしまった。直感で娘の父親と見抜いた記者たちは、あっという間に彼を取り囲んだ。「ミッチェルさん、読者に向けてひとことお願いします」

ミッチェル氏は灰色のオーバーの中で背を丸め、ゆっくりと肩を落とした。「娘が戻るまで、気が休まることはないでしょう」彼は沈んだ声で、そう述べた。

記者たちは質問を始めたが、いつも警官に浴びせるような矢継ぎ早の質問はしなかった。思いやりのこもった厳粛な顔つきで、やさしく問いかけるその声には、すまなそうなひびきさえ感じられた。ミッチェル氏は疲れ果てているようだったが、記者に囲まれたまま辛抱強く立ちつづけ、質問者が変わるたびに身体の向きを変えて問いに答えていた。ニューヨークのブリン・ビルを設計したのはあなたですよね？——そうです。お嬢さんから連絡は？——ありません。今度のことをどうお考えですか？——娘は何か理由があって姿を消したにちがいありません。犯罪に巻き込まれたとは考えていないのですか？——考えていません。お嬢さんは旅支度をして出ていったのですか？——いいえ。しかし、懸賞金の五千ドルの出所について質問が及ぶと、ミッチェル氏は表情を硬くして「あなた方には関係のないことだ」とはねつけた。そして、自身の私生活について尋ねられると、「この事件と、どういう繋がりがあるんです？」と返した。それを除けば、彼は寛大だった。関心を寄せてくれる記者たちに、感謝しているようにさえ見えた。

ミッチェル氏がようやく記者たちから解放されると、キャメロンは署長室に彼を案内してドアを閉めた。彼はまずふたりを紹介し、それから上位裁判所の判事にするようにミッチェル氏のために椅子を引き寄せ、自分はテーブルの端に軽く腰掛けた。

「キャメロン巡査部長の報告書を読んでいたところです」フォードは言った。「わかっていることは何もないようだ。お嬢さんは寮から歩いて出ていった。そして、消えてしまった」

「ただ消えてしまうことはできないはずです。どちらに向かったか、誰かが見ているにちがいありません」

「そう、誰かがね。いや、おそらくおおぜいが見ている。ただ、今のところお嬢さんを見かけた人間は見つかっていません」

「通り沿いの家はあたってみたんですか？　誰かが娘を見かけているはずです。なんといっても、昼日中のことなんですからね」

「ひとつずつお答えしましょう。いいえ、通り沿いの家はまだあたっていません。しかし、訪ねてみるつもりです」

「娘が姿を消してから、ずいぶん時間が経っています。急いだほうがいい。人の記憶が薄れる前に、訊いてまわるべきです」

「それほど時間は経っていません。そんなふうに感じるだけです。あすの授業が始まるまでにお嬢さんを見つけだそうなどとは、思っていません。警察の仕事は手際よく徹底的に行われなければいけない。速さよりも、そちらがたいせつです。まず、鉄道の駅とバスの発着所を調べます。次に、お嬢さんが立ち寄りそうな場所をあたる。捜索範囲を広げて近所の住人や通行人に話を聞くのは、そのあとです。お嬢さんの写真は、いつ届きますか？　こういう事件では、失踪者の情報を広めることがだいじなんです。注意していてくれる人間は、ひとりでも多いほうがいい。近所でお嬢さんを見かけた者がいたら、警察に連絡が入るでしょう。生きて動きまわっていれば、その土地の誰かが見つけてくれます」

「娘は死んでいると考えているんですか？」

「とんでもない。お嬢さんは、どこかに身を隠しているだけですよ。記憶を失っている可能性だってあります」

ミッチェル氏は静かな声で言った。「署長、わたしは馬鹿ではありません。つまらない慰めは無用です。悪いしらせも受けとめられます」

フォードは手を振った。「いや、悪いしらせなどありません。悪いしらせなど、どうしたらお伝えできるというんですか？　あなたがご存じのこと以外、わたしも知らないんですからね」

「しかし、こういう事件を手掛けるのは初めてではないはずです。若い娘たちは、ふつうどんな理由で姿を消すんですか？」

「最も多いのは、家庭内のいざこざです」フォードは何気なさを装ってそう答えたが、もじゃもじゃの茶色い眉の下の灰色の目は鋭く輝いていた。

ミッチェル氏は首を振った。「それは、あてはまらない。うちの家族は、珍しいほど仲がいいんです」

フォードは机に片肘をついて、その掌《てのひら》に顎を乗せた。「わたしをからかっているんですか？」

「からかう？　まさか。それが娘が姿を消した原因かもしれないと思ったら、どんなことであってもお話ししますよ。当然でしょう？」

「話さなくても、お嬢さんは見つかると考えるかもしれない」

身を乗りだしたミッチェル氏の顔は真っ赤になっていた。「いいですか、わたしは評判など気にしていない。醜聞が立とうが、人に何を知られようが、そんなことはいっこうにかまいません。ただ、娘に戻ってきてほしい！　それだけです！　あの子が戻ってくればいいんです。そのためなら何でも話すし、何でもする。どんなことでもね。とにかく娘をさがしていただきたい！」

「わかりました」フォードは言った。「落ち着いてください。それこそが、われわれがしようとしていることです。写真が届いたら、新聞各社にそれを送り、失踪人手配書を配るつもりです。お嬢さんは、じきに見つかりますよ」

「家内と下の娘が写真を持って、一時十五分着の列車でやってきます」

「わかりました。それでは、そのときにまた……」フォードはそう言って話を打ち切り、ミッチェル氏が出ていくとすぐにキャメロンに尋ねた。「医者の家は見張っているんだろうな？」

「だいじょうぶです。ゆうべの真夜中から張り込んでいます。今のところ、変わった様子は何もないようです」

「どのくらい食料品を買っているか調べて、わたしにしらせてくれ。量が多すぎはしないか知りたいんだ」

「店が開き次第、調べさせます」

「きみがやってくれ。さて、湖のほうはどうなっている？」

「湖底に沈んでいるということは、ないと思いますね」

「しかし、確かではない」

キャメロンは苛立ちもあらわに答えた。「ええ、確かではありません。わかっているのは、きのうの午後の捜索で何も見つからなかったということだけです。ラシターとミッチェル氏とエドワード・スモールと構内の全警備員が、カヌーを一艘残らず湖に浮かべ、二時間かけて水底をくまなく突きまわったんです。ただし、最深部は調べていませんがね。これ以上望むなら、水を抜くしかない！」

「それもいいかもしれないな」フォードは考えながら言った。「あと二日待って、何も手掛かりが得られないようなら、試してみてもいいかもしれない」

「ミッチェル嬢は湖に身を投げたと考えているんですか？　金曜日の朝、畔《ほとり》を歩いたというだけの理由で？」

「ミッチェル嬢の行動についてのわたしの考えは、すでに話したとおりだ。しかし、他の可能性も無視するわけにはいかない。わたしがまちがっているということも、ないわけではない」

「あなたがまちがえることなど、あるはずがない」

その皮肉は聞き流すことにして、フォードは言った。「父親がミッチェル嬢に送ったという、五十ドルの小切手が気になる。ことによると、そいつで医者に支払いをするつもりかもしれない。ただし、医者は小切手など受け取らない。署名したくないからな。つまり、ミッチェル嬢は医者を訪ねる前に小切手を換金したはずなんだ」彼は指を鳴らした。「よし、これが糸口になりそうだ。金曜日の午後一時過ぎに、ミッチェル嬢を見かけた可能性のある人間がわかったぞ。わたしの勘が正しければ、それは銀行の窓口係だ。調べてみてくれ」

キャメロンは立ちあがった。「お気づきかと思いますが、ぼくは堕胎説を支持していません。しかし、確かにあなたの言うとおりだ。ミッチェル嬢が何をしようとしていたとしても、小切手を換金しないことには始まらない」

「きみはろくでもない刑事だが、天才を見抜く目はあるらしい」フォードがうなった。「ミッチェル嬢の手紙は持ってきただろうな？　そいつを読んでみたいんだ」

「高卒でも、あなたは確かに天才だ」キャメロンはオーバーのポケットから手紙と日記帳を取りだして机の上に置くと、電話をかけるべく部屋を出ていった。

フォードは机に向かい、日記と手紙の山に目をやった。そして、とりあえず日記帳を手に取って赤い革表紙の手ざわりを味わいながら鍵の部分をはずすと、しばし無表情のまま見つめ、適当にページを開いて二、三の記述を読んでみた。しかし、得るところはなさそうだった。彼はため息をついて日記を閉じ、それを脇に押しやって手紙を一通選びだした。慎重に封筒をひっくり返し、また元に戻し、匂いをかいでみる。便箋を取りだしたフォードは、表情ひとつ変えずに注意深く手紙を読みはじめた。父親からのものだった。「うちの家族は珍しいほど仲がいい」と言ったミッチェル氏の言葉は、嘘ではなかったようだ。

フォードは便箋を封筒に戻すと、手紙の山をかきまわして筆跡の異なる別の一通をさがしだした。母親が娘に宛てたものだった。その手紙からも、ミッチェル氏の言葉が嘘でなかったことが察せられた。フォードはそれを机の上に戻すと、ふたたび手紙の山を探って、ローウェルの妹のメリッサからの手紙を何通か選りだし、その一通を手に取った。姉妹も仲がよさそうだ。ローウェルがなぜ姿を消したかは謎だが、家族に原因がないことはあきらかだった。

フォードはセロハンを剝いで葉巻に火をつけた。やはり初めに睨《にら》んだとおり、ローウェルは、自らの意思で寮をあとにして医者を訪ねたのだ。処置が失敗に終われば別だが、姿を消したとき同様、前触れもなく戻ってくるにちがいない。しかし、手術台の上で絶命していたら、医者は死体を始末するためにあらゆる手を尽くすだろう。警察が留意すべき点は、そこにある。

フォードが窓の外を眺めながら思索に耽《ふけ》っていると、キャメロンが戻ってきた。「何人かの女学生が、金曜日に小切手を換金しています」彼は言った。「しかし、銀行の窓口係は、ミッチェル嬢らしき娘には覚えがないようです。あす、消印が捺《お》された小切手を調べてくれることになっていますが、五十ドルの小切手はなかったと断言しています」

フォードの内からこみあげてきた罵りの言葉が、葉巻をくわえた口から漏れだした。彼は立ちあがると部屋の中を歩きまわり、窓辺で足をとめて車寄せのあたりを見おろした。「そいつは理屈に合わない。不法な手術の代金に、署名が必要な小切手を受け取る医者などいない。すぐに足がついてしまうからな。銀行以外で、そんな多額の小切手を換金できる場所はどこだ？」

「カレッジの会計事務所ならできるかもしれません。食堂という可能性もある。女学生が持ってくる小切手を、ずいぶん換金してやっているようですからね」

「しかし、賭けてもいい、五十ドルは無理だ。些細なことだが、気になるな」

「調べてみたほうがよさそうですね」キャメロンも同意した。「署長。もう少し人をまわしてもらえませんか？　町じゅうの店をあたって、ミッチェル嬢が買い物をしていないか確かめてみたいんです。何かを買って小切手を使ったという可能性もありますからね。それに、学生にも話を聞かなければならないし、メープル・ストリートに建ちならぶ家を片っ端から訪ねてみる必要もある」

「人はいくら使ってもかまわない。予備の者たちを集めて、夜勤の連中も何人か手伝わせよう。全員が時間外労働を強いられることになるな。この事件は、第一級のミステリの要素をすべて備えている。これだけ記者が詰めかけているんだ。かなりの注目が集まるにちがいない」フォードは歪んだ笑みを浮かべて振り向いた。「もっとましな顔に生まれなかったことが、残念でならないよ。最悪だ。われわれの写真も新聞に載るだろうからね」

「ミッチェル嬢を見つけられなかったら、それこそ最悪ですよ。ブリストルは、署長の首を挿《す》げ替える気になるかもしれません」

「そうなったら、署長の椅子はきみのものだ。そして、パーカー・カレッジの学生は安全には暮らせなくなる」

一時十五分にブリストル駅に到着したミッチェル夫人とメリッサは、ミッチェル氏に連れられてまっすぐ警察本部にやってきた。用意してきた写真は二、三十枚。大きさも様々なその写真には、あらゆる角度から撮った、それぞれちがった恰好のローウェルが写っていた。その中の三枚――全身を写したもの一枚と、胸から上をとらえたもの二枚――が、失踪人手配書用に州警察に送られた。ローウェルの筆跡がわかるよう、手配書にはすでに用意されていた筆記体の文字と、夫人が実家で見つけてきた活字体の文字も載せられることになっている。

ふたりはフォード署長から細かな質問を受けた。男友達との付き合いでローウェルは問題を抱えていたのではないかというのが、フォードのいちばんの関心事だったが、これまでにわかっている以上の事実が、ふたりの口からあかされることはなかった。家族の知るかぎり、ローウェルが特に思いを寄せている相手はいなかったようだ。

フォードは自らバーグマン医師の自宅近くのドラッグストアを訪ね、店主に話を聞いた。しかし、金曜日の午後には、カレッジの女学生はひとりもやってこなかったということだった。会計事務所と食堂をあたったラシターも収穫はなし。ローウェルは、そのどちらでも小切手を換金していなかった。キャメロンは歴史の教師であるハーラン・P・スワードに電話をかけて、金曜日の正午の授業のあとローウェルと何を話していたのか尋ねた。スワードはよく覚えていないようだったが、課題のことだったと思うと答えた。

警察本部には、一日じゅう記者たちが出入りし、同じ質問を繰り返した。「新事実は何も見つかっていない」というのがそれに対する答だった。午後四時、パトロール警官のケネディとジャレットが、バーグマン医師の自宅では何も変わったことは起きていないと、電話でしらせてきた。ヒル医師の自宅を見張っているスティーヴンソンとヴォムラートからも、同様の報告が入った。その他に警察本部にかかってきたのは、捜索に手を貸そうという者たちからの電話ばかり。金曜日の一時以降にローウェルを見かけたという通報は一件も入らなかった。州警察にも、近隣の州からの情報は集まっていない。

六時になると、フォードはローウェルの日記を持って警察本部をあとにした。空気の淀《よど》んだ室内で長い時間を過ごした身に、外気がひんやりと清々しく感じられた。ゆっくりと車を走らせるうちに、一日の緊張が解けていく。オーバーに身を包んで夕暮れの通りを急ぐ人々に、車のヘッドライトの光。空には雲ひとつなく、星がひとつふたつ瞬《また》いている。彼の目には、そんな見慣れた景色が映っていた。

しかし、町の様子は見慣れたものとはだいぶちがっていた。メープル・ストリートがいつになく混んでいる。よその州からやってきた車が、黄色く塗られたランバート別館の玄関前や明かりが漏れている窓の前でスピードを落としているせいだ。歩行者の数もいつもより多く、つかのま寄り集まったり、散りぢりになってはまた集まったりしながら、通りを歩いている。壁の向こうの女の子たちはどんな気分でいるのだろうかと――劇的状況の中で暮らすのはどんな感じだろうかと――思いを巡らせているにちがいない。

まわりでは噂が飛びかっていたが、温かな灯りがともる静かなランバート別館では、誰ひとり事件のことを口にせずにいた。談話室ではピアノを弾く者も、ブリッジをする者もいなかったが、だからといっておしゃべりに興じていたわけではない。みな深刻な顔をして勉強をしたり、煙草を吸ったり、宿題について真面目な質問をし合ったりしていた。

それ以外の場所では、町じゅうの誰もがさかんにしゃべっていた。レストランでも酒場でも夕食のテーブルでも、語られるのはほとんど事件のことばかり。ランバート寮でもA館やB館では話題はそれ一色で、イェールとプリンストンで週末を過ごして夜遅くに帰寮したパティ・ショートとサリー・アンダースは、ショックのあまり一気にデートの興奮が冷めてしまったようだった。

三月六日　月曜日

月曜日の新聞の一面を飾った見出しの文字は、さらにくっきりと目立つものになっていた。

『パーカー・カレッジの一年生失踪事件　いまだ手掛かりつかめず』そんな三行にわたる二段抜きの見出しに加え、一段分の幅をとってローウェルの写真が載せられ、その下に『金曜日より行方がわからなくなっているローウェル・ミッチェル嬢　第三面にさらに写真掲載』と書かれていた。警察の捜索について伝えるその記事の中には、両親が質問攻めに遭ったことがよくわかる記載もずいぶんあった。ミッチェル夫人は『ローウェルは情緒の安定した娘で、わたしの知るかぎり特定の男性とお付き合いをしていたということはありません』と述べている。さらに記事は、妹のメリッサを『ひじょうに真面目な十五歳のブルネットの美少女』と評し、父親が《ミッチェル&モドルマン建築設計商会》の会長であることにもふれていた。第三面には、二段分の幅を割いてローウェルの写真が載せられていた。うしろに撫でつけて髪留めで束ねた長めの黒髪と、生真面目そうな大きな目と、きりっと引き結ばれた豊かな唇。そのふくよかな顔は、見る者に柔和な印象を与える。写真の下には『姿を消したパーカー・カレッジの学生』とあり、さらにその下に『ローウェル・ミッチェル、十八歳。ペンシルベニア州フィラデルフィア出身。マサチューセッツ州ブリストルにあるパーカー・カレッジの寮の部屋から姿を消して以来、警察が広範囲にわたる捜索を行っている』と短い説明文がついていた。

失踪人手配書も配布の準備がととのっていた。ローウェルが生きて見つかった場合には五千ドル、死んで見つかった場合には二千五百ドルの懸賞金が情報提供者に授与されることが、その隅に記されている。手配書には、まず写真が三枚——全身を写した一枚を、胸から上をとらえた二枚が挟むような形で掲載されていた。左側の写真の下には、ローウェルのしっかりとした筆記体の文字が数語ならんでいて、その下に活字体で書かれた文字が載っていた。そして、右側の写真の下には、ローウェルの身体的な特徴が書かれていた。『マリリン・ローウェル・ミッチェル、十八歳。身長百六十三・五センチ、体重五十六キロ。黒い髪を長めに切り揃えていて、目は榛《はしばみ》色。色白で均整のとれた顔立ちをしていて、鼻がわずかに反り返っている。右ふくらはぎの外側に白っぽいぎざぎざの傷跡が、右腿に予防接種の跡が、左のこめかみ近くの髪の生え際のうしろに小さな傷がある。姿勢がよく、大股で優雅な歩き方をする。運動家タイプ。裏面に歯科カルテを掲載』

そのあとに情報がつづいた。『マリリン・ローウェル・ミッチェル。住所は、ペンシルベニア州フィラデルフィア、エヴァーグリーン・アヴェニュー五六〇番地。マサチューセッツ州ブリストルにあるパーカー・カレッジの学生で、一九五〇年三月三日の午後にカレッジから姿を消した。失踪当時、白いブラウスに、灰色のウールのスカートをはき、真珠ボタンつきの黄色いウールのセーターを着て、特徴のない茶色のボタンがついた黄褐色のポロコートを羽織っていたものと思われる。ソックスは踝《くるぶしたけ》丈で、靴はサイズ七の茶と白のサドルシューズ。内側にMLMのイニシャルが入った金の髪留めをして、細い金のバンドがついたエルジン製の小さな金色の婦人用腕時計を着用。肩紐つきの茶色い革のハンドバッグには、真《しん》鍮《ちゅう》の留め具がついており、脇にＭＬＭのイニシャルが入っている。ダンスとテニスと芝居と水泳、それにピアノの演奏を好む。語学に興味があり、フランス語とスペイン語をかなり流《りゅう》暢《ちょう》に話す。ウエイトレスのアルバイト経験あり』

『生存の場合には五千ドル、遺体発見の場合には二千五百ドル――生死にかかわらず懸賞金。寄せられた情報によりマリリン・ローウェル・ミッチェルが生きて見つかれば、情報提供者に五千ドルの懸賞金が支払われる。情報により遺体が発見され、マリリン・ローウェル・ミッチェルのものと確認された際の懸賞金は二千五百ドル。懸賞金期間は一九五〇年十二月三十一日まで』

『いかなる情報も歓迎。心当たりのある方は、マリリン・ローウェル・ミッチェルの父親であるカール・ビーミス・ミッチェル（ペンシルベニア州フィラデルフィア、エヴァーグリーン・アヴェニュー五六〇番地）までご連絡ください』

月曜日の朝、本部に足を踏み入れたフォード署長は記者たちと対面することになった。その人数は二十四時間のうちに膨れあがっていた。「ひとことお願いできませんかね、署長？」

フォードはテーブルの上に帽子を投げると、胸まで高さがある受付デスクの向こうにまわってスツールに腰掛けた。「進展はない」彼はいつもどおりの不機嫌な声で答えた。

「どういう方面をあたっているんですか？」

「ミッチェル嬢の日記を調べているところだ。これといった手掛かりは見つかっていないが、そこに書かれている青年たちに片っ端から話を聞いてみるつもりだ」

「父親が私立探偵を雇うようだという噂を耳にしましたが、ほんとうですか?」

「ミッチェル氏に訊いてくれ」

「ミッチェル氏が私立探偵を雇ったら、どうなさるつもりですか?」

フォードは言った。「何を企んでいる? われわれを仲違いさせてニュースにしようとでもいうのか?」

「興味があるだけですよ。心配しているんです」

「人の心配はしなくていい。さっさとうせろ」フォードは大股で自室に入り、音をたててドアを閉めた。

八時半にキャメロンがやってきたときも、フォードはそこにいた。キャメロンはまず外の部屋で記者たちの二、三の質問に答えたあと、ドアを開けて署長に近づいていった。

フォードは椅子ごと彼のほうを向いた。「いったいどこにいたんだ?」彼は怒鳴った。「八時には、ここにいてもらわないと困るね。わたしが早めに出てきてポレダを帰したからいいようなものの、三十分残業をさせるところだったじゃないか!」

「三十分の残業? こっちは非番のはずのきのう、十二時間も働いたんですよ」

「どこが悪い? 非番のはずの今日、わたしは二十四時間働くつもりだ。いったいなんのために警官になったんだ? ぐうたら過ごして、しまいに年金をもらうためか?」

「あなたがならべたてる不平に、耳を傾けるためでなかったことだけは確かだ」キャメロンは投げるようにして、紙束を机の上に置いた。「報告書です」

フォードはそれを無視して手を振った。「頼むからドアを閉めてくれ。本部内に軋轢《あつれき》が生じていると、記者どもに思われたいのか？」

キャメロンはドアを閉めるとテーブルの端に腰を掛け、煙草を一本取りだした。「さあ、勤務時間中に煙草を吸うのは規則違反だと言ったらどうです」

「私服になると、一般市民のような気分になるらしいな」フォードはかぶりを振ってそう言うと、手をのばした。「一本くれ」

キャメロンは署長の膝に煙草の箱を投げ、自分の煙草に火をつけた。フォードも煙草に火をつけ、その味に顔をしかめて箱を投げ返した。「いいか――」彼は言った。「この事件には、もうひとつ別の見方がある。そっちの線に、もっと注意を払う必要があるのかもしれない」

彼は椅子の向きを変えると、写真館で撮ったとみられるローウェルの肖像写真を取りあげ、キャメロンに手わたした。新聞の第三面に載った写真だ。「わたしが何を考えているかわかるか？」

「わかりませんね」

「犯罪の可能性だ」

「それとこの写真と、どういう関係があるんですか？」

「この顔を見ろ。なんと書いてある？　わたしの目には『S・E・X』と書いてあるように見えるんだがね」

キャメロンは写真を見つめて首を振った。「どうかしている。これは安っぽい娼婦の顔ではあり得ませんよ。行いの正しい娘の顔だ。こういう娘は、よからぬ男たちに近づいたりはしない」

「そういう露骨な意味ではない。おそらく、本人は自覚さえしていないだろう。自分がそんな性的魅力を持っていることに、ミッチェル嬢はまったく気づいていない。しかし、この生真面目そうな大きな目と、ふっくらとした唇と、女らしい顔の丸みを見てみろ」フォードは別の写真をキャメロンにわたした。今度は全身を写したものだった。「それに、この身体つきだ。特に恰好がいいわけではないし、いくぶん痩せすぎている。ああ、脚は長くてきれいだが細すぎる。しかし、女らしいし艶めかしい。この立ち方を見ろ。いかにも自信満々だ。ミッチェル嬢には独特の雰囲気がある。男を狂わせる何かを持っている。なんてことだ、わたしもその魅力にやられそうだ。五十八歳のわたしがね」

「あなたの女好きは十五のときからだ」キャメロンが言った。「いいでしょう、ミッチェル嬢はとおりすがりの男が頭の中で服を脱がせずにはおかない類《たぐ》いの女だとしましょう。しかし、それがなんだというんです？」

「変質者は、頭の中で服を脱がせるだけでは満足できないかもしれない。実際にそいつを試してみようとするんじゃないのか」

キャメロンは両手を腰にあてた。「いったい何を言ってるんです？　それが新発見だとでも？　若い娘が失踪したら、それがどんな娘であろうとも、セックス絡みである可能性について考えないわけにはいかない。それは、いつの世でも同じです」

フォードは、椅子に深く坐りなおして煙草を投げ捨てた。「この事件の場合、それは単なる可能性以上のものだと言っているんだ。犯罪に巻き込まれたのか、堕胎手術を受けにいったのか、誰かと駆け落ちしたのかは知らない。しかし、男が絡んでいることは確かだ。賭けてもいい。なにしろ、セックスのために存在するような娘だからな。いや、確かにセックスという言葉はミッチェル嬢には少々汚らわしすぎるかもしれない。しかし、いずれにしても、こういう娘は男につきまとわれて生きることになる」

キャメロンは立ちあがってのびをした。「だったら、あなたは変質者どもを締めあげてみるといい。ぼくはご命令どおり、町じゅうの医者に話を聞いてきます」彼ははじくようにして吸い殻を屑籠に捨て、署長室をあとにした。

正午が過ぎて午後になっても、手掛かりらしきものは見つからなかった。約束どおりに消印を調べた銀行の窓口係によって、ローウェルの小切手が換金されていないことが確認された。バーグマン医師とヒル医師の行動にも、ほんの少しも変わったところは見られない。他の医者たちも、そんな娘はやってこなかったと断言した。その言葉に嘘はないと見たキャメロンは、なんの収穫もないまま本部に戻った。そして、ラシターをさがしにふたたび出かけることにした。ラシターは、学寮長と構内管理人と構内警察とともに、何百人という学生や教職員から話を聞くという、途方もない任務についているはずだった。失踪した娘とほんのわずかでも関わりのある者全員から、情報を集めようというのだ。うんざりするほど退屈で疲れる上に、それによって何かが見つかる可能性は、砂金ひと粒ほど。警察の〝お決まりの捜査手順〟というやつだ。

もちろんミッチェル家の三人もやってきて、まず記者たちと、それからフォードと話をした。ローウェル失踪から三日経った今、家族の表情には緊張の色があらわれていた。メリッサは相変わらずにこりともせずに、ひっそりとうしろに控えている。直接問いかけられて答を求められたとき以外に彼女が言葉を発するのを、フォードは聞いた覚えがなかった。ミッチェル夫人は、小柄でほっそりとした体型と、カールのかかったやわらかそうな黒髪と、繊細そうな顔立ちのせいで、とても四十という年齢には見えないし、ふたりの娘の母親にも見えないが、今その顔は青ざめて引きつり、笑みを浮かべていても目には苦悩の色がはっきりとあらわれていた。ミッチェル氏は、ひどく張り詰めていて落ち着かないようだった。何もできない自分が役立たずに思えて、苦しんでいるにちがいない。時間をかけて事を進める警察のやり方に、彼が苛立ちを覚えているのはあきらかだった。もっと迅速な動きを期待しているのだ。

「署長、わたしは何をしたらいいんです？」ミッチェル氏が訊いた。「ぜひともそれが知りたい。ただ坐って待っているなど堪えられません。何か言いつけてください！」

フォードは首を振った。「為すべきことをするのに充分なだけの人員は揃っています」

「わかっています。しかし、警察は何をしているんです？　娘が姿を消してから、もう三日も経っている」ミッチェル氏は腕時計を見た。「あと一時間半で、あの子が最後に目撃されたときから丸三日になります。三日ですよ！」

「奥さんまで混乱させるつもりですか？　三日くらいなんでもありません。姿を消して三カ月経ったら、心配しはじめればいい。仕組みをととのえて捜索の基礎を築くだけで、三日かかります。もう二、三日したら、何かが見えはじめてくるでしょう」

「ほんとうに最善を尽くしているんでしょうね？」

「もちろんです。こういうことは初めてではありません。お嬢さんが、パーカー・カレッジから姿を消した初めての学生というわけではないんです」

ミッチェル氏は興味を示し、期待の色を滲《にじ》ませて尋ねた。「よくあることなんですか？」

フォードは葉巻を取りだして弄《もてあそ》んだ。「毎年というわけではありません。しかし、この三十三年のあいだに三、四人の学生が姿を消している」

「それで、見つかったんですか？」

「ひとりは見つかりませんでした」

ミッチェル氏は腰をおろし、両手で髪を撫であげた。「その娘の身に何が起きたんです?」

フォードが肩をすくめるのを見て、ミッチェル夫妻とメリッサがかすかに背筋をのばした。

「一九三七年のことです」フォードは言った。「姿を消したのはヘレン・チェンバーズという名前の娘でした。彼女がスプリングフィールドの医者を訪ねたことまではわかったんですがね。何が起きたのかは突きとめられなかった」

「しかし、想像はついた?」

「もちろんです。堕胎のためにその医者を訪ねて、手術台の上で命を落としたとしか考えられません。しかし、医者のほうが上手《うわて》だったということです。なんらかの方法で死体を完全に片づけてしまったんですからね。警察にはその証拠をつかむことができなかった」

「それで諦めたんですか?」

フォードは首を振った。「捜査は打ち切られていません。しかし、解決の見込みはまったくない。その医者は六、七年前に亡くなりました。秘密を墓場まで持っていったわけです」

ミッチェル夫人が身を乗りだして尋ねた。「その人は何が原因で亡くなったんですか?」

「心臓麻痺です」フォードは答えた。「かなりの歳でしたからね」

「ひどい話だわ。口を閉ざしたまま死んでしまうなんて」

フォードは、またも肩をすくめた。「その医者が、ほんとうに何かを隠していたのかどうかは不明です。ヘレン・チェンバーズが医者を訪ねたところまでは突きとめたが、その先のことは立証できなかった。いや、ことによると医者を訪ねてさえいないのかもしれないし、訪ねたあとどこかに姿を消したのかもしれない。結婚して子供を何人か産んで、家族とともにどこかで暮らしている可能性もないわけではありません」

ミッチェル氏が言った。「ローウェルの場合、それはあり得ない。あの子はそんな娘ではないし、たとえそういうことになっても——あり得ないが、仮にそういうことになったとして——家族を頼ってくるはずです」

フォードはかすかにうなずいた。しばしの沈黙のあと、ミッチェル氏が訊いた。「それで、他の娘たちは？」

「一九二二年に、バーバラという娘が姿を消しました。名字はリッチレー……いや、リッチーだったかもしれない。失踪から六週間後、彼女はカンザス州のオレーセで発見されました。巡回販売員と駆け落ちをしたんです。戦時中の一九四三年か四四年に失踪した娘もいました。この捜索はわけもなく終わった。寮の部屋でボストンの電話番号を見つけたんです。発見時、その娘は週末の放埒《ほうらつ》なパーティを楽しんでいました」

「ローウェルの失踪は、そういうものとはまったくちがう」ミッチェル氏が言った。「あの子には駆け落ちをする相手も、いちゃつく相手もいないし、放埒なパーティになど出かけるはずがない。ローウェルは理非をわきまえた娘です」

「みんなそうです。しかし、何かが起きて、娘たちは心をかき乱されてしまう。それが男との出逢いという場合もあるし、戦争ということもある」

「ローウェルにかぎって、そんなことはありません」ミッチェル氏は頑なに言い張った。

「署長、あなたはあの子を知らない。知っていたら、そんなふうには思わなかったでしょう。あの子が帰ってこない理由は、他にあるはずです」

フォードは言った。「わかりました。率直なところを聞かせろとおっしゃるなら、そうさせてもらいましょう。医者を訪ねたわけでも、駆け落ちをしたわけでも、放埒な遊びに耽《ふけ》っているわけでもないということであれば、犯罪に巻き込まれたとしか思えません。誘拐された可能性もある。お嬢さんについてわかっているかぎりのことを心にとめて考えれば、それ以外にないでしょう」

「しかし、昼日中に？」

フォードは立ちあがった。「いずれにしても推測は無用です。お嬢さんの失踪については、すでに新聞などで広く報じられている。一両日中に何か情報が入るはずです」

「しかし、あなたは犯罪に巻き込まれた可能性を疑っている。だったら、何か手を打つべきだ。見つかるような場所にいれば、警察があの子を見つけて救い出してくれるでしょう。しかし、そういう場所にはいないかもしれない。どこかに監禁されているということも考えられます。何もせずに、ただ坐っているなんてできません。尽くせるかぎりの手は尽くしたと思いたいんです。署長、私立探偵を雇ってはいけませんか？」

フォードは肩をすくめた。「ご自由に。あなたがご自分の金をどう使おうと、文句はありません」

「警察を信じていないわけではありません。しかし、役に立てる人間がひとり増えることになる」

「気遣いは無用です。そうしたいなら探偵を雇えばいい。喜んで協力しますよ」

「感謝します」

フォードはまたも肩をすくめ、戸口まで行って外の様子をうかがった。ミッチェル夫人が言った。「ラジオを使うというのはどうでしょう？　わたしたちがラジオで呼びかけたら、効果があるのではないでしょうか？」

「害はないでしょう」フォードは答えた。

「でも、効果は望めないとお思いなのですね」

フォードは振り向いた。「わたしの考えですか？　さあ、なんとも言えませんね。この仕事では、何が効果をもたらすか、何が無駄か、けっしてわからない。うまくいく可能性はあります。おそらく無駄だとは思うが、無駄ではないかもしれない。だから、やめておけとは言いません」

「ありがとうございます」ミッチェル夫妻とメリッサが立ちあがると、三人がとおれるようにフォードは脇によけた。「何かわかったら、すぐにしらせてください」夫妻が言った。

「わかりました。しかし、少し時間がかかるでしょう」

フォードは彼らを見送った。その肩を落としたうしろ姿には、落胆の色がはっきりとあらわれていた。三人の姿が見えなくなるとフォードは机の前に戻った。そして、積みあげられた報告書をしばしぼんやりと見つめたあと、ため息をついてローウェルの日記帳を手に取った。

月曜日　午後

二時に本部に戻ったキャメロンは、署長室に直行した。「ふうっ」木製の肘掛け椅子にどさっと腰をおろしながら、彼は言った。「外泊届け《ブルー・カード》にすべて目をとおして、金曜日に町を離れていた寮生の一覧をつくりました。まったく、たいへんな作業だった！　イエールとプリンストンで大きな催しがあったせいで、今年に入ってからのどの週末よりも、おおぜいの娘が外泊していたんです」

フォードは言った。「きみがのらくらとその一覧づくりをしているあいだに、きみがやり残していた仕事を完成させておいたぞ。ミッチェル嬢が日記の中でふれている男たちの名前を、すべて書きだした。何人いたと思う？」

「一日にひとりというところかな？」

「四十七名だ」

「グレゴリー・ペックとゲーリー・クーパーも含めてですか？」

「そうだ。まったく、きみはおもしろい。滑稽と言ってもいいくらいだ」

「日記に出てくる男たちの名前をすべて書きだせと、あなたは言った。グレゴリー・ペックもゲーリー・クーパーも、彼女の日記に登場しています。確か、カーク・ダグラスとジミー・キャグニーとW・C・フィールズの名前もあったな」

「アラン・ラッドも忘れるな。きみはすばらしい刑事だ。この仕事に必要な才能をすべて備えている」

「命令に従っているだけですよ」

「なるほど」フォードは言った。「それについては文句はない。関係なさそうに思えるからといって、そうした名前を数多く排除してしまうより、すべて残しておいたほうがいい。枝葉末節にとらわれて大局を見失ってはまずいがね」

キャメロンは耳を撫でた。「ずいぶんと小難しいことを言うものだ」

「本で見つけた言葉だ。さあ、腰を落ち着けて検討しようじゃないか」

キャメロンが椅子ごと身を寄せると、フォードは言った。「名前が挙がっている者全員を、いくつかの組に分けてみた。ほとんどはためらいなく削除していい男たちだ。最初の組は、きみの小賢しい一覧にあった六人の映画俳優とウィンストン・チャーチル。これは排除していい。そして第二の組は、一度だけ名前が登場した者と親戚。道を尋ねた警官、構内警察のコーヴァス、父親、テッド叔父さん、切手を買った郵便局の職員、話をした夜警、クリーニングの仕上がりのことで言い合った洗濯屋の店員、デヴィッド叔父さん、従兄弟のロッドとハーグローヴ、歯医者のレヴァイン医師、町の花屋のピーターズ氏が、ここに入る」

フォードは次のページに移った。「第三の組は、登場したのは一度きりだが、名前に加えてその人物について何か記されている男たち。ひとり目は、去年の九月二十六日、彼女が町に着いた日にランバート寮まで乗ったタクシーの運転手。『年配のすてきな運転手さん』と書かれている。次は、ハウランド学長。『かわいい』そうだ」

「本人が聞いたら、さぞ喜ぶでしょうね」キャメロンが言った。

フォードはうなるような声を発して注意をうながし、先をつづけた。「歴史の教師のスワード。『颯爽としていて、かっこよくて、グレゴリー・ペックとゲーリー・クーパーを足して二で割ったみたいだ』とある。英語の教師のマークルについては『力強い印象で、声がチャーチルに似ている』と書いてある。生物科学の教師のシュグルーは『科学に取り憑かれている』そうだ。そして最後はチャールズ・ワトソン。学生たちが《荷馬車の車輪亭》で仲間の誕生会をした際に、近くの席で食事をしていた年配の男だ。そいつは娘たちに奢ろうと、シャンパンを一本注文した。未成年だからといってウエイターに断られたようだが、娘たちはこの男にケーキを分けてやっている。何か役に立てることがあったら、いつでもしらせてくれと、ワトソンは言ったようだ」

「暇になって未成年者飲酒禁止法違反の取り締りをしようということになっても、その店だけは調べなくてよさそうだ」

「未成年者飲酒禁止法違反の話など、どうでもいい。真面目に聞いてくれ」

「なんのために？　どれもぼくが読みおえた部分に書いてあったことだ。それを書きだしてあなたにわたしたのは、ぼくですよ」

「それでも、改めて聞いてほしい。ここから若者たちの組になる。第四の組は、ミッチェル嬢と関わりの薄い青年たちだ。まずカールトン・カレッジのチャック・テーラー。彼はミッチェル嬢の男友達であるキンケイドの友人だ。そして、リーハイ・カレッジのジョージ・オールフィルダーは、ミッチェル嬢のデート相手のルームメイト。ジム・カートライトというイェールの学生はハドリーのルームメイトで、ダートマスで週末を過ごした際に彼女に会っている。そしてテッド・ワーナー。この青年もキンケイドの仲間でカールトンの学生だ。この組は問題ないだろう」

「ここまでは、すべて問題なしですよ。しかし、少しずつ核心に迫ってきたようだ。それらしい年頃の青年たちに焦点が絞られてきたからな」

「第五の組は――」部下の言葉をあからさまに無視して、フォードは言った。「故郷で暮らしていたころからの友人たち。いわゆる仲間たちだ。オハイオ州で暮らしはじめたビル・グッドイヤーと、今もペンシルベニアに住んでいるケン・ウイリアムズと、ウェズリアン大学に通うディック・バードウェルとは、何度か手紙の遣り取りをしている。グッドイヤーとは、クリスマス頃に二度ほど会ったようだが、デートと呼べるようなものではなさそうだ。一度は妹のカクテル・パーティで、次も似たようなものだったらしい。この三人とのあいだに、色恋沙汰は存在しない。他に、グレッグ、ベン・ティスデイル、フランク、チェット、フィルといった名前が出てくるが、彼らとはデートもしていなければ、手紙の遣り取りもしていない。ただの知り合いだ。

さて、第六の組――ミッチェル嬢が何か書き添えている青年たちに移ろう。まず、カールトン・カレッジのボブ・チェスター。ミッチェル嬢はこの青年と一度ブラインド・デートしたようだが、『自惚《うぬぼ》れ屋だし、お酒を飲みすぎる』と書いている。それから《ブリークマンズ》のソーダ水売り場の店員。『カウンターの向こうのかわいい男の子の顔が見たくて、ペギーとサリーといっしょにソーダ水を飲みにいった。彼はこの町に来て初めて会った、まともな顔の男の子だ』とある。カールトン・カレッジのピーター・シェルダンという青年とも、一度ブラインド・デートをしたようだが、失敗に終わっている。シェルダンくんは、その場にいた他の女の子に気をとられていたらしい。最後は、イートン・トローブリッジ。これもカールトンの学生で、ブラインド・デートをした相手だ。『退屈だし、暗すぎる』と書いてある。

そして、第七の組。これは重要だ。ミッチェル嬢となんらかの関わりがある青年たちを挙げてみた。まずはカールトン・カレッジのボブ・キンケイド。ふたりは九月三十日のパーティで出逢い、何度かデートを重ねている。その関係は、いくらかいちゃついたりするところまで進んでいたようだ。ミッチェル嬢はこの青年を好いているが、愛してはいない。それどころか、クリスマス休暇のあとは冷たい態度をとるようになり、言い訳を重ねて誘いを断っている。もういちゃつくのもいやになったようだ。今年になって二度ほどふたりでパーティに出かけているが、渋々という感じだな。

カールトンにはキンケイドのライバルがいる。ウォーレン・マイアーズだ。ミッチェル嬢がこの青年に出逢ったのは十一月六日。マイアーズのやり方は性急で強引。愛していると告げたようだが、それがほんとうなのか、いちゃつきたくてそう言っているだけなのか、ミッチェル嬢はわからずにいた。激しい抱擁で圧倒して彼女を落とそうとしたようだが、うまくいっていない。日記に『たとえそれでわたしが落ちても、肉体の誘惑に負けただけで、そこに愛は存在しない』と書かれている。マイアーズとキンケイドは、ミッチェル嬢がクリスマス休暇で町を離れる前、同じ夜に彼女を訪ねている。だから、互いのことは知っているわけだ。いずれにしても、彼女はマイアーズのやり方にうんざりしていた。それで、休暇から戻ったあとは、口実を設けて会わないようにしていたらしい。彼のほうは、キンケイドに横取りされたと思っているようだがね。見当ちがいもいいところだ。

次はハンク・ウォルトン。この青年はミッチェル嬢にのぼせあがっているが、弟のようにしか思われていない。ふたりは二、三度、デートをしている。以前は彼女がリーハイまで会いにいくこともあったようだが、他の青年たちに出逢ってからは彼に諦めさせようとしていた。ウォルトンは彼女がクリスマスに実家に戻っているときに、何度か誘いだしている。こっちに来たがってもいるようだが、それは彼女が拒みつづけていた。いちばん最近届いた手紙の中でも、今月の十七、十八、十九日にこっちに来たいと言っているが、彼女は『最悪！』と日記に書いている。『ハンクは子供すぎる』ということだ」

「その青年たちが重要な容疑者だというんですか？」

フォードは肩をすくめた。「日記を読むかぎり、ミッチェル嬢はこの中の誰にも熱をあげていない。イェール大学のロジャー・ハドリーという青年も、この組に入る。ふたりは秋に二度デートをして、キスもした。ハドリーは激しいキスをしようとしたようだが、ミッチェル嬢がそれを許さなかった。たいして興味がないらしい。彼からの手紙については、一通には『とりあえず返事を出しておいた』と言っているし、どんなふうにクリスマスを過ごしたかしらせてきたもう一通のことは『悪いけれど、別にどうでもいい』と書いている」

キャメロンは一瞬声をあげて笑った。「それなのに、彼に大学のダンス・パーティに誘ってもらえなくてミッチェル嬢ががっかりしていたと、寮生のひとりが思っていたとは！」

「ミッチェル嬢がハドリーに夢中になっていなかったことは確かだ。次は、ジャック・カーティスというハーヴァードの学生。秋に何度かデートをしているが、カーティスはキスをしてもいいかと尋ねるような青年だ。ミッチェル嬢はじきに彼の熱を冷まそうとするようになる。初めのうちは『真面目な人だ』と思っていたようだが、どんなにビールが飲めるかということしか書かれていない手紙を受け取って『あまりに子供すぎる』と思うようになったらしい」

「カーティスも除外してよさそうですね」

「ああ、カーティスも除外だ。さて、ここでミッチェル嬢が興味を抱いた青年の登場だ。そう、少なくともしばらくは興味を抱いていた。ダートマスに住むカート・マスターソンという男だ。二十六歳の退役軍人で、十二月二日の土曜日にブラインド・デートをしている。『少し口がうますぎる』ということだが、子供じみたところはまったくないそうだ。『彼に比べたら、マイアーズのやり方なんて未熟としか言えない』と書いてある。『彼は刺激的』だそうだ。激しいキスも許したらしい。これは他の誰にもさせなかったことだ。そのあとミッチェル嬢は彼に手紙を出しているが、返事は来なかった。なぜだろうかとしばし思い悩んだようだが、徐々に諦めて、一月十四日には『返事はこないけれど、気にしない』と書いている。それがマスターソンについての最後の記述だ。以上。これでおしまいだ。どう思う？」

キャメロンは物憂げにのびをして言った。「年配のタクシー運転手が怪しいと思いますね」

「タクシー運転手が何をしたというんだ？」

「もちろん、ミッチェル嬢を孕《はら》ませた」

フォードは葉巻を取りだして、それを眺めた。「実は、堕胎説に疑問を持ちはじめているんだ。どうもしっくりこない」彼はため息をついた。「しかし、見込みはなくとも計画どおり、日記に登場する青年たちをあたる以外になさそうだ。とにかく連中に話を聞いてくれ。まずミッチェル嬢の行方を知らないか尋ね、次にどこまでの関係だったか探るんだ。ミッチェル嬢はマスターソンには激しいキスを許している。他にそれ以上の関わりを持った者がいるとは思えないが、探ってみる価値はある。日記に真実を書かなかったという可能性も考えられるからな。そのあたりをはっきりさせておかなければいけない」

キャメロンは言った。「どこから始めますか？」

フォードは二ページにわたる一覧に目をとおした。「まず、カレッジが始まった日からこっち、ミッチェル嬢がデートをした相手を片っ端からあたってくれ。十人いる。名前を書き留めろ。カールトン・カレッジのボブ・キンケイドと八回、ウォーレン・マイアーズと六回デートをしていて、ピーター・シェルダンとイートン・トローブリッジとボブ・チェスターと、それぞれ一回ずつブラインド・デートをしている。リーハイ・カレッジのハンク・ウォルトンと六回、ハーヴァードのジャック・カーティスと五回、イェールのロジャー・ハドリーと二回。オハイオではビル・グッドイヤーと二回デートをしていて、ダートマスではカート・マスターソンと一回ブラインド・デートをしたようだ。書いたか?」

「書きました」キャメロンは、立ちあがって戸口のほうに歩きだした。もはやふざけてはいない。「この連中を調べ、パーカー・カレッジの女学生たちに話を聞くうちに、ミッチェル嬢の別の顔が見えてくるかもしれない。そうなれば、彼女が何を考えていたのかがわかってくるでしょう」

フォードは机の側面にマッチを擦《こす》りつけて、葉巻に火をつけた。「それで結果が得られなければ、湖の水を抜くことにしよう」

三月七日　火曜日

警察の徹底した聞き込みはおおかた終わり、火曜日の午後三時には、ほとんどの報告が入っていた。バーグマン医師とヒル医師は、ローウェルの失踪とは無関係のようで、患者や電話会社の社員を装った警官が診療所や自宅に入り込んでみても、何も見つからなかった。メープル・ストリートの住人たちの中に、金曜日の昼にランバート別館から出てきた女学生を見た者はいなかったし、五十ドルの小切手を換金した店も、この町にはなさそうだ。パーカー・カレッジの学生への聞き込みはまだ途中だが、金曜日の昼過ぎに列車やバスでブリストルを離れた者たちからは、すでに話を聞いていた。列車の駅でも、バスの発着所でも、ローウェルを見た者はいなかった。

署長室で捜査結果に目をとおしていたフォードとキャメロンは、最後の報告書を脇に置いた。煙草に火をつけて、キャメロンが言った。「女学生たちの話がほんとうで、列車にもバスにも乗っていないというなら、ミッチェル嬢はこの町にいることになる」

「そうなるな」フォードは低くうなるように言った。「しかし、駅ですれちがったのに誰も気づかなかったという可能性もある。なんと言っても娘たちはみな、愚かな若者と週末を過ごそうと浮き足だっていたんだ。時間さえ、はっきりわかっていなかったと思うね。いや、待てよ。われわれは外にばかり目を向けているが、娘たちの言葉を信じていいのかもしれないな。ミッチェル嬢はこの町に、われわれの鼻先にいるのかもしれない」

キャメロンはかぶりを振って、煙草の灰を床に落とした。「手詰まりだ！　健康な美しい娘が寮の部屋から自分の足で歩いて出ていき、それきり姿を消してしまった。くそっ、そんなことはあり得ない。誰かが見ているはずだ」

「ああ、まちがいなく誰かが見ている。つまり、われわれは見当ちがいの人間に話を聞いているということだ」

「メープル・ストリートに建ちならぶ家は、残らず訪ねました。金曜日のその時間に通りを歩いていた者たちにまで、話を聞いたんです」

「ああ、わかっている。ことによるとミッチェル嬢は、メープル・ストリートに出なかったのかもしれない。裏にまわって構内を横切った可能性もある。そいつを見落としていた。スカートに着替えたと聞いて、カレッジの外に出たものと決め込んでしまったが、スカートをはきたい理由は別にあったんじゃないのか？　ミッチェル嬢はカレッジの外になど出ていないのかもしれないぞ」

「あなたは天才だ。宝石なみの輝きを放っている。ええ、そのとおりかもしれませんよ、署長。学生はみんな昼食をとっていた。だから、ミッチェル嬢に気づかなかったのかもしれない」

フォードは椅子をうしろに傾けると、セロハンに包まれた葉巻を取りだし、それを眺めた。

「ひとたびランバート寮の外に出てしまえば、たとえ姿を見られても誰にも気づかれない。構内には二千二百名の学生がいるし、ミッチェル嬢は一年生だ。寮生同士はみな顔を見知っているだろうが、外にはたいして知り合いはいない。そういうものだ。何百人という学生が彼女とすれちがい、そのまま忘れてしまったという可能性もある」

「しかし、そうだとしたらミッチェル嬢はどこに行ったんでしょう？」

フォードは答えた。「わからない。しかし、気になる場所がないでもない。ただの勘だがね」彼は椅子を前に傾けると、古い型の電話機を引き寄せ、机に肘をついて受話器を耳にあてた。「パーカー・カレッジの構内管理人に繋いでくれ」彼は言った。

エドワード・スモールが電話に出ると、フォードは「何かわかったか？」と尋ねた。そして、相変わらずの答が返ってくると「湖の水を抜いてみたくはないか？」と訊いた。

「フランク、あなたがそうしたいなら抜きますよ。しかし、湖はかなり念入りに調べました。問題の娘が沈んでいるとは思えませんね」

「それでも、沈んでいないとは言い切れない！　あのときは、ひととおり調べてみただけだ。なにしろ、他に手掛けていることが山ほどあったからな。その山も総崩れだ。ここでもう一度、湖を徹底的に調べたい。最深部に沈んでいるかもしれないし、桟橋の下に隠れている可能性もある。そろそろ、それを確かめる頃合いだ」

「わかりましたよ、フランク。いつやります？　あすの朝ですか？」

「何を言っているんだ。今すぐにかかってくれ。今日の午後にやるんだ」

「それは賢明ではありません。なにしろ時間がかかる。どの程度、水を抜くつもりですか？」

「完全に抜いて、最深部をさらう」

「フランク、それには時間がかかります。かなりの時間がね！　半分も水が抜けないうちに暗くなってしまう」

「かまわない」フォードはうなるように言った。「州警察と消防署に照明電源車が一台ずつあるし、カレッジには投光照明灯がいくつかあるはずだ。堂々巡りはもうたくさんだ。ミッチェル嬢が湖の底に沈んでいるのかいないのか、今夜ベッドに入る前にははっきりさせたい」

「わかりました。わたしはかまいません。どうぞこちらにいらしてください」

フォードとキャメロンは署長室を出て、外の受付デスクのほうに向かった。玄関におりる階段の脇に置かれたベンチの上で、ふたりの記者がジン・ラミー（二人で行うカードゲーム）をしていた。フォードが足をとめてジレスキィに留守のあいだの指示を与え、照明の手配をするよう話していると、記者たちがトランプを片づけて近づいてきた。「何かわかったんですか、署長？」

「わかるかもしれない。今から湖の水を抜く」

「娘が沈んでいることを示す手掛かりをつかんだんですか？」

「ただの勘だ」フォードが歩きだすと記者たちもついてきた。

「勘？　しかし、何かに基づいてのことなんでしょう？」

フォードは首を振った。「手掛かりは何もない。金曜日の午後といえば、列車の駅は人でいっぱいだ。それなのにミッチェル嬢を見かけた者はいない。それで、彼女はこの町から出ていないのではないかと思いはじめたわけだ。このあたりにいるのに、誰も姿を見ていないとなると、湖の底に沈んでいる可能性が高い」

四人は警察の車に乗って構内管理事務所に向かった。その車中、フォードはバーグマン医師とヒル医師を見張りつづけているという事実は省いて、他の線からの捜索が行き詰まっていることを記者に話した。

「ミッチェル嬢の知り合いの青年たちに、話を聞いているところだ」フォードは言った。「カールトン・カレッジの学生は州警察が、イェールとハーヴァードの学生はニューヘヴンとボストンの警察が調べている。あとはフィラデルフィアとハノーヴァー、そしてそれ以外にも各地の警察が動いている。しかし、今のところこれといった情報は得られていない」

「何が見つかると考えているんですか？」

「何も期待していない」

「どういう意味です？」

「青年たちから何を聞いたとしても、たいして役には立たないという意味だ」

管理主任のエドワード・スモールが事務所から出てきて車に乗り込んだ。そのあと一行はパーカー・ロードを走り、ダムを見おろす場所に車をとめた。何人かの男が、雪が積もった土手をくだったところにある、石のプラットホームにおりていた。そこに水門のハンドルがあるのだ。

「構内管理人たちですよ」スモールが言った。「フランク、あなたが連中の持ち場を決めてください」

「橋の上にふたり」フォードは言った。「そして、ダムと橋のあいだの両岸にふたりずつ立ってくれ」

「なんのために？」記者が尋ねた。

「知らない間に、死体が水門の外に流されてしまうのを防ぐためだ」フォードはそう答えながら車を降りた。

「死体？　ミッチェル嬢は死んでいると？」

「金曜日からこの湖の底に沈んでいるとしたら、息がつづいているはずがない」

一行は慎重に土手をくだってプラットホームにおりたった。スモールの指示に従って、管理人たちが持ち場についた。五十メートルほど下流のヒギンズ橋の上にふたり、ダム近くの川の両岸にひとりずつ、そして、そのあいだの両岸にひとりずつ。スモールが大きなスチール製のハンドルと鉄製の手摺りを繋いでいる鎖をはずして、部下に合図を送っている。そして、彼がハンドルをまわしはじめると、キャメロンも手を貸した。水門から勢いよく水が流れだし、ハンドルがさらに大きくまわされると、水は黄色く泡立ちながら弧を描いて遠くへと噴きだしていった。その勢いがどんどん激しくなっていく。泡立って渦を巻く水を得て、川が命を吹き返しはじめた。這うように流れていた水が、歩くように流れだし、それから走りだした。雪の積もった土手を這いのぼっていくかのように、水嵩《みずかさ》も増していく。

「何か見えたぞ！」間もなく誰かが言った。プラットホームに立っていたスモールだった。彼が何かを指さして叫んでいる。「黒いものが見えた。気をつけろ、スタン！」

橋の上の男たちが高い欄干から身を乗りだして、逆巻く激流を一心に見つめている。そのひとりが、橋の向こう側に飛んでいった。そのあたりのほうが水がいくぶん澄んでいる。しかしすぐに、男は何も見えなかったことを手振りでしらせ、首を振りながら戻ってきた。

フォードたちが乗ってきた車のうしろに別の車がとまり、学寮長のミセス・ケニヨンが土手をおりてきた。その上の草木のない通りでは、集まりだした学生たちが驚きながら様子を眺めている。《ビューグル》紙のカルヴィン・レスリーがあらわれて、プラットホームの一団に加わった。「こんなことを始めるなら、しらせてくれてもよかったんじゃないですかね」彼は言った。

「ニュースを嗅ぎつける鼻を持っているものとばかり思っていたよ」フォードは言った。「わたしに何を求めているんだ？ トイレに立つたびにしらせろとでもいうのか？」

誰かが家族に連絡したのだろう。土手の上の通りにミッチェル夫妻とメリッサがあらわれた。三人は、数を増していく興味津々の学生たちのあいだをぬうように歩いてくる。メリッサとミッチェル夫人は土手を半ばまでおりたところで足をとめたが、ミッチェル氏はプラットホームまでおりてきた。その顔は真っ青になっている。「あの子は湖の中に？」彼はフォードに尋ねた。

「それを確かめようとしているのです」

「理由があるはずだ。あの子がここに沈んでいると考えているんでしょう？ なぜです？」

フォードは逆巻く流れから目を離さなかった。「わかっていることはすべてお話ししてあります。理由はありません。他はすべて調べた。だから、ここを調べることにしたんです」

ミッチェル氏は唇を噛み、踵《きびす》を返して妻と娘のもとに戻っていった。ふたりが何か言い、彼がそれに応えている。そのあと三人は振り向き、水門から噴きだしつづける水に黙って目を向けた。

四時半になると、湖の水嵩が三十センチほどさがり、雪が積もった土手の斜面と水面のあいだに、冷水を含んだ泥の帯があらわれた。艇庫前の桟橋を支えている杭も、すでにあらわになっている。管理人たちは依然として急流を見張っていたが、高い集中力を持続させるには、四十五分という時間は長すぎる。みな少し気を緩めていた。フォードは、もはやプラットホームに立ってはいなかった。だいぶ前からあたりを歩きまわっている。表面が固くなった雪を踏みしめて橋に向かい、向こう岸にわたり、また戻って艇庫のほうへと歩いていく。そうしているあいだも、彼の目は常に川や湖に向いていた。

通りに集まった学生の数は、数百人に増えていた。しゃべっている者もいたし、笑っている者や冗談を言い合っている者さえいたが、ほとんどは無言でただじっと様子を見守っていた。

ミッチェル夫妻とメリッサは、まったく動いていなかった。歩きもしなければ坐りもしない。うなりをあげて流れる水を、ただ一心に見つめている。ローウェルが湖に沈んでいないことを祈っているにちがいないが、もし死体が流されてきたら絶対に見つけてやると思っているかのようだった。監視の目を緩めていないのは、この三人だけだ。

六時になると、夕食に急ぐ学生たちの流れに逆らうようにして、照明電源車が到着した。すでに艇庫の屋根に取りつけられたライトは、湖のほうに向いている。電源車がちょうどい い位置にとめられ、目映《まばゆ》い光がまっすぐに渦巻く急流を照らしだすように何度も調整が繰り返された。そして、その角度が決まると、川の一部が薄闇の中にくっきりと浮かびあがった。照明の準備がととのうと、フォードは交替者を集めて食べ物を調達して戻るよう、キャメロンをいったん本部に帰した。見張りの者たちは、みな疲れていた。交替が来れば構内管理人たちは食事をとれるだろう。しかし、ミッチェル家の三人だけは、食べずにその場に居つづけるつもりのようだった。今、三人はコートの前をきつく合わせ、襟を立て、かじかんだ手を冷たいポケットに深く突っ込んで、雪の上に坐っていた。

湖の水嵩は七十五センチほど減っていたが、流れる水の勢いは衰えていない。その轟《とどろ》くような音は、近くの《コンウォール・ハウス》にいる者たちを悩ませていたし、少し離れた《モルトビー・ハウス》の中でも、ランバート別館の食堂でも、それはかなり耳障りだった。ヒルダとマーリーンとパティとサリーは料理をただつついていたが、ペギー・ウッドリングは「気分が悪い」と、声に出して言った。

七時十五分になると、フォードは夕食をとるために車で自宅に戻った。妻のサラと娘のメアリーは先に食事をすませていて、フォードの分は冷めないようオーヴンに入れてあった。彼はほとんど話もせずに、それをすばやくたっぷりと食べると、すぐにまた湖に引き返した。

その頃には、水の勢いはだいぶ衰えていた。フォードは見張りの者たちにひととおり話を聞いてまわり、ぬかるんだ土手に沿って歩きつづけた。何も見つからない。夜は深まり、あたりは暗くなっていて、急流と湖に近い側だけが目映いライトに照らされている。

エドワード・スモールが近づいてきた。手には厚手の手袋をはめ、帽子についた耳覆いをおろしている。彼が言葉を発すると、息が厚い雲のように白く見えた。「フランク、あなたの計画を聞かせてください。水が抜けたらどうするつもりですか？」

「ボートをおろして、水が残っている最深部をさらう」フォードはそう答えたあと、警察本部の裏の車庫に船外モーターつきの小型ボートがあることを話した。「何も見つからなかったら、ひと晩じゅう水門を開けておく。日が昇ってから、湖の底を調べてみたい。金曜日の朝、ミッチェル嬢が湖の畔《ほとり》を歩いていたことはわかっているんだ。何かを投げ捨てた可能性もある」

「死体が見つかるとは思えませんね」

「ああ、見つからないかもしれない。しかし、はっきりさせたいんだ。水門を抜けて流れていったのに、誰も気づかなかったということはないだろうね？」

「それはあり得ません。小枝一本、木の葉一枚、見逃しませんよ」

ふたりは身を刺すような寒さに堪えながら、しばらくその場に佇んで、目映いライトに浮かびあがる水の流れを見つめていた。

その夜、パーカー・カレッジでは、ほとんど誰も勉強に集中できなかった。湖を照らすライトに、うなりをあげて流れる水の音。なんのためにそんなことが行われているかを考えたら、ぞっとせずにはいられない。寮でのいつもと変わらない夜を過ごすなど、ほとんど不可能だ。パーカー・ロードから土手におりることは許されなかったが、それでも学生たちは群れをなして外に出ていた。コートにくるまって様子を見守る彼女たちが吸う煙草の火が、暗闇に点々と見えている。初めのうちは、みな無言のままじっとその光景に見入っていた。そして、飽きてもなお、重大な発見を見逃すまいとその場に残りつづけた。

ミッチェル家の三人もまだそこにいた。身体が冷えてこわばっても、水の中にいるローウェルはもっと寒いにちがいないと思って、堪えているのだ。三人は、もはや土手の斜面にはいなかった。さらに湖に近づいて、構内管理人や警官にまじっている。冷たい外気にさらされ、ローウェルの運命を思って冷え切った身体が、そうすることで少しでも温まればと思っているかのようだった。ミッチェル氏は度々低い声で男たちに話しかけていた。ローウェルが湖の底から死体で見つかる可能性について尋ね、おそらく見つからないだろうという答を聞いて慰めを得ているのだ。それは一般論であって、決定的な何かに基づいた答ではあり得ない。それでも、そこに希望を繋ぐしかなかった。一家はほとんどずっとフォードのまわりにいて、先導者である彼の動きや表情をうかがっていたが、なんのヒントも得られなかった。質問しても、ぶっきらぼうな答でかわされてしまう。ローウェルが見つからないことに苛立ちを覚えている証拠だ。記者が十数名、禿鷲《はげわし》のようにあたりをうろついて、獲物にありつけるときを待っている。彼らが何を望んでいるかは歴然としていた。締め切り前に、事があきらかになってくれればと思っているのだ。それは記者のひとりが口にした言葉からもわかる。「今夜のうちに湖の水を抜いてくれたフォードに感謝するよ。おかげで朝刊に間に合いそうだ」

十時を少し過ぎる頃には、湖の底があらわになり、水が残っているのは最深部——つまり、ダムがつくられる前に川だった部分——だけになっていた。その水が、依然として水門から流れだしている。水深は三メートル半ほどだが、この川に注ぐ支流がある以上、すっかり水を抜くのは不可能だ。警察の車がボートを積んだ二輪のトレーラー・ラックを曳《ひ》いてきたのは、だいぶ前のことだった。今、六人の男がそのラックからボートをおろし、体重をかけてそれを押したり引いたりしながら慎重に土手をくだっている。ライトに照らされた空っぽの湖の底にボートがおろされると、フォードは言った。「ダムから始めて川を遡《さかのぼ》っていく」たっぷりと水を含んだ湖の底を運ばれて、ようやく流れに浮かんだボートの上には、野暮ったいオーバーを風にはためかせているフォードの姿もあった。船外モーターを使うことをフォードが禁じたため、ふたりがオールをにぎってボートを漕ぎ、フォードを含む三人が、何か見つかったときにそれを引きあげるためのチェーンと、三つ叉の不恰好なフックがついた引っかけ棒を持っていた。男たちは、流れに逆らってゆっくりと進むボートの船縁から身を乗りだし、フックを水中に深く沈めてその底を探っていった。

船から落ちるかと思うほど、ひとりが大きく船外に身を乗りだした。手にしたフックが何かに引っかかっているらしい。その衝撃でボートが傾いて転覆しそうになるのを見て、土手にいた記者が言った。「もう少しで、フォードの泳ぎが見られるところだったな」ボートの揺れがおさまると、漕ぎ手はしばし流れに任せてボートを後退させ、またゆっくりとオールを使って漕ぎだした。ボートは流されることなく、その場にとどまっている。男はフックを引っぱりつづけていた。フォードも自分の棒を置いて、それを手伝った。岸にいる者たちの上に沈黙がおりた。記者たちは前へと移動した。引っかかりがとれてフックが動くと、フォードと男がそれを引きあげはじめた。ミッチェル夫妻とメリッサは顔をそむけている。しかし、川底からあらわれたのは、水が滴《したた》っているヘドロだった。

漕ぎ手はオールを使う手にさらに力を込め、ボートを先へと進めていった。男たちは川底を探りつづけた。岸にいる者たちも、ゆっくりと川上に向かって歩いていく。しかし、フックが何かをとらえることはもうなかった。ボートが艇庫の屋根に取りつけたライトの明かりの外に出てしまうと、照明電源車が細い道をとおって湖の端近くまで行き、急な斜面をおりて岸にとまった。そのライトが、まだ捜索が行われていないあたりを照らしだす。

十一時になると男たちは諦め、ボートを漕いでダムに戻った。それが、捜索が失敗に終わったことを告げる無言の合図となった。学生たちはボートが引きあげられるより前に、ひとり残らず勉強が待っている部屋へと引き返していった。小型のボートは八人がかりでトレーラーに載せられ、土手の上へと引きあげられた。しかし、たいへんだったのは、岸辺のぬかるみにはまってしまった照明電源車だ。それを動かすには、巻き上げ機とケーブルを備えた牽引車を呼ばなければならなかった。

フォードは牽引車の到着を待とうとはしなかった。彼は土手をのぼり、ミッチェル氏の横をとおりすぎながら言った。「ひとまず安心してください。お嬢さんは湖に沈んではいなかった」

ボートを積んでいる警察の車の前で、記者たちがフォードをつかまえた。「ひとことお願いします、署長」

「ひとつあきらかになった」振り向きながらフォードは答えた。「ローウェル・ミッチェルはパーカー湖には沈んでいない」

「その言葉どおりに書かせてもらってかまいませんかね？」そう尋ねたボストンの記者の声には、皮肉の色が滲《にじ》んでいた。

「わたしに何を言わせたいんだ？」フォードは激しい口調で言った。「わかっていることは、すべてきみたちにも伝えてある。今夜ここでローウェル・ミッチェルが見つからなかったからといって、わたしはなんとも思っていない。きみたち以上に、なんとも思っていないんだ。この先も捜索をつづける。今のところ、言えるのはそれだけだ」

「しかし、見つかることを期待していたんでしょう?」

「どちらとも言えない。ただ確かめたかっただけだ」

記者たちから解放されたフォードは、うなり声をあげながら車のドアを開けた。そこにやってきたキャメロンが、寄り添うように通りに立っているミッチェル家の三人を顎で示した。

「気の毒に。休みもせず、飲まず食わずで七時間もここにいたんです」

「いずれにしても食欲などないと思うがね」フォードは言った。

「いっしょにコーヒーでもどうかと、誘ってみてもかまいませんか?」

フォードは一瞬苛立ちの色を浮かべたが、すぐに表情のない声で答えた。「かまわない。誘ってくれ」

五人は警察本部から二区画ほど離れたところにある、小さな食堂の仕切り席に落ち着いた。フォードとキャメロンがテーブルの片側にならんで腰をおろし、ミッチェル家の三人がその向かいに坐っている。メリッサは相変わらず無口で、にこりともしない。彼女は大きな茶色い目の奥に苦悩の色を浮かべながら、コーヒーでいいかという問いに——普段そんなものは飲まないにもかかわらず——うなずいて答えた。メリッサはフォードの前で、ほとんど口を開いたことがない。ミッチェル氏の反対隣に坐っている夫人も無口で、その不安げな目には疲労と苦悩の色が滲んでいた。話したがっているのは、ミッチェル氏だけらしい。

彼はスプーンを弄《もてあそ》びながら、目の前の机の表面に語りかけるかのように話しはじめた。

「署長、この前の話では――」彼はくたびれた声で言った。「パーカー・カレッジから姿を消した学生の中に、見つかっていない娘がひとりいるということでした。スプリングフィールドの医者を訪ねたところまではわかっていたのに、何も立証できなかったと言いましたね？なぜ立証できなかったんですか？」

染みのついた制服を着た若いウエイトレスがミルク入りコーヒーが注がれたマグカップを五つ、乱暴なやり方でテーブルに置くと、フォードは他の者が手をつけるのを待たずに、自分のカップに山盛り二杯の砂糖を入れてかきまわした。「診療所でその娘を見つけることができなかった」彼は、ぽつりと答えた。

「しかし、診療所を訪ねたことはわかっていたんでしょう？」

「確証はありません。切符の取次販売人が、その娘にスプリングフィールド行きの切符を売ったことを覚えていて、タクシー運転手が、診療所がある建物まで娘を乗せたことを覚えていた。わかっているのはそこまでです。その娘は数日間の外泊許可を取っていたんです。だから、娘が寮をあとにしてから捜索を始めるまでに、何日かの間があった。その医者が娘の命を奪っていたとしても、われわれがその医者にたどりつく前に、死体を始末する時間は充分にあったということです。とにかく、それ以上は何もつかめませんでした。医者のほうが、はるかに上手《うわて》だった。娘のスーツケースはコネチカット川で見つかりました。その中には、失踪当時に彼女が着ていた服さえ入っていたんです。しかし、医者が死体をどう始末したのかは、どうしてもわからなかった」

「拷問にかけることはできなかったんですか？」

フォードは歪んだ笑みを浮かべた。「警察はそういうことはしません。仮にそんな例があったとしても、ああいう老人には無理です。それに、たとえ拷問にかけても、確かなところはわからない。推測する以外ありません」

「しかし、確信があるんでしょう？」

ミッチェル夫人が夫の腕に手を置いた。「どうでもいいことだわ、あなた。そんなことは、ローウェルの身に起こったこととなんの関係もありません。それは、はっきりしているわ」

「わかっている」ミッチェル氏は応えた。「しかし、そんなふうにして娘を失った親の気持ちはよくわかる。なんの役にも立たないだろうが、われわれと同じ状況に置かれた人たちについて知りたいんだ」

フォードは言った。「話しておいたほうがいいかもしれません。実は、評判の芳《かんば》しくない町の医者ふたりに見張りをつけています。お嬢さんがその診療所にいる可能性を考慮してのことです。しかし、何も怪しいところは見当たらない。お嬢さんが寮から出かけた目的は、医者を訪れるためではなかったようです。わたしは、そう考えています」

しばしの沈黙のあと、フォードが少し大きすぎる音をたててコーヒーをすすった。彼を見つめるメリッサの顔には、興味の色も嫌悪の色も浮かんでいない。その虚ろな眼差しを見れば、フォードの行儀の善し悪しなど気にもとめていないことがよくわかる。彼女がフォードを見ているのは、彼が姉の捜索の責任者だからだ。今、この署長は、両親以上にローウェルと深く繋がっている。姉に会えないならば、姉にいちばん近いところにいる署長を見ていようと、メリッサは思っているのかもしれない。

「ラジオで訴える手はずをととのえました」ミッチェル氏が言った。「反対しないという考えは変わっていないでしょうね？」

フォードはぼんやりとうなずいた。もう帰ってほしかった。疲れているのに、ミッチェル家の人間がそばにいては緊張を解くことができない。忘れたいのに、彼らがいては忘れることなど不可能だ。善良な家族に信頼されて、フォードはずっしりと責任を感じていた。なんとしてもローウェルを家族のもとに返さなければいけない。

「放送はあさってです」うなずき以上の答が返ってこないのを見て、ミッチェル氏が言った。

「どこで何時に？」フォードは尋ねた。

「スプリングフィールドで夜七時です。かまいませんね？」

「おそらく」

「それに、私立探偵を雇いました」

ミッチェル氏は反応をうかがうべく、フォードの表情をじっと見つめていた。しかし、またも署長はうなずいただけだった。

「ジョン・モンローというフィラデルフィアの探偵です」

「うーん」

「ご存じですか？」

「いや、知りません」

「ひじょうに有名な探偵です」

フォードは、ただこう言った。「喜んで協力させてもらいましょう」

「探偵など、たいして役に立たないと考えているんですね？」

フォードは肩をすくめた。「警察にできなかったことを、探偵がやってのけるということはないでしょう。それでも、われわれが見落としている何かを、別の角度からさがしあててくれるかもしれない。その可能性はあります」

「しかし、そんなことは起こらないとあなたは思っている」

「確かに」

ミッチェル氏はうなずいた。固く引き結んだ唇が、一本の線のようになっている。「コーヒーをご馳走様でした。そろそろ宿に戻ったほうがよさそうだ。ひどく疲れているのでね」

キャメロンが「送りましょう」と言うのを聞いて、フォードの口元が歪んだ。

車がメープル・ストリートをとおって宿の前にとまると、ミッチェル家の三人は歩道に降りたち、ポーチにつづく階段をのぼって、古いヴィクトリア様式の建物の中へと入っていった。彼らが泊まっている二階のつづき部屋からは、ランバート別館のローウェルの部屋の窓が見える。

「フォードというやつは――」ミッチェル氏は、オーバーを脱ぎながら苦い口調で妻に言った。「なんて冷酷なんだ。あの男にとって、これはただの仕事だ。札入れをさがすのと、なんら変わりない。ローウェルを人間として見ていないのがよくわかる。フォードがあの子をさがしているのは、それが警察官である自分に求められていることだからだ。ローウェルが湖に沈んでいなかったことを、残念に思っているにちがいない」

たぶんミッチェル氏の言うとおりなのだ。フォード署長は人としての思いやりに欠けている。彼の中に、そうでないしるしを見つけるのは難しい。それでも今夜のフォードは、真夜中に帰宅して娘がまだ起きているのを見つけても咎《とが》めなかった。彼は本に夢中になっている娘を必要以上に長く見つめ、いつもよりもやさしくおやすみのキスをした。しかし、それだけのことだ。

三月八日　水曜日

パーカー・ロードをたどって水曜日の午前の授業に向かう学生たちは、いつにない光景を目の当たりにすることになった。湖があった場所は凍った泥の広大な平地と化し、くねりながらそこを流れる細い川が、開かれた水門の外に水を吐きだしている。その凍った平地を、フォード署長を含めた六人の男が歩きまわっていた。何かをさがしているにちがいない。フォードが何を期待していたのかは知らないが、目的のものは見つからなかったようだ。それでも、彼の顔に落胆の色は見られなかった。フォードは水門を閉じるよう命じると、無言のままキャメロンとラシターを従えて本部に戻った。部下のふたりは、特になんとも思っていなかった。用心深いフォードのことだから、あとで問題が発生しないように念のために湖の水を抜いて、何もないことを確かめたのだろうと考えていたのだ。

捜索開始から五日目。また実りのない一日が始まろうとしていた。今日も手掛かりひとつつかめそうにない。おそらく、今日も収穫はないだろう。打つ手もなく、ローウェルの居所を突きとめるのに役に立ちそうな情報もないせいで、ブリストル署の中には脱力感が漂いはじめていた。

しかし、午前の分の郵便が届いてその空気が一変した。動きにはいくぶん目的らしきものが見えてきて、会話も少しは生きいきとしたものになり、誰かのつまらない冗談にも、みなやや大きすぎるくらいの笑い声をあげている。すべては一通の手紙がもたらした効果だった。

その宛名は、『マサチューセッツ州ブリストル　ブリストル警察気付　カール・B・ミッチェル夫妻』。消印は、『一九五〇年三月七日午後四時三十分　NY　ハイランド・フォールズ』となっていた。

《ブリストル・イン》に電話がかけられた。十五分後、真っ青な顔をしたミッチェル氏が帽子も被らずに息を切らして本部にやってきた。フォードから手紙を受け取った彼は、封を開けるのを恐れているかのように、机の脇に立ったまま何度もそれをひっくり返して、手書きの文字や消印や切手や何も書かれていない封筒の裏を眺めていた。「身代金を要求してきたんだろうか？」そう言った彼の声は震えていた。

「そうだとしたら――」フォードは答えた。「警察をとおして被害者家族に連絡をとろうとした、初めての誘拐犯ということになるでしょうね」

ミッチェル氏には聞こえてさえいないようだった。それがローウェル自身であるかのように、愛おしそうに手紙を撫でている。フォードの中に、堪えられないほどに苛立ちが募ってきた。彼は小型の折りたたみ式ナイフの刃を開いて、差しだした。「もういいでしょう。金融会社からの手紙かもしれません」

ミッチェル氏は一瞬フォードに目を向け、ナイフを受け取って封を開けた。その顔は仮面のようにこわばっている。彼は急ぐことなく、封筒から便箋を取りだした。

「気をつけてください」フォードは言った。「指紋がついているかもしれません」

ミッチェル氏はうなずき、便箋の端をつまんで手紙を開くと、それを読んでゆっくりと息を吐いた。表情に変化は見られない。フォードは差しだされた手紙を慎重に受け取った。手書きの文字で綴られた短い手紙だった。

一九五〇年三月七日

親愛なるミッチェルご夫妻

お嬢さんのことは心配いりません。この近くに住む友人を訪ねているだけです。数日したら戻るでしょう。

署名はなかった。

フォードは手紙を灯りにかざして、透かし模様を調べた。「安物の便箋だ」彼はそう言いながら、手紙をそっと机に置いた。「これを書いた人間に心当たりは？」

「まったくありません。あるはずがない」

「お嬢さん自身が書いたということは？」

「わかりません。まったくわからない。あなたの考えを聞かせてください」

「わたしにもわかりません。バート、きみはどう思う？」フォードはすぐうしろに立っていたキャメロンに意見を求めた。

「いまだに堕胎説が有力だと考えているなら、今ミッチェル嬢は医者のもとにいると考えられます。数日したら戻るということを、医者か本人が手紙で伝えてきたのかもしれません。

そうでなければ、馬鹿者の悪戯《いたずら》だ」

「悪戯？」ミッチェル氏が言った。「何者かが、故意に警察の目を誤った方向に向けさせようとしているということですか？」

「世間の注目を集める事件では、よくあることです」フォードは答えた。「自分も派手な舞台に立ってみたいと思う馬鹿な人間が、少なからずいるんです」

「今度の場合もそうにちがいないと言っているわけではありません」キャメロンが言った。

「お嬢さんは、ほんとうに元気でいるのかもしれない」

「堕胎手術を受けて？」ミッチェル氏が冷ややかに言った。「そんなことはあり得ないが、仮にそういう問題が生じたのだとしたら、あの子はわたしを頼ってきたはずです」

《ブリストル・イン》に滞在している三人の記者が本部にやってきたのは、そのときだった。大急ぎで身支度をしてきたのはあきらかで、どことなくおどおどしている。「何があったんですか、署長？」

フォードは答えた。「なんというだらけようだ。わたしが上司だったら、きみたちはクビだ」彼は手紙を読みあげ、記者たちに説明した。

フォードが話しおえると、ミッチェル氏が訊いた。「差出人を突きとめられると思いますか？」

「突きとめられるよう願っています」フォードはそう答えると、キャメロンのほうを向いた。

「この手紙をボードにとめつけて州警察にまわしてくれ。鑑識に指紋を採らせて、その写真をワシントンとハイランド・フォールズの警察に送るよう手配しろ。それから手紙の写しを向こうに送って、様子を見てみよう」彼はミッチェル氏のほうに向きなおって言った。「二、三日いただきたい。この手紙から何かがわかるかもしれません」

それ以上は期待できないと悟ったミッチェル氏がうなずいて部屋を出ていくと、新聞社の紳士たちも、いちばん近くにある電話に向かって急ぐべく、その場をあとにした。ボードを持って戻ったキャメロンが、彼らのうしろ姿を見送りながら言った。「署長、ミッチェル氏は自らの問いに答えましたね。『そういう問題が生じたのだとしたら、あの子はわたしを頼ってきたはずです』と、あの人は言った。『そんなことはあり得ないが』と前置きをした上でね。娘というものは、そういう父親を頼りはしない」

「ミッチェル嬢は問題を抱えていたと思うか？」

「あり得なくはないでしょう」

「だとしたら、絶対に男絡みだ。誰が怪しいと思う？　日記に出てきた映画スターか？」

「あなたは誰が怪しいと？」

「それを話すのは、ミッチェル嬢の男友達に関する報告が入ったあとにしよう」

午後になって最初の報告が入ったが、フォードの疑問に答を与えてくれるようなものは何もなかった。州警察がカールトン・カレッジの構内警察の協力を得て、ローウェルとデートをしたことがある五人の青年から話を聞き、その結果をまとめたものだった。

ひとり目はボブ・キンケイド。彼はローウェルに何度か会っていたことも、彼女にのぼせあがっていたことも認めていた。しかし、クリスマス休暇のあと、ローウェルはキンケイドへの興味を失ったようで、彼はそれを級友のウォーレン・マイアーズのせいだと考えていた。ふたりは、とめた車の中でいちゃついてもいたようだ。「わかるでしょう？　くそっ、誰だってしてるじゃないですか」しかし、重い意味を持つようなものではなかったようだ。「キスはしたけど、それ以上のことは絶対にしていません」

問「しようとしたのか？」

答「いいえ」

問「彼女が、そうしてほしそうな素振りを見せたことは？」

答「ありません」

問「彼女がそんな素振りを見せたら、きみは応じたかな？」

答「さあ、わかりません。ほんとうにわからない。そんなことは考えたこともありません」

問「ほんとうかね？　よく考えてくれ。これは重要なことだ。きみがミッチェル嬢と何をしていたとしても、一向にかまわない。ただ、真実を話してくれなければ困る。彼女がどんな道徳観を持っているのか、ぜひとも知る必要があるんだ」

答「神に誓ってもいい。嘘なんかついていません。ローウェルとキス以上のことをしようなんて、考えてみたこともありません」
問「他の女の子と、キス以上のことをした経験は？」
答「そんなこと、関係ないでしょう。信じてもらえないんですか？」
問「いいから質問に答えるんだ」
答「ええと……一度だけ。でも、たいしたことはしていません」
問「つまり、初めてのことではなかったわけだ。きみにはそういう経験があった。それなのに、ミッチェル嬢とそういうことをしようとは思わなかった？　一度も？」
答「ええ、一度も。ローウェルは真面目な子です。彼女を相手にそんなことをしようと思う男はいませんよ」
問「ミッチェル嬢が、他の男にそういうことを許した可能性はあると思うか？」
答「思いません。絶対とは言えませんがね。女の子は、誰かに冷たい態度をとっていても、他の誰かには熱くなれるものです」
問「しかし、ミッチェル嬢はちがうと思っている？」
答「そのとおりです」
ウォーレン・マイアーズの話も似たようなものだった。クリスマスの前、彼は何度もローウェルに会っていた。しかし、今年になってからは、いくら誘っても忙しいといって断られたという。「きみはそれを口実だと思っていたのかね？　それともほんとうに忙しいのだと？」

答「わかりません。ローウェルはうちのカレッジの他のやつとも出歩いていたんです。きっと、そいつのことが好きになったんでしょう。たぶん、それでほんとうに忙しかったんだ。ぼくたちは喧嘩をしたわけじゃありません。最後に会ったとき、彼女はぼくのことが好きだったんです。だから、なぜ急に誘いを断るようになったのか、わけがわからなかった。他の誰かを好きになったとしか思えません」

ウォーレン・マイアーズも、キンケイド以上にローウェルと深い関係にあったわけではなかったようだ。マイアーズは彼女にキスをした。それだけだった。

問「激しいキスをしたのか？」

答「いいえ」

問「彼女が許さなかった？」

答「そうです」

問「抱き合っているときの彼女はどんなふうだった？　熱くなった？　それとも冷静だった？」

答「その中間だったと思います。抱き合うのは嫌いじゃなかったみたいだけど、夢中にはなっていなかった」

問「彼女に愛していると言ったようだが、本気だったのか？　それとも、その気にさせるためにそう言っただけなのか？」

答「誰から聞いたんですか？」

問「それはどうでもいい。われわれは、きみがそう言ったという事実を知っている。ただの口説き文句だったのか？」

答「わかりません。愛してたんだと思います。結婚するつもりだったとか、そういうことじゃないけど。つまり、ほら、付き合いたかったんです。彼女を自分のものにしたかった。

二年くらい経ったら、本気になって結婚を考えたかもしれません」

問「しかし、きみは彼女を愛することをやめてしまった」

答「誘うたびに断られるようになっていたし、もうぼくに気がないのはわかっていましたからね。見込みなんて皆無だったんです。たぶん、ローウェルのことはそんなに愛してなかったんだと思います。会えなくなっても、そんなにこたえなかった。すごく悲しかったけど、窓から飛びおりたくなるほどじゃありませんでした」

州警察は、ボブ・チェスターとピーター・シェルダンとイートン・トローブリッジからも話を聞いていた。いずれもローウェルがたった一度デートをした相手で、その話からは何も得るところがなかった。キンケイドとマイアーズの話のほうが、まだ参考になるくらいだ。

「思ったとおりだ」フォードはキャメロンに言った。「ミッチェル嬢が問題を抱えていたとしても、この連中のせいでないことは確かだ」

「だったら、何を追ったらいいんです？　ミッチェル嬢は誘拐されたんだろうか？」

フォードは首を振った。「見知らぬ男の車に乗るような娘ではないと思うね」

キャメロンは両手を腰にあて、意地の悪い笑みを浮かべて言った。「ミッチェル嬢は見知らぬ男の車に乗るような娘ではないし、男と駆け落ちするような真似もしないと、あなたは信じているわけだ。思春期を過ぎた娘が処女を守りとおせるわけがないと言っていた、非情な警察官はどこに行ってしまったんです？　十八歳の小娘に、ずいぶんと甘くなっているじゃないですか」

「確かにな」フォードは言った。「しかし、事実を認めようとしているだけだ。世の中には身持ちのいい娘もいる。数は多くないが、いくらかはいる。事実を見るかぎり、ミッチェル嬢はそのひとりらしい。おおかたの若い娘に対する考えは、変わっていない。しかし、事実は認めるべきだ。

いや、これが答というわけではない。わたしの考えが聞きたいというなら、こう言っておこう。寮を出たミッチェル嬢がどこへ向かおうとしていたかがわかっていれば、今ごろは十キロ先に進めていただろうね」

水曜日の夜

八時半に本部の電話が鳴った。当直のダグラス・マクドナルド巡査部長が受話器を取ると、若い女が張り詰めた声で言った。「バーバラ・ウィルフレッドと申します。ランバート別館のすぐ隣の《テイラー・ハウス》に住んでいる者です。外に男がいて、窓からランバート別館の談話室を覗いているんです」

カレッジ構内における覗きや不法侵入は、前例のないことではない。通常は構内警察にしらせるよう通報者に告げ、必要ならばその男を追い払うためにパトカーを急派すればすむことだ。しかし、ローウェル・ミッチェルがランバート別館から姿を消している今、不審者の存在は別の意味を持つ。

「今もその男が見えていますか？」そう尋ねながらも、マクドナルド巡査部長は興奮し、首のあたりの毛がざわつくのを感じていた。

「いいえ。今は電話のところにいますから」

「友達か誰かを窓のそばにやって、男の様子を見張りつづけてください。電話は切らずに、男の動きを逐一伝えてほしい」彼は交換機の前にいるヴァーノンのほうを向いて言った。

「署長を呼びだして、ランバート別館のまわりをうろついている男がいると伝えてくれ。無線のマイクをこっちに頼む」

ヴァーノンはマイクと電話に飛びついた。

「構内警察に連絡して、警戒するよう言ってくれ」マクドナルドはヴァーノンにそう命じると、電話の向こうのバーバラ・ウィルフレッドに尋ねた。「誰か見張りにつきましたか？」そして、マイクに向かって言った。「一号車、二号車、待機しろ」

「友達が窓のそばに立っています。男はまだいるそうです。今は正面の窓から覗いているようです」

「一号車、ペトロフ、了解です」

「二号車、ハンソン、了解。どうぞ」

マクドナルドは言った。「不審者がランバート別館の正面の窓から中を覗いている。そいつを連行してもらいたい。ペトロフ、メープル・ストリートをまっすぐ行ってくれ。ハンソン、メープル・ストリートからパーカー・ロードに折れて寮の裏手にまわれ。逃げ道を塞ぐんだ。ペトロフ、ハンソンが道を折れるまで、メープル・ストリートとシザー・ストリートの角で待て。そのあと、ランバート別館と《テイラー・ハウス》のあいだの私道に乗り入れろ。ミス・ウィルフレッド、絶えず状況をしらせてください」彼は受話器に向かって、鋭い声で言った。

「まだ正面の窓から覗いているようです。あっ、少し後退してしゃがみ込んだそうです。小型の懐中電灯をくわえて、手元を照らして何か書いているみたいです」

ヴァーノンの声が聞こえている。「署長ですか？　ヴァーノンです。ランバート別館で動きがありました。何者かが窓から中を覗いているようです」

「サイレンは鳴らすな」マイクに向かってマクドナルドが言った。「男が怯えて逃げては困る」

「立ちあがったようです」バーバラ・ウィルフレッドが言った。「こっちに近づいてきます。あっ、談話室の横手の窓のほうに向かったみたいです。窓の横の茂みに隠れてしまって、姿が見えなくなったと言っています」

「ペトロフ、ハンソン。男は横手の茂みの中だ」

「こちらペトロフ。メープルとシザーの角に到着しました。ランバート別館を視界にとらえています。人影は見当たりません」

「マドックスを降ろして、寮の正面の歩道を守らせろ。身を低くして茂みの陰に隠れていてくれ。男に見られるんじゃないぞ」

ヴァーノンが構内警察の番号をダイヤルしながら言った。「署長は現場に向かっています」

「今、男はどこにいますか？」

「茂みの中だと思います。でも、姿は見えないようです」

「こちらハンソン。じきにパーカー・ロードに出ます。指示をお願いします」

「ライトを消して、パーカー・ロードを進んでくれ」マクドナルドは言った。「ランバート別館の裏で車をとめろ。必要が生じたら徒歩で追えるよう、ウルフに準備をさせておけ。ライトの届く範囲に近づいたら男を照らせ。車をとめたら、声をかけてくれ」

「やっぱり茂みの中にいます。グロリアが懐中電灯の明かりを認めました」

「構内警察に連絡がつきました」ヴァーノンが言った。「すぐに現場に向かうそうです」

「こちらハンソン。ランバート別館裏に到着しました。ライトは消しています」

「マドックスが正面の歩道を守っています」ペトロフが言った。「いつでも行動を開始できます」

「一分ほど待ってくれ。構内警察が位置につくのを待とう」

「男が茂みから出てきました」バーバラが言った。「寮の裏に向かって歩きだしたみたいです」

「ペトロフ、行け。男を捕まえろ。そいつはランバート別館の裏に向かっている」

「ただちに」

「男が足をとめました」バーバラが言った。「駆け戻って茂みに飛び込んだそうです。路地に車が入ってきたようです」

「男は茂みの中だ」マクドナルドは言った。

「車が向きを変えました」電話の向こうでバーバラが言った。「停車して茂みを照らしているそうです。男は走って逃げていったと言っています」

「どっちのほうへ？」間髪を容れずにマクドナルドは訊いた。

「グロリア、どっちに行ったの？　正面の芝生を横切っているそうです。ええ、通りに向かって。あっ、警官の姿を見て、引き返してきたようです。反対側から、別館の裏にまわろうとしているみたいです」

「ハンソン、気をつけろ」マクドナルドが言った。「男はそっちに向かっている。マドックスが追っている」

「まだ見えません」ハンソンが言った。

マクドナルドはヴァーノンに向かって命じた。「その壁掛け地図を持ってこい」

ヴァーノンは、ブリストルとその周辺地区の通りが描かれた地図の前に飛んでいき、その重い布製の地図をフックから外して、マクドナルド巡査部長の前の机にドサリと置いた。マクドナルドは地図の皺《しわ》をのばしながら、マイクに向かって怒鳴った。「報告を入れろ！　男はどうなった？」

すぐに声が聞こえた。「こちらハンソン。男の姿は見えません。車が一台、パーカー・ロードに入ってきました」それからしばしの間があり、そのあとハンソンが叫んだ。「いたぞ。通りだ！　ロッド、捕まえろ！」何人かの声が同時に聞こえてきた。

マクドナルドは大声で怒鳴った。「何が起きている？　報告を絶やすな。何が起きたのかしらせろ！」

ふたたびハンソンが応えた。「署長ですよ。男がこっそり通りをわたって逃げようとしたところに、署長が車でやってきて、そのライトに男の姿をとらえたんです。ウルフが追っています。男は今、湖の土手の斜面をくだっています。二号車は通りを横断しました。男は雪の上で転倒しましたが、起きあがって湖の北のはずれにある林に向かって逃走中。学長宅があるあたりの……あるいはその付近の、丘の上に出るものと思われます」

「ペトロフ、クアドラングル・ロードに急げ。できればマドックスを拾ってくれ。とにかく先まわりして林を抜け、丘をのぼってくる男を待ち伏せるんだ」

「こちら、ペトロフ。クアドラングル・ロードに向かっています」

「構内警察がやってきました」ハンソンが言った。「走っています。署長が車を降りました。湖の北のはずれを指さしています。全員、土手をくだっています。ウルフと男の姿は、もう見えません」

しばし無音状態がつづいた。マクドナルドは爪を噛みながら、じっと地図を見つめていた。また声が聞こえてきた。「こちら、ペトロフ。マドックスは見当たりませんが、このままクアドラングル・ロードに入ります。人影はありません」

「あたりに学生はいないのか？　いたら手伝わせろ」

「了解」

今度はハンソンの声だった。「構内警察の三人が林に入りました。男のあとを追っています。そして別のふたりが、先まわりして丘のてっぺんに向かっています」

「よし。しっかり目を開いておけ。男は引き返してくるかもしれない」

二分ほど沈黙がつづいたあとで、次の報告が入った。ハンソンだった。「灯りがつきました。艇庫の屋根に取りつけられたライトです」

「よし。新たな動きは？」

「まだありません。待ってください。湖でしぶきがあがっている。誰かが落ちたようです」

ハンソンは一瞬黙り、それからつづけた。「誰なのかは見えません。明かりの外にいるんです。あっ、来たぞ！　男です。ぬかるみを抜けて土手のほうに戻ってきました。ひとりです」

「追え。男を捕まえろ」

「男は艇庫のほうに向かっています。追っ手の姿が見えてきました。男を視界にとらえているようです。わたしも行ったほうがいいですか？」

マクドナルドは逆上して答えた。「行くな。無線から離れるんじゃない。逐一、状況をしらせろ」

「わかりました。男の姿は見えませんが、艇庫のまわりのぬかるみにいるものと思われます。ウルフと別のふたりが、そっちに向かっています。男は身を隠していますが、追っ手には居場所がわかっているようです。三人が立ちどまって話をしています。ウルフが何か言っている。男の姿は、ここからは見えません。艇庫のまわりのどこかにいるはずです。ウルフが前に進みだしました。他のふたりは両方向に斜めに進んでいます。艇庫を囲むつもりでしょう。ひとりが、別の誰かに手を振っていますが、誰なのかはわかりません。三人は男のいるほうに足を進めているようです。ウルフが、さらに距離を詰めています。やつだ！　南側から出てきました。ぬかるみから出てきて、雪の積もった斜面をのぼっています。湖の縁に沿って、水門のほうに向かっています」

「男から目を離すな」マクドナルドは言った。

「署長が来ました。車で男の行く手を塞ぐつもりのようです。動きはすべて見えています。追っ手が引き離されています。男の姿が暗闇に消えました。照明の外に出てしまったんです。土手の上にはあがっていません。署長の車が見えます。細い道をヒギンズ橋に向かって走っている。車のヘッドライトは見えますが、男の姿は見えません。待ってください。署長が男の行く手を塞いだようです。男が丘をのぼってこちらに向かってきます。わたしが――」

無線機から鈍い破裂音が聞こえ、そのあとふたたびハンソンが言った。「署長が男を追い詰めました。警告のために発砲したようです。男は走るのをやめて手を挙げています。署長が男に懐中電灯を向けました。男が手を挙げたまま、署長に近づいていきます。ウルフが追いつきました。他の者たちもやってきました。署長が男をとらえました。終わりましたよ」

マクドナルドは眉の汗を拭った。「ペトロフ、聞こえたか？　終わったようだ」

「聞こえました。わたしも署長たちに合流します」

彼らは男を本部に連行したが、そのやり方に容赦はなかった。男の歳は二十三くらい。金色の髪にはウェーブがかかっている。別の状況で会ったなら、なかなかの美男子に見えただろう。しかし今、ひどく怯えて真っ青になっている若者は、死人のようにしか見えなかった。フォードが片方の腕をつかみ、肥満すれすれの大男であるウルフが、もう片方の腕を両手でしっかりととらえている。構内警察の警官がふたりと、ハンソン、ペトロフ、マドックスもいた。彼らに囲まれて、その痩せた若者は馬鹿ばかしいほど間抜けに、そして無害に見えた。

しかし、フォードはそんな滑稽さなど感じてもいないようだった。彼は形式も礼儀も無視して若者を椅子に坐らせると、左右を部下に固めさせて、自分は正面に立った。

「さて、若造。話を聞こうじゃないか」

若者は言った。「弁護士を呼んでください」その口調を聞けば、望みが聞き入れられることなど期待していないのがよくわかる。仮に聞き入れられたら、まごついてしまうにちがいない。

「名前は？」

「ハーバート。ハーバート・マッケイです」

「札入れを見せてもらおう」

若者は言った。「ぼくは何もしていません」それでも彼は尻のポケットから札入れを取りだした。

フォードはそれを調べた。運転免許証を見た彼は、容疑者の言葉が嘘ではなかったことを知って満足した。「マッケイ、今夜ランバート別館のまわりで何をしていた?」

「何もしていません」

「こいつは何かを書いていたようですよ」マクドナルドが口を挟んだ。

「書いていたものを見せてもらおう」

若者は拒否の仕草を見せたが、思いなおしてポケットから小さな手帳を取りだした。フォードはそれを読んだ。『女の子が四人、奥の左の隅に置かれたカード・テーブルの脇でブリッジをしている。長椅子に坐って分厚い本を読んでいる子がひとり。ピアノの横の椅子に腰掛けて、勉強をしたりセーターを編んだりしている子もいる。ブリッジをしている女の子たちが笑い声をあげ——』

「こいつはいったいなんなんだ?」フォードは言った。

「なんでもありません。ぼくは何もしていません。女の子たちを見ていただけです」

「ローウェル・ミッチェルの失踪について、何を知っている?」

「何も知りません」

「ポケットの中のものをすべて出せ」

若者は渋々立ちあがって、ポケットというポケットから様々なものを取りだした。汚れたハンカチ、ジャックナイフ、いくつかの鍵、鉛筆、小型の懐中電灯、小銭、そして新聞の切り抜きが数枚。フォードは切り抜きを取りあげた。『パーカー・カレッジの女学生失踪　近隣八州で公開捜査開始』と見出しのついた記事に、『パーカー・カレッジの一年生失踪事件　いまだ手掛かりつかめず』というもの。三枚目の切り抜きには『女学生失踪事件の捜索は行き詰まり』という見出しがあった。

フォードは冷たい口調で言った。「ついに何かに行きあたったようだな」

真っ青だったマッケイの顔から、さらに血の気が引いた。「ほんとうです、署長。誓ってもいい。ミッチェル嬢の失踪とは、なんの関わりもありません。ぼくは――」若者は、がっくりと椅子に坐り込んだ。「ほんとうです。嘘なんかじゃない。ぼくはボストンの《ポスト・トラヴェラー》で働いているんです。信じてないなら、電話をして確かめてください」

フォードの声は、依然として冷たかった。「そうさせてもらうよ、若造。ああ、そうさせてもらう」

「ぼくは……一年前にジャーナリズム学校を出たばかりなんです。二カ月ほど前から《ポスト・トラヴェラー》で働いています。使い走りとしてね。もっと先に進みたいと思っているんです。だけど、取材なんかはさせてもらえません。それで、思ったんです。いい記事を書いたらチャンスをもらえるんじゃないかって……」

フォードは、これまで以上に脅迫的な表情を浮かべて言った。「つづけろ」

「うちの社の記者も何人かこっちに来ています。みんな警察の側から事件を見て記事を書いている。だから、別の側から迫ってみたら、おもしろいんじゃないかと思ったんです。新聞にその記事が載れば、ぼくにもチャンスが巡ってくるかもしれない」マッケイは汗の滲《にじ》む眉を手で拭《ぬぐ》った。ハンカチは他の持ち物といっしょに、テーブルの上に置かれている。「読者の心に訴えるようなものを書きたかったんです。ルームメイトたちが、ローウェル・ミッチエルの失踪にどんな反応を示しているかとか……。それで、彼女たちが何をしているか、どんな行動をとっているか、窓から覗いていたんです。それだけです」

「編集長に命じられてのことか？」

「いいえ、ちがいます。勤務時間外にしていることです。社の人間は、ぼくがここにいることを知りません。とにかく記事を書いて、それを提出し、新聞に載せてもらえるかどうか試してみようと思ったんです。自分でチャンスをつくってやろうとしただけです。記者になりたいんです」

フォードは品のない罵りの言葉を吐きながら顔をそむけ、マクドナルドに向かって怒鳴った。「こんなあきれた話は聞いたことがない！」

「どうします？」マクドナルドが訊いた。

「どうするかって？」フォードは大声で答えた。「こいつを牢屋にぶち込んでやる！」

マッケイが言った。「そんな馬鹿な。いったい、なんの罪で？　ぼくは何もしていません」

「放浪罪、不法侵入罪、逮捕抵抗の罪、覗きの罪。百年でも牢屋に閉じ込めてやる」フォードはマクドナルドに言った。「ボストンの《ポスト・トラヴェラー》に電話をしろ。こいつの話がほんとうか確かめるんだ。確かめたら再確認して、さらに再々確認しろ。それから、こいつが生まれてからこれまで何をしてきたか、すべて洗いだせ。特に、先週の金曜日に何をしていたか念入りに調べろ。これ以上は何も耳に入らないというところまで、とにかく聞いて聞いて聞きまくれ！」

マクドナルドが「了解」と、ひとことはっきりと応えると、フォードは不快感を隠そうともせずに、ものすごい勢いで本部をあとに自宅へと戻った。

三月九日　木曜日

木曜日の朝刊も前日の夕刊同様、差出人不明の手紙について大きく取りあげていた。その記事は、すぐにも捜索に大きな進展がありそうだという印象を与えるものだった。楽観的な読者は、もはやローウェルは両親のもとに戻ったも同然だと考えた。しかし、警察はそこまで期待できずにいた。この日は、有力な手掛かりに繋がるような出来事は何も起こらなかった。めまぐるしい一日ではあったが、何ひとつ変わらない。マッケイはボストンから出るなと警告された上で釈放された。徹底的に調べた結果、彼がボストンの《ポスト・トラヴェラー》で働いていることが確認され、金曜日にローウェル・ミッチェルに会った可能性は皆無であるばかりか、面識さえないことがあきらかになったのだ。ローウェルがデートしていた他の青年たちに関する報告も入ったが、どれも似たようなものだった。青年たちののぼせあがり方は様々だったが、彼らに対するローウェルの態度は一貫していた。キスを許した者もいれば、距離をたもっていた者もいる。しかし、今の時点でわかっているかぎり、彼女は誰ともそれ以上の関係を結んでいない。ローウェルが自分以外の誰かと親密な付き合いをしていたのではないかと疑っている者はひとりもいなかったし、金曜日の正午以降——つまり、彼女が寮から姿を消したあとに——その姿を見た者もいなかった。フォードが特に興味を持っていたカート・マスターソンの話からも、得るものはなかった。彼がローウェルとデートをしたのは、付き合っている女友達と喧嘩をしていたからだった。好意を持ったのは事実だが、女友達と仲直りをしたため、彼はそれきりローウェルに会っていない。

この日は、カール・ミッチェルがフィラデルフィアの私立探偵——ジョン・モンローを連れてきてフォードに紹介した日でもあった。記事にすることがなくて困っていた記者たちは、ふたりのあいだに軋轢《あつれき》を生じさせようと試みたが、フォードはそんな目論見には乗らなかった。私立探偵を迎えた彼の態度は、温かみに欠けているように見えたかもしれないが、もともと温かみあふれる人間ではないのだから仕方がない。とりあえず、フォードは礼儀正しかったと言っておこう。差し迫った用事もなかった彼は、モンローとミッチェル氏を従えて署長室にこもり、通報を受けて以降、警察が何をしてきたかすべて話して聞かせた。フォードは寛大な人間ではないが、提案があれば喜んで聞くつもりだったし、何かを見落としているなら指摘してほしいと思っていた。それに、順を追って話すことでこれまでの動きを見直せれば、事がより客観的に見えてくるかもしれない。思ってもみなかったところに、糸口が見つかる可能性もある。

しかし、フォードの期待どおりにはならなかった。後退した生え際に眼鏡が特徴的なモンローは、思慮深げにうなずいて「捜索には微塵の手抜かりもないようだ」と言っただけだった。フォードも改めてそう確信した。そして、モンローとミッチェルの両方を気の毒に思った。警察の捜索に手抜かりがないというならモンローにはできることが何もないし、ミッチェル氏は何もできない探偵に金を払わなければならないということだ。しかし、金を払うことで、自分も何かしているという満足感を得られればそれでいいのかもしれない。

捜索そのものは勢いを失っていた。調べるべきところは調べ尽くしてしまったというのに、追うべき新たな手掛かりは見つからない。バーグマン医師とヒル医師にはまだ見張りをつけてあるが、怪しい動きは見られないという報告が入るばかりだ。人手不足の一因となっているこの見張りも、そろそろ切りあげる頃合いかもしれないと、フォードは考えていた。今もつづいているのは、遅々として進まないパーカー・カレッジの学生たちへの聞き込みだけで、わずかずつ入ってくるその報告は様々だったが、捜索の役に立つようなものは何もなかった。多くの学生が「失踪前の一週間、ローウェルはとても沈んでいたようです」と話しているようだが、あとに起こったことが頭にあるとすれば、そのまま受け取るわけにはいかない。ローウェルのクラスメイトや教師たちの多くは、「ローウェルはいつもと少しも変わらなかった」と語っている。いずれにしても、なぜローウェルが姿を消したのかという点については、数名の学生があり得ないような突飛な説を披露してくれたが、うなずけるような話は誰からも聞けなかった。

午後になって、自分の目で状況を見ておこうと出ていったモンローは、記者たちの質問に「いかなる見解を述べるにも、時期が早すぎる」と答えた。フォードは本部で待ちつづけていたが、ニュースは一向に入ってこなかった。彼は、部屋が汚いといって怒鳴り、だらしないといって部下を叱りつけ、戦後数年で警察の質が低下したとぼやいた。みな署長のまわりは忍び足で歩いていた。キャメロンだけは「戦後数年で警察署長の質が低下した」とやり返していたが、その彼でさえ夕方になるとそばには近づかなくなった。四時になってフォードが帰宅すると、全員が安堵のため息をついた。

家に戻ってもフォードの機嫌はなおらなかった。檻に入れられた動物のように行ったり来たりを繰り返し、妻が話しかけても取りつく島もないような言葉をたったひとこと返すだけ。

部屋に入ってきた娘が大きな音をさせてドアを閉めたときには、声をあげて叱りとばした。夕刊が届くと、とりあえずそれを持って腰をおろしたものの、十五分も経たないうちに、また立ちあがって歩きまわりだした。本部に三度電話をかけたが、答は同じ。新たな報告は入っていない。

フォードは食事の途中で断りもせずに突然テーブルを離れ、居間に戻ってラジオのスイッチを入れた。そして、葉巻のセロハンをはがすと、すぐにそれを嚙みはじめ、また行ったり来たりを始めた。

七時になるとコマーシャルが流れ、そのあと数秒の間があいた。妻に「何を聴いているの？」と尋ねられても、フォードは葉巻を嚙む歯にさらに力を込めただけだった。

「ニュースの時間ですが、番組内容を変更して——」アナウンサーが言った。「先週の金曜日にパーカー・カレッジから姿を消した、十八歳のローウェル・ミッチェルさんのお父さまであるカール・ビーミス・ミッチェル氏が、お嬢さんに呼びかけを行います。ミッチェルさん、どうぞ」聞こえてきたミッチェル氏の声は震えていて、少し息苦しそうだった。「ローウェル、父さんだよ。どこにいてもいい。何をしていてもかまわない。これを聴いているなら連絡をして、この苦痛から家族を救ってほしい。おまえの身に何が起こっているのか、おまえが——」ミッチェル氏は一瞬黙り、二、三秒の間を置いてまたつづけた。「生きているのか死んでいるのかもわからないまま、ただ心配しているだけの毎日は拷問だ。いいかい、ローウェル。われわれはおまえを愛している。そのことを忘れないでもらいたい。おまえを助けたいと思っているんだ。姿を消した理由などどうでもいい。おまえが抱えている問題が、どんな類《たぐ》いのものであってもかまわない。おまえは、姿を消すより他に策がないと考えたんだろう。しかし、父さんも母さんもメリッサも、その荷を分かち合いたいと心から望んでいる。ひとりで問題を抱え込む必要はない。帰って、家族に話してほしい。みんなで解決しよう」

息をととのえているのか、涙声にならないように気を落ち着けているのか、ミッチェル氏の声が途切れた。しかし、それは一瞬のことだった。「ローウェル、もし家には戻れないと思っているなら、問題は自分ひとりで解決するべきだと考えているなら、そういうおまえの気持ちを理解するよう努めるつもりだ。とにかく、連絡だけはしてほしい。頼むから、元気で生きているとしらせてくれ。おまえの身に何が起きたのか知らずにいるのは地獄だ。家族を少しでも愛しているなら、この苦痛から救ってほしい。

どこにいようと、何をしていようと、神さまがおまえを護り、われわれのもとに返してくださると信じている。おやすみ、ローウェル。どうか帰ってきておくれ！」

素人とは異なるアナウンサーの滑らかな声が聞こえてきた。「先週の金曜日にパーカー・カレッジから姿を消した、十八歳のローウェル・ミッチェルさんのお父さまであるカール・ビーミス・ミッチェル氏でした。ローウェルさんを見かけた方、あるいはローウェルさんに関する情報をお持ちの方は、フィラデルフィア エヴァーグリーン・アヴェニュー五六〇番地のミッチェル氏、またはマサチューセッツ州のブリストル警察まで、ただちにご連絡ください。繰り返します。フィラデルフィア エヴァーグリーン・アヴェニュー五六〇番地のカール・ミッチェル氏、またはブリストル警察まで、ご連絡ください。お寄せいただいた情報により、ローウェルさんが生きて見つかった場合には五千ドル、情報によりローウェルさんの遺体が見つかった場合には二千五百ドルの懸賞金が、ミッチェル氏より支払われます。

それではニュースをお伝えします――」

フォードはラジオを消して、自室に引き取った。スプリングフィールドでは、ミッチェル夫妻とメリッサがラジオ局をあとにし、タクシーで駅に向かっていた。夕食をとって、そのあと八時五十五分発のニューヨーク行きの列車に乗るつもりだった。できることはすべてしたし、事務所で待っている仕事をいつまでも放っておくわけにはいかない。ミッチェル家の三人はこのあと家に戻り、希望を捨てずに待ちつづけることになる。

三月十三日　月曜日

なんの進展もないまま週末が過ぎると、いよいよすることがなくなった。ローウェルの知り合いからはひとり残らず話を聞いたが、結果は得られず、次に繫がる手掛かりも見いだせなかった。月曜日の朝、フォードはふたりの医者の見張りさえ引きあげさせた。これでブリストル署の全員が、別の仕事に戻ったことになる。ローウェル・ミッチェルは三月三日の昼過ぎに忽然と姿を消した。捜索が打ち切りになったわけではないが、新たに何かが見つからないかぎり、これ以上打つ手はない。

記者もほとんどが引きあげていて、電話で状況を問い合わせてくるだけになっていた。いちばん最近、新聞に載った記事には『ミッチェル嬢失踪事件、いまだ解決せず』という見出しがついていた。第一面でこの記事を報じる新聞はもうないし、記事自体もずっと短くなっている。世間の興味は、確実に薄れはじめていた。それでも記者たちは、ローウェルの居所や生死に関する手掛かりが見つかったら、すぐにブリストルに向かうべく待機しているようだった。

差出人不明の手紙からも何も見つかっていない。ワシントンのファイルにもハイランド・フォールズのファイルにも、便箋から採取した指紋と一致するものはなかった。ふたたび同じような手紙が届く可能性を考慮して、郵便物も念入りに調べているが、そこでも収穫は得られていない。郵便の配達人たちはいまだに注意を払っているが、ハイランド・フォールズの警察は差出人さがしから手を引いてしまった。したがって三月十三日の月曜日の午前中の時点で、この事件に関心を持って動いている人物はジョン・モンローただひとりになっていた。

この日は雪が降っていた。ブリストルの積雪は五センチほど。それでもモンローは何時間も外を歩きまわり、ひとつの結論を導きだして本部に戻ってきた。彼はそれを町に残っていた二、三人の通信社の記者に披露し、そのあとでフォードに話した。ローウェル・ミッチェルは誘拐されたか、別の犯罪に巻き込まれたかのどちらかだというのが、その結論だった。いずれにしてもローウェルは死んでいるにちがいないが、死体が発見される見込みは——何かのきっかけで、たまたま見つかるという可能性は別にして——薄いと、彼は考えているようだった。記者たちに根拠を尋ねられたモンローは、「ミッチェル嬢が周囲に不満を抱いていなかったことと、寮を出る計画を立てていなかったことが、日記と手紙を読んでよくわかったからだ」と答えた。モンローは学生たちから話を聞いて、ローウェルがパーカー・カレッジそのものにも学生生活にもひじょうに満足していたらしいことを知り、さらに確信を深めたようだった。失踪直前のローウェルは少し鬱《ふさ》いでいたと言う者もいたが、それについては事件を知ったあとでそんなふうにこじつけてしまっただけだと、モンローは考えていた。確かに、ローウェルを間近で見ていた友人たちは、いつもと変わりなかったと話している。荷物を詰めたスーツケースを持って出かけたわけでもないし、小切手は換金されていないし、持ち物も片づけられていない。モンローはそれを、すぐに戻ってくるつもりでいた証拠ととらえていた。体調不良を訴えていたことについては、深刻なものだったとは思えないが、ほんとうに具合が悪かったのだと信じているようで、出かけるところを誰にも見られなかったのはただの偶然であって、意図したものではないと言い切った。

ブリストルという人口の少なくない友好的な町で、白昼に犯罪に巻き込まれたり誘拐されたりする可能性があるだろうかという質問を受けて、モンローは口ごもった。しかし、自説を改めようとはしなかった。寮を出るときにミッチェル嬢がどこに行くつもりだったかがわかれば、その質問にも答えられると、彼は言い放った。どこか遠くに行くつもりだったなら、感じのよさそうな男が運転する車に喜んで乗ったということも考えられるが、目的地は町外れより遠くではあり得ない。助けを求める彼女の声を聞かれずに、長い道のりを走るのは無理だ。

モンローは自説にもとづいて、ローウェルの行き先を考えた。そして、その場所はカールトン・カレッジ付近以外にないだろうと推断した。しかし、「ミッチェル嬢が急にカールトンの学生を訪ねる気になった理由については、どう考えているんですか？」という、記者からの質問には答えなかった。

モンローはフォードにだけひとつの仮説を披露した。ローウェルが身籠もっていて、その子供の父親がカールトンの学生だったとしたら、彼にその事実を告げにいった可能性があるというのだ。身持ちの堅い若い娘などいるはずがないと考えているフォードだったが、それでもこんな説をまともにとらえる気にはなれなかった。ローウェルの日記を何度も読み返し、彼女の知り合いの青年たちについて徹底的に調べたフォードには、仮にローウェルが誰かと肉体関係を結んでいたとしても、その相手はカールトンの学生ではないことがわかっていた。

それでも、モンローは自説を曲げなかった。ローウェルは何か別の理由でカールトンを訪ねたのかもしれないし、町外れ……あるいはその周辺にある、店やナイトクラブやたまり場のようなところに行ったのかもしれないと、彼は言い張った。いずれにしても、ローウェルはそこで出逢った誰かに連れ去られ、おそらくは殺されてしまったのだろうというのだ。モンローは自説を引っさげて署内をまわり、ローウェルが死体で見つかるほうに五対三の率で賭けるが乗らないかと、誘ってまわった。

誘いに乗る者はいなかった。

火曜日の夜になって、モンローがまちがっていたことを示す情報が入った。その瞬間、事件の様相は一変した。マクドナルドはフォードの自宅に電話をかけて、それを伝えた。ミセス・エミリー・ディランドという女性が、クリーヴランドからシカゴ行きの長距離バス《グレイハウンド》に乗った際、隣の席に十八歳くらいの娘が坐っていたというのだ。娘の髪は黒く、目は榛《はしばみ》色。黄褐色のポロコートを着て、灰色のスカートをはいていた。コートの前が開いていて、黄色いセーターと白いブラウスが見えていたと、ミセス・ディランドは言っている。持ち物は、茶色い革のハンドバッグと、二十五セントで買えるミステリ本一冊。娘は話し好きではないようで、行き先については口にしなかったが、東のほうから来たことは認めたらしい。

ミセス・ディランドは、隣り合わせたその娘にさほど注意を払わなかった。しかし、トレドでバスを降りたあと、新聞に載っていたローウェルの人相書きを偶然目にして、警察に通報したのだ。警察は今、シカゴで娘の到着を待っている。

「これでようやく片がつきそうですね」情報を伝えたあと、マクドナルドが言った。

「向こうの連中が娘を捕まえ損ねなければな」受話器に向かってフォードは応えた。「いったいなぜシカゴで待っているんだ？　なぜ途中のどこかで捕まえない？」

「それは無理ですよ。ミセス・ディランドが通報してきたときには、バスはすでにシカゴの近くまで来ていたんですからね」

フォードは罵りにも似た言葉を吐き、そのあとで言った。「何か情報が入ったら、すぐに連絡してくれ」彼は受話器を置いたあとも、しばらく電話を見つめていた。妻がやってきて尋ねた。「娘さんが見つかったの？」

フォードは肩をすくめた。「見つかったかもしれないが、なんとも言えない」楽観はできなかったが、その夜、彼はローウェル・ミッチェル失踪の通報が入った三月四日の午後以来、初めて一度も目覚めずにぐっすり眠った。

三月十五日　水曜日

朝、本部に着いたフォードを驚くべきニュースが待っていた。昨夜、シカゴに到着したバスに、問題の娘は乗っていなかったというのだ。バスの到着と同時に警官が乗り込んで、座席のひとつひとつ、乗客のひとりひとりをくまなく見てまわったが、若い娘の姿はなかった。トレドと風の都市《シカゴ》のあいだのどこかで、降りてしまったにちがいない。もちろん、娘の足取りを追うべく地元の警察が動きだしてはいるが、その娘がローウェル・ミッチェルであることを確認するだけですむはずだったことを思えば、捜査はひどく厄介なものになっていた。バスの乗客から話を聞いているようだったが、今のところ結果は得られていない。

そんな中、本部では電話が鳴りだしていた。AP通信とUP通信とINS通信が昨夜のうちに情報を流したため、ボストン、スプリングフィールド、プロヴィデンス、それにその周辺の街の記者たちが、最新情報を知りたがっているのだ。

正午には記者たちがやってきた。連絡が入ったのはその頃だった。中西部の警察は、姿を消した娘の捜索範囲を、インディアナ州のサウスベンドとミシガンシティに絞り込んだというのだ。サウスベンドを出発したとき、娘は確かにバスに乗っていたが、ミシガンシティを出たあと彼女を見た記憶はないと乗客たちは言っている。それが手に入った唯一の手掛かりだった。つまり、その娘はローリング・プレイリーか、スプリングヴィルか、ミシガンシティでバスを降りたことになる。ローリング・プレイリーかスプリングヴィルで降りたなら、娘は間もなく見つかるだろう。小さな町では余所者は目立つ。しかし、ミシガンシティで降りたとなるとそうはいかない。人口二万人を超える街でその娘をさがすのは、かなり難しい。

マサチューセッツ州警察は捜索範囲をさらに絞ろうと、ローウェルの家族に電話をかけてみたが無駄だった。そのあたりには友人も親類も住んでいないし、ローウェルはミシガンシティにも、シカゴを含むそれ以外の中西部の町にも、まったく興味を持っていなかったというのだ。つまり、インディアナ州の警察は、その周辺をすべて捜索しなければならないということだ。

それを知ったキャメロンは、思わずうなった。「ここまで姿を消すのがうまい娘は他にいませんね。白昼に自分の足で寮から出ていって、ピュー。それきり彼女を見た者はいない。町を出たときも、誰にも姿を見られなかった。そして、ようやくバスに乗っていることがわかって警察が駆けつけると、やはり姿が消えていた。下車するところを見た者はいないのに、もうバスには乗っていなかったというんですからね」

フォードは言った。「連中に時間をやろう。ミシガンシティの誰かが、ミッチェル嬢をどこかにかくまっているにちがいない。連中が、足取りをつかんでくれるだろう」

「そう願いますよ。しかし、まず無理だ。顔見知りがいるこのブリストルでも、何もつかめなかったんですからね」

フォードは言った。「向こうに行けるといいんだが。わたしなら、すぐにその娘を見つけだしてみせる」

「そうでしょうとも。しかしね、あなたは自分の管轄でさえ、ミッチェル嬢の足取りをつかめていないんだ」

「向こうには――」フォードは苛立ちもあらわに嚙みついた。「万事心得ている巡査部長がいるはずだ。ここには本に載っていること以外は何も知らない、大学出の若造がいるだけだ！」

キャメロンはうれしそうにうなずいた。「やっと調子が出てきましたね。いつもの署長に戻ったようだ」

「ああ、わたしは不快な人間だ。また不快な人間になっている」

「見つかるまでに一年待たなくてはならなくても？」

「ああ、待ってやる。この先は待つしかない。腰を据えて待っていれば、じきに何かが起きるだろう。それを機に、ミッチェル嬢は必ず見つかる。警察の仕事とはそういうものだ。さんざん歩きまわって、いやというほど無駄骨を折り、延々と待つ」フォードは葉巻を取りだし、両方の掌のあいだで転がした。「今は、バスを降りた娘がどこに向かったか、ミシガンシティの警察が突きとめるのを待つしかない」彼は椅子の背に身をあずけて、葉巻を弄《もてあそ》びつづけた。

しかし、長く待つ必要はなかった。中西部の警察からは何も情報が入らないまま、捜索の焦点は劇的なまでに突然、東側に戻ることになったのだ。その始まりは、三時四十五分に本部にかかってきた、マサチューセッツ州警察のロバート・ランボー警部補からの電話だった。交換台のジレスキィがその電話を署長室に繋いだとき、フォードはキャメロンとコーヒーを飲んでいた。

「署長、あなた方がさがしている娘を見つけたのではないかと思いましてね」ランボーはそう言ったあと、何気ない口調で言いなおした。「ああ、娘の残骸をね」

フォードはゆっくりと何度か呼吸した。話しだした彼の声は、単調で落ち着いていた。「どこでどんなふうに見つかったんだ?」彼はコーヒー・スプーンを取りあげて、机の上で弄んだ。

「ボストンです。水上警察が湾で釣りあげたんです」

フォードはスプーンを様々な角度に傾け、ひねり、眺めまわした。「服装はミッチェル嬢のものと一致しているのか?」

「死体は裸でした」ランボーが答えた。「一、二週間、水に浸かっていたようです。このあたりで行方不明になっているのは、今のところミッチェル嬢だけです。それで、水上警察は彼女ではないかと思ったらしい」

「顔は残っているのか?」フォードは訊いた。

「いいえ。顔はありません。頭さえない。頭部は切断され、手首と足首はワイヤーで縛られています。たった今、運び込まれてきたところで、まだ検死もすませていません」

フォードはうなずいた。「身体に身元を特定するのに役立つような跡はないのか? つまり、傷のようなものは?」

「わかりません」ランボーは答えた。「とにかく、ひどい状態だということです。死体を見ても、わからないかもしれない。いずれにしても、まだ何も聞いていません。何かわかったら、すぐに連絡します」

「そうしてくれ」電話を切ったフォードは、スプーンを眺めつづけた。

キャメロンが尋ねた。「何があったんですか?」そして、説明を聞いた彼は口笛を吹いた。

「賭けてもいい。モンローは大喜びしますよ。推理が当たっていたわけですからね」

「こちらも賭けてもいい。ミッチェル夫妻もほっとするだろう」フォードは言った。

「両親に話すんですか?」

「まさか。確認できるまでは話さない。ミッチェル嬢のように思えるが、まだわからない。別の誰かである可能性も残っている。いいか、バート——」不意にフォードの声に熱がこもった。「捜査の過程で、ろくに調べもせずに結論に飛びつくような真似はしてはならない。偏見を持たずにいることがたいせつだ」

「確かに。忘れていました。ミッチェル嬢はミシガンシティにいるのかもしれない」

「そのとおりだ。他のどこで見つかっても不思議ではない」

「しかし、あなたはミシガンシティで見つかってほしいと思っている」

「面倒なことにならなければいいと思っているだけだ」フォードはうなるように言った。「ミシガンシティで生きていようと、ボストン湾で死んでいようと、どちらでもかまわない。とにかく見つけだせればいい。それだけだ」

「それで、こうして坐って待っている」

「そのとおり。もうしばらく待つとしよう。待つというのは、何よりつらい仕事だ。わたしなしでこのブリストル署がやっていけるなら、ボストンに出かけていきたいところだ」

「どうぞ行ってください」キャメロンは言った。「みんな歯痛がなくなったような気分になりますよ」

フォードは顔を振り向けた。「よく聞け、バート。二度と舐めた口をきくんじゃない。きみにも、その利口ぶった物言いにも、もううんざりだ。大学出の自分は何を言っても赦されると思っているらしいが、考えちがいもいいところだ。わたしには、きみを破滅させる力がある。巡査に降格させて、通りを巡回させてやることもできるんだ。きみは、自分はこの署内で特別な存在だと思っている。気の利いたことを言えば、わたしが熱心に耳を傾けると思っている。しかし、いいか、これ以上ひとことでもふざけたことをぬかしたら、きみはおしまいだ。涎《よだれ》だらけのその大きな口を閉じていればよかったと、後悔することになる。わかったか？」

キャメロンは顔色ひとつ変えなかったし、怯《ひる》みもしなかった。面食らった様子さえ、まったく見えない。彼は唇の片端をきゅっとあげ、むしろ畏怖の念に打たれたかのように言った。

「これはどうしたことだ？　署長は不安でたまらないらしい。水上警察が見つけた死体がミッチェル嬢のものだったらどうしようかと、心底怯えている！」口角のあがった唇がほころんだ。「あなたは、案外いい人なのかもしれない。そんなふうに思いそうになる瞬間が時々あります」

フォードの顔がかすかに赤らんだ。「四時になる」彼はうなるように言った。「今日はもう終わりにしろ、バート。さっさとうちに帰ったらどうなんだ？」

キャメロンはポケットに両手を突っ込んだまま、テーブルに凭《もた》れた。「あなたが一杯飲みに寄ってくれるなら、帰ります」

「それは無理だ、バート。わたしはここにいて、報告が入るのを待つ。これが殺人事件なのか、ただの失踪事件なのか知りたいんだ」

「持久戦ですね。だったら、いっしょに待ちますよ。ぼくもあなたと同じくらい関心があるんです」キャメロンは背凭れのまっすぐな椅子を引き寄せて腰をおろし、煙草を取りだした。そして、テーブルの下にマッチを擦《こす》りつけて煙草に火をつけると、マッチを床に投げ捨てた。

ふたりは八時まで待ったが、入った報告は一件だけ。それは、インディアナ州警察からのものだった。バスに乗っていた娘は、ローリング・プレイリーでもスプリングヴィルでも降りていないことが確認されたため、捜索の範囲がミシガンシティ一本に絞られたというのだ。

木曜日の午前中になって、ボストン湾で見つかった頭部のない死体の検死結果が届いた。それによれば、歳は二十五歳前後で、体重は五十九から六十一キロ、身長は百六十七センチ半から百六十九センチ、体毛は褐色。この女性は子供を産んでいる。ローウェル・ミッチェルとは別人だ。

パーカー・カレッジの一年生の失踪事件はいまだ未解決のままということになってしまったが、フォードはその結果を喜んでいるようで、ミシガンシティからの歯痒い報告にもさほど苛立ちを見せなかった。バスの中で目撃された娘はミシガンシティにいるはずなのに、依然として足取りがつかめていないし、タクシーやバスの運転手への聞き込みでも、結果は得られなかったというのだ。徒歩で目的地に向かったか、誰かと落ち合ったにちがいない。それでも警察は、できるかぎりの手を尽くしているようだった。どの地区をまわる巡査も、全員がミッチェル嬢の特徴を頭に入れて動いていて、そういう娘がいないかと油断なく見張っているということだ。

木曜日が終わって金曜日になった。ブリストル署の面々は、ローウェルはミシガンシティで見つかるかもしれないという、ただひとつの望みにしがみついていた。しかし、モンローは、相変わらずブリストルの主要道路や裏道を歩きまわっていた。ローウェルは誘拐されたにちがいないという自説に基づいて捜索をつづけていたわけだが、収穫は得られていないようだった。湾から引きあげられた死体が依頼人の娘のものでなかったことを知って、モンローはあきらかに落胆していた。それでも彼は、ローウェルは死んでいると主張しつづけ、「ローウェル・ミッチェルはミシガンシティで発見されないというほうに、六対四の率で賭けるが、乗らないか?」と言って署内をまわった。今回も誘いに乗る者はいなかった。

新聞は新しい地元の事件を取りあげるようになり、ミッチェル嬢失踪事件を報じる際の見出しも『行方不明の若い女性の捜査、中西部に集中』というようなあっさりしたものに変わっていた。今、太文字の見出しつきで報じられているのは、ボストン湾で頭部のない身元不明の死体が見つかった事件だ。その長い記事には、死体がパーカー・カレッジの一年生のものではなかったことも書かれていた。

フォードは絶望感を募らせながら、何か見落としていないかと、ローウェルの日記をひとことひとこと丁寧に読み返し、改めて手紙に目をとおした。

ローウェル・ミッチェルが姿を消して、二週間が経っていた。

金曜日　正午過ぎ

十二時五十分、体育の授業を終えてヒギンズ橋をわたっていたパーカー・カレッジの最上級生——ジェーン・リアドンは、川底にある何かが暖かな日射しを浴びて金色に輝いていることに気づいて足をとめた。下流側の幅広の欄干から身を乗りだしてみた彼女は、やってきた友人ふたりに、その光るものを指さしてみせた。そのひとりは、何日か前から気づいていたが、特になんとも思っていなかったらしい。しかし今、彼女はそれがなんなのか知りたくてたまらなくなっていた。さらに何人かの学生が加わり、それぞれが考えを口にした。口紅かしら？　コンパクトじゃない？　あの金色の輝きは特別だわ。

たまたま近くをとおりかかった、構内警察のチャールズ・T・コーヴァスと私立探偵のジョン・モンローは、橋の上のグループに目をとめた。そろそろ推理ごっこに飽きて、昼食の席に向かいたがっていた学生たちは、ふたりに尋ねられてきまり悪そうに川底を指さした。橋の上に集まって、落ちているもののことで騒いでいた自分たちがはしたなく思えて、恥ずかしくなったのかもしれない。コーヴァスとモンローは、その光るものをひと目見て立ち去った。学生たちは、それきり川底の落とし物のことは忘れてしまった。コーヴァスも忘れた。

モンローもほとんど忘れかけていたが、他の者たちより少しだけ長く覚えていた。三十分後、彼は疲れた足を休めに本部に立ち寄った。机の前に坐って紙袋から取りだした昼食を頬張っていたフォードは、署長室から顔を出して、モンローに近づきながら尋ねた。「構内の様子はどうだ？」

「変わりはありませんよ。やはりミシガンシティからは連絡なしですか？」

「変わりはない？」

「変わりがあったら、ここでぶらぶらしているわけがないでしょう。もちろん、何もかもいつもどおりですよ」川底の落とし物のことを思い出したのは、このときだった。「午後には、学生たちがおおぜい授業をさぼって、水遊びを始めるかもしれませんがね」

フォードは、胡散臭いものを見るような目で相手を見た。「なぜだ？」

「誰かが口紅だかコンパクトだかを川に落としたらしい」

「なぜ、そんなもののために川に入る必要がある？」

モンローは、うんざりした様子で答えた。「冗談ですよ。あなたをからかおうとしただけです」

「つまり、誰も何も落としていないということか？」

「学生たちは水遊びを始めたりはしないということです」署長を納得させるにはもう少し言葉が必要だと感じたモンローは、さらに言った。「いいですか、構内に変わった様子はありません。橋の上に学生たちが何人か集まって、川底で光っているものを見ていた。それがなんなのか興味があったんでしょう。それだけのことです。もう忘れていますよ。誰も川に入ったりはしない。誰も気にとめていません」

しかし、フォードの追及はやまなかった。「それはなんなんだ？」

「知るわけがないでしょう。誰かが橋の上から落としたか投げ込んだかした、口紅かコンパクトですよ。それ以上は知りません。興奮するようなことではありませんよ」

「いや、大いに興奮するね」フォードは声をあげて言い返した。「誰かが橋の上から口紅かコンパクトを川に投げ込んだ？　いったいどういう意味だ？　そんなものを川に投げ込む娘がいると思うか？」

「わかりましたよ。じゃあ、落としたんでしょう。きっと、うっかり落としてしまったんだ」

「落とした？　あの欄干は高さが一メートル半近くある上に、幅が三十センチある。どうしたらうっかりものを落とせるんだ？　きみもうちの部下と変わらないな。手掛かりが飛びかかってきて鼻を齧りでもしないかぎり、見逃してしまう類《たぐ》いの人間らしい」

モンローが言った。「これが手掛かりだなんて言わないでくださいよ！」

「ああ、手掛かりだとは思っていない。しかし、手掛かりでないとも言い切れない。ふつうの状況なら気にとめないようなことも、今は見逃せない。今のパーカー・カレッジは、ふつうの状況ではあり得ないんだ。学生がひとり姿を消した。つまり、構内に何か問題があるということだ。だから、ほんの少しでもいつもとちがうことがあったら、それについて知っておきたい。いつもとちがう息づかいをしている者がひとりいる、というだけでも無視することはできない。その理由を知る必要がある」

「わかりましたよ。けっこうです。しかし、これは特に変わったことではない」

「変わったことではない？　いいか、モンロー、それがなんであったとしても、川底にあるべきものでないことは確かだ。つまり、どこかから運ばれてきたということだ。当たり前の状況なら、当たり前の理由があるだろう。しかし、今のパーカー・カレッジは当たり前の状況にはない。したがって、川底で何かがきらめいていることにも、当たり前でない理由があるかもしれない。おそらく納得できる理由があるのだろうが、確実なところが知りたい」

「ミッチェル嬢の事件とは関わりがないというほうに、十対一の率で賭けますよ」

「千対一なら乗ってもいい。これ以上の賭け率はないな」

キャメロンがやってきて言った。「それで？　剣を用意しますか？　それともピストル？」

モンローが答えた。「構内の橋の下の川底に誰かが落とし物をしたらしいと聞いて、署長がひどく興奮しているんだ」

フォードはキャメロンに言った。「この男も、きみ同様の愚か者だ」

キャメロンが尋ねた。「それで、どうするつもりです？」

「どうするか？　それがなんなのか、そして誰のものなのか、調べる。川に入ることになるな」

「冗談でしょう」モンローが言った。

「いや、署長は本気だ」キャメロンが言った。「ミシガンシティからの報告が入るのを坐って待っていることに、そろそろ我慢できなくなってきたんだろう」

「ああ、わたしはそういう人間だ」フォードは言った。

キャメロンが言った。「そんなに動きたいなら、午後は外に出て交通整理でもしたらどうです？」

フォードはモンローに片目をつぶってみせた。「こいつは、川に入れと命じられるのを恐れているんだ。安心しろ、バート。その役はラシターにやらせる。きみのほうが適任なんだが、歳をとりすぎている。心臓がもたないだろう」

そんなわけでラシターが呼ばれた。「ヒギンズ橋で待っているから水着に着替えてこい」と言われた彼は、一瞬署長が冗談を言っているのだと思った。少なくとも、そうであることを願った。しかし、それはかすかな望みだった。フォードは冗談を言うような人間ではない。バート・キャメロン以外の人間を相手に冗談は言わない。ラシターは悲鳴をあげた。「今は三月ですよ、署長。川の水は氷のように冷たいにちがいありません」

フォードは応えた。「それじゃあ、どうしろというんだ？　きみが水に濡れずにすむように、川に水が流れ込むのをとめろとでもいうのか！」

ラシターは「こんなことなら陸軍にいたほうがずっとましだった」とつぶやきながら部屋を出ていった。フォードはそれを横目にエドワード・スモールとミセス・ケニヨンに意向を伝えると、まだ半信半疑でいるモンローを連れてパーカー・カレッジへと向かった。しかし、キャメロンだけはいやというほどわかっていた。署長は本気だ。

ラシターは二時に橋のあたりにやってきた。水着の上に厚手のセーターを着てズボンをはき、さらにオーバーを着込んでいる。おだやかな天気であるにもかかわらず震えていたが、それは寒さのせいではなく、水の冷たさを思ってのことだった。日射しの角度が変わっていたため、フォードたち一行は五分ほどかけて川底の光るものが見える位置に移動していた。よく見える瞬間でも、その輝きはかすかなものだったし、いつ見えなくなっても不思議ではない。ラシターを待つあいだに、彼を罵るフォードの声はどんどん大きくなり、ようやくその姿が見えたときには最高潮に達していた。

「さっさと来い」ラシターに向かって、フォードは怒鳴った。「橋の上にあがる必要はない。まず川に入れ。どこをさがせばいいか、こっちから指示を出す」

ラシターは水温のことで文句を言いたそうだったが、何も言わなかった。しかし、それはフォードを恐れていたからではなく、体育の授業を終えて戻ってきた学生たちの目を意識してのことだった。川のどちらの岸にも、橋の上にも、彼女たちの姿があった。その視線は、服を脱いで川に入る準備をしているラシターに注がれている。彼は若い娘たちの賞賛を浴びようと、息を呑みそうになるのをこらえて、胸の深さまで水に入っていった。

「もう少し先だ」フォードは指示を与えた。「もっと左……もう少し左だ。行きすぎだ。少し戻れ」彼は巧みにラシターを導いて、満足のいく場所に立たせると、まっすぐ下に潜れと命じた。ラシターは目を閉じ、鼻をつまんで潜った。すぐに浮きあがってきた彼は喘《あえ》いでいた。「あったか？」フォードは尋ねた。

「底まで届きませんでした」

「息を吐け。吸うんじゃない。水中では目を開いていろ」

ふたたび潜ったラシターが、水底を探っているのが見えた。泥が浮きあがって、そこらじゅうに小さな雲をつくっている。間もなく川面に顔を出した彼の手には、小石がにぎられていた。

「何をしているんだ！」フォードは怒鳴った。「目を開けていろと言ったはずだ！　石の庭園をつくるつもりはない。そんなものは捨てて、言われたとおりにしろ。きみが川底をかきまわしたせいで、何も見えなくなってしまったじゃないか。とにかくまっすぐ下に潜れ。そして、五センチほど手をうしろに動かしてみろ」

ラシターは言われたとおりに潜ったものの、手ぶらで震えながら浮かびあがってきた。それを見た学生たちはくすくすと笑いだした。

「凍えてしまって、手が思うように動かないんです」ラシターが文句を言った。

「早く見つければ、早く水からあがれる」フォードは応えた。

ラシターは潜った。フォードは予測が甘かったと、自分が潜るべきだったと、ぼやきはじめた。ラシターは一度顔を出したが、息を継ぐとまたすぐに水中に消えた。目的のものを探りあてたにちがいない。浮かびあがってきた彼は、片手を高く掲げた。「見つけました」

「あがってこい」フォードはそう命じると、足早に橋からおりた。岸にたどり着いたラシターは、手の中のものを署長にあずけて、タオルで一心に身体を拭きはじめた。唇が真っ青になっていて、歯がかちかちと音を立てている。

キャメロンとモンローが追いついたとき、フォードは川底から引きあげたものを手の中で何度もひっくり返しては眺めていた。純金の髪留めだった。その裏側には『ＭＬＭ』と頭文字が彫り込まれていた。

金曜日　午後

午後三時、フォードはふたたび橋の下におりたが、今回は引き連れている人数もずっと多かったし、ボートも用意していた。校舎がある川の東岸にはキャメロンを含む三人の男が、体育館がある側にはラシターとふたりの巡査が控えている。フォードは川に浮かべたボートの上から、立ったまま部下たちに指示を与えていた。ミセス・ケニヨンとスモール、それにカレッジの職員たちも集まっている。フォードの声に耳を傾けている一団の顔には、険しい表情が浮かんでいた。

土手の斜面には百人を超える学生が集まっていたが、もはやくすくす笑っている者はひとりもいない。硬い表情を浮かべて無言のまま立っている学生たちの数は、刻一刻と増えていくようだった。ローウェル・ミッチェルが失踪時に着けていた髪留めが、橋の下の川底から見つかったというニュースは、一時間も経たないうちにカレッジじゅうに広まったのだ。

私立探偵のジョン・モンローもそこにいた。ボートに乗り込んでいた彼は、署長の合図を受けてボートを川の中ほどに押しだした。漕ぎ手のヴォムラート巡査がボートを安定させ、流されないように頑張っている。両岸の男たちも川の縁に沿って、下流へと動きだした。ホイーラー川は激しく蛇行しながら南西に向かって流れ、三十二キロほど先――スプリングフィールドの数キロ南――で州境を越えて、コネチカット州に入っていく。フォードと部下たちが調べるのはブリストル署の管轄内の数キロだけで、その先はマサチューセッツ州警察が、そして州境から南はコネチカットの警察が調べることになる。

岸側の男たちは、ゆっくりと歩いていた。川の中ほどを行くボートのほうが、ずっと先を進んでいる。ボートは三百メートルほど下流で速度を落とし、川の真ん中に大木が倒れ込んでいる地点で動きをとめた。ヴォムラートは枝を利用してボートを休め、引っかけ棒を手にしたフォードとモンローが倒木の枝のあいだやまわりを五分ほど探り、何もないことを確認した。その頃には、岸の男たちもボートに追いついていた。キャメロンともうふたりの男が、ホイーラー川に注ぐ小川を歩いてわたり、さらに先へと足を進めている。ヴォムラートはふたたびボートを流れに乗せ、コースを逸れないようゆっくりとオールを動かしつづけた。フォードとモンローは船縁から身を乗りだすようにして、川底に鋭い目を向けている。

四百メートルほど行くと川は急なカーブを描き、ボートをクイーン・ストリート橋の下へと運んだ。フォードはヴォムラートに命じてボートを岸に寄せ、徒歩でやってくる男たちを待つことにした。追いついたキャメロンは汗をかいていた。彼は首を振りながら近づいてくると、ボートを流れに押し戻した。そうして、一行はまた動きだした。

間もなく、三キロほど下流のぬかるみがちな原っぱとして知られている埋め立て地にたどり着いた。かつて沼だった場所に何年もごみを投棄しつづけて地ならしをした結果、まばらに草が生える荒涼とした平地になったのだ。岸から二百メートルほどのところに、借家がこちらを背にしてならんで建っている。その表玄関はフロント・ストリートに面しているはずだった。春や秋には恋人たちがこの原っぱに車をとめてよくいちゃついているし、夏には借家の子供たちがここを横切って川に入り、浅瀬で泳いでいる。

川の縁を歩いていたキャメロンが不意に足をとめたのは、そのあたりだった。少し引き返した彼が、先を進むボートに向かって手を振り、大声で呼びかけながら何かを指し示している。フォードがうなずいてキャメロンのほうを指さすと、ヴォムラートは岸に向かって漕ぎだした。まずフォードがうっすらと積もった雪の上に降り、そのすぐあとにモンローがつづいた。キャメロンは、人目につかない埋め立て地の風上側に署長を導いて指さした。フォードの暗くくもった目から光が消えた。彼は低い土手の縁まで進むと、身を乗りだしてみた。

水に半分浸かった状態で、泥と乾いた草に半ば埋もれるようにして、若い娘の死体が横たわっていた。顔はすでに腐敗し、髪は堆積物にまみれている。コートは泥の色に染まり、ウールのスカートは水にさらされて色を失い、ブラウスは灰色に変わり、セーターは汚れて色あせていたが、その娘が誰であるかは一目瞭然だ。

フォードの顔には、いかなる表情も浮かんでいなかった。しばしののち、彼は死体に背を向け、雪を踏みしめてキャメロンのいるほうに戻った。そして、大きく息を吸うと言った。「ミシガンシティの警察に、捜索を中止するよう連絡してもよさそうだ」

モンローも最後にもう一度死体に目を向け、急いでふたりのいるほうに戻ってきた。「死んでいることはわかっていたんです」彼は言った。「勘というやつですよ」

キャメロンが皮肉を込めて言った。「今日はあんたのラッキー・デーというわけだ」

「まったくそのとおり。わたしが髪留めを見つけなかったら、ミッチェル嬢は次の夏まで発見されなかったにちがいない」

フォードは何も言わなかった。「スティーヴ」彼は部下のひとりを呼んだ。キャメロンと東岸を歩いてきた男のひとりだ。スティーヴがやってきた。

「そうでしょう、署長」モンローが言った。「あの髪留めが、われわれを死体に導いてくれたんです。自分で言うのもなんだが、すばらしい発見だ」

フォードはキャメロンと目を見合わせ、そのあとモンローに鋭い眼差しを向けたが、すぐに顔をそむけて命じた。「スティーヴ、電話を見つけてハウ医師を呼んでくれ。それから本部に電話をして、マクドナルドに無線車を二台とも寄こすよう言ってくれ。トレーラーも必要だ。《ビューグル》紙のカルヴィン・レスリーにも連絡しろ。ここに来て写真を撮ってほしいと頼むんだ」

キャメロンが言った。「それから、マクドナルドにコーヒーを用意しておくようにと伝えてくれ」

「ああ、コーヒーだ」フォードは言った。

スティーヴが「わかりました」と応えて踵《きびす》を返すと、モンローが「いっしょに行こう」と言って歩きだした。

それを見てフォードは怒鳴った。「どこに行くつもりだ?」

モンローが足をとめて振り返った。「もちろん、ミッチェル夫妻に電話をかけにいくんですよ」

「なんというやつだ! ここに戻れ!」

モンローは渋々引き返した。「何がいけないんですか、署長？　あの夫妻には知る権利があるはずです」

「あの死体がミッチェル夫妻の娘だと確認できるまでは、きみも他の誰も、夫妻に連絡をしてはならない」

「何を言っているんですか？　あなただって、あの死体がミッチェル嬢のものだということはわかっているはずだ」

「まだ確かなことはわからない。確認できるまで、誰にも連絡するんじゃない」

モンローは怯《ひる》んだ。「わたしに命令などできないはずだ。わたしはあなたの部下ではありません。だから、したいようにさせてもらいます」

「これは警察が捜査している事件だ。そして、その指揮をとっているのはわたしだ。つまり、言うとおりにしてもらう必要があるということだ。それがいやなら豚箱に放り込んでやる。いいか、髪留めを見つけたと言って、ミッチェル夫妻から懸賞金を巻きあげるような真似は、絶対にさせないからな」

「何がいけないんです？　髪留めを見つけたのはわたしだ。そうでしょう？　あなたは何を考えているんです？　懸賞金を横取りしようとでもいうんですか？」

フォードは威嚇《いかく》するように言った。「これまできみとはうまくやってきた。わたしに気に入られたままでいたほうがいいぞ。さもないと、ひどく後悔することになる」

モンローはあきらかに怒っていたが、もう何も言わなかった。

五時十分過ぎに、監察医のロバート・ハウを乗せた救急車が、フロント・ストリートのほうから借家のあいだの路地を抜けてあらわれた。寒さの中、それぞれ少しずつ距離を置いて埋め立て地に立っていた十五から二十名ほどの男たちが、ハウ医師に道をあけた。数分後、マクナマラとラスコムが乗った無線車と、カルヴィン・レスリーが乗った一九四六年型のフォードが同時に到着したときには、ハウはフォードをともなって死体を検《あらた》めはじめていた。

ハウが尋ねた。「娘さんの身のまわり品は?」

「何も見つかっていません」

「あたりの水中を調べてみたほうがいい」

「死体を動かす許可をいただけたら、すぐに調べます」

「もう動かしてかまわない。死体は《ガードナー・ナイルズ葬儀場》に運ばせよう。あそこで検死解剖を行う。面倒だが、地区検事に報告しないわけにはいかないな。おそらく検死審問という運びになるだろう」

カルヴィン・レスリーがカメラを持ってやってきた。「当たり前の死に方ではないな」

フォードは尋ねた。「どう思う?」

レスリーは死体に目を向けた。「若い娘がこんな死に方をしてはいけない。どのくらい撮りますか?」

「何枚でもいい。この状況をしっかりとカメラに収めてくれ」

夕闇が迫る中、レスリーはカメラとフラッシュ装置を手に仕事にかかり、他の者たちはそのまわりに立って震えていた。レスリーが写真を撮りおえると、救急隊員が川岸の雪の上に担架をおろし、長靴を履いたふたりの男がフォードの命令に従って水に入った。ふたりは抱きかかえるようにして冷たい川から死体をすくいあげ、水を滴《したた》らせたまま担架の上に寝かせた。引きあげられた死体を見た男たちは無言のままあとずさったが、モンローは「うへっ！」と声をあげた。

救急隊員が死体をシーツで覆い、担架を押して救急車に乗せた。川に入っていたふたりが死体が横たわっていたあたりを探ったが、身のまわり品らしきものは見つからなかった。

「ミッチェル嬢にまちがいなさそうだ」出発の準備をしながら、ハウ医師が言った。

「おそらく」フォードは応えた。「身元の確認はもちろん必要だが、死因についても調べていただきたい。その他にも、わかることがあればすべて知りたい」

ハウ医師はうなずいた。「あすの午前中にはしらせるようにする。地区検事には、今夜のうちに連絡しておこう」

「すぐに歯を調べてもらえますか？　じきに記者たちが嗅ぎつけてくる。このことが新聞に載る前に、両親にしらせたいんです。しかし、死体がミッチェル嬢のものだと確認できるまでは、連絡を控えたい」

一行が本部に戻ると、コーヒーの用意ができていた。フォードはまだモンローを引き連れていたが、好んでそうしていたわけではない。信用ならない私立探偵を、目の届かない場所にやりたくなかったのだ。ボートは車庫にしまわれ、死体はハウの手にあずけられ、記者たちは捜索に進展があったことをまだ嗅ぎつけていない。気を休める機会があるとすれば、この数分だ。

モンローは依然としてフォードの高圧的なやり方に腹を立てていて、ほとんどしゃべりもしなかった。彼にしてみれば、フォードはあまりに了見が狭すぎるということになるのだろう。しかし、モンローはそう思いながらも、署長の言動の裏にもっと何かがあるような気がしてならなかった。

「両親の同意もなしに解剖をさせる権利など――」モンローが口を開いた。「あなたにはないはずだ。ミッチェル夫妻は、娘を切り刻むのはやめてくれと言うかもしれない」

フォードは言った。「監察医には身元不明の死体を解剖する権利がある。今のところ、あの死体の身元はわかっていない」

「こじつけもいいところだ」モンローが文句を言ったが、フォードは取り合わなかった。

コーヒーを飲みおえると、勤務時間を大幅に超えて働いていた者たちは家へと帰っていったが、キャメロンとラシターは――どちらも今日は休みのはずだったが――署長とともに残り、本部で食事をすませた。

七時に地区検事のデーヴ・マクナリーが電話をかけてきた。「ちょっとした問題が起きていると聞いてね」彼は言った。「ミッチェル嬢は死んでいたって？　まったく残念なことだ」その口調から、少しも残念がっていないことがわかる。むしろ、刺激的な出来事だと思っているにちがいない。

「残念です」フォードは応えた。「何が起きたのかについては、まだはっきりしていません。いずれにしても、ヒギンズ橋から飛び込んだか、落ちたか、突き落とされたかして、発見された場所まで流されていったものと思われます」

「湖の水を抜いた際に、水門を抜けて川に流れでたという可能性はないのか？」

「ありません」フォードは即答した。

「なるほど。いいだろう。やはり、検死審問を行う必要があるな。進行役はリー判事に任せることにする。判事とはすでに話をした。開始は月曜の朝。娘の日記と手紙、それにこの事件に関する報告書をすべて送ってくれ」

「わかりました」フォードはそう言って電話を切った。

待っていた連絡が入ったのは八時をまわった頃だった。「自宅に電話をかけてしまったよ」監察医が言った。「警察本部を住まいにしているのかね？」

「そんなところです。今夜は家内が恋人を家に招いているんでね。何がわかりましたか？」

「ブラウスとスカートに洗濯屋の符号がついていた。『P－LA－一二三〇』となっている」

「ミッチェル嬢のものです」フォードは言った。

「そうだと思ったよ。死体の歯を手配書にあった歯科カルテに照らしてみた。残念ながら、疑問の余地はない。死体はローウェル・ミッチェルのものだ」

「右脚の傷は確認できましたか？」

「傷は複数あった。しかし、元々あった傷はひとつだ。それについてはまちがいない」

「そうですか。感謝します、先生」

「ところで、首が折れていたよ。おそらく死因はそれだ」

「わかりました」フォードは電話を切って、モンローに言った。「そうしたければミッチェル氏に電話をしてかまわないぞ。あの死体は、ローウェル・ミッチェルのものにまちがいないそうだ」彼は電話を差しだした。

モンローは掌《てのひら》で額《ひたい》を撫でた。「もう少しあとにします」

フォードは言った。「今かけろ。さもなければ、わたしがかける」

「なぜそんなに急ぐんですか？」

フォードは机に電話を置いて受話器を取った。「長距離を頼む」

「待ってください。少し待ってくださいよ」モンローが言った。「わたしがかけます。外に行ってかけてきます」

「ここからかけろ。わたしに声が届く場所からかけてもらう。それがいやなら電話はするな。

髪留めを見つけたと言って懸賞金を要求するような真似は、絶対に許さない」

モンローが応えた。「懸賞金を要求しようなんて思っていませんよ。ただ、あなたの前では……」彼は自分のまわりの表情のない顔に目を向けた。「くそっ。わかりましたよ。あなたがかけてください」

まわりの者たちが坐って見ている中、フォードは電話をかけた。「申し訳ないが、残念なしらせです」彼はそう断った上で——こんな場合にうまく伝えるという表現が適切かどうかは疑問だが——そのしらせをひじょうにうまく伝えた。「お嬢さんが見つかりました」虚ろな顔でそう切りだした彼の声にもまた色がなかった。「ええ。事故のようです。構内の橋から川に落ちたものと思われます。いいえ、溺れたわけではありません。深い川ではありませんからね。一瞬のことだったと思います。お嬢さんは、自分が川に落ちたことにさえ気づいていなかったかもしれない」フォードはしばし相手の話に耳を傾け、何度か「わかりました」と応えて電話を切った。

「こっちに来るそうだ」彼はまわりの者たちに伝えた。

モンローが言った。「これは事故ではない。あなただって、わかっているはずだ」

「きみは警察がつかんでいないことを何か知っているのか？」

「事故ではないという事実を知っています。高さが一メートル半近くもある欄干を越えて、川に落ちる娘がいると思いますか？」

フォードはうんざり顔で答えた。「人の死に方は四とおりだ。自然死、事故、自殺、殺人。そのいずれに該当するか、検死審問であきらかになるだろう」

モンローは繰り返した。「欄干の高さは一メートル半近くもあるんだ。誤って落ちるなんてあり得ない」

「だったら飛び込んだか、誰かに突き落とされたことになる。しかし、自殺の動機は見当たらないし、白昼に見とおしのいい場所で橋から人を突き落とす人間はいない」

記者が三人、部屋に入ってきた。興奮して息を切らしている。「ミッチェル嬢が見つかったというのはほんとうですか、署長？　噂を耳にして、ボストンから駆けつけてきたんです。話を聞かせてください」

フォードは不意に激しい疲労感に襲われた。彼は深いため息をついて、マクドナルドに言った。「マック、コーヒーをもっと用意してくれ」

三月十八日　土曜日

午前中にハウ医師から検死報告が届いた。死因は頸椎の骨折。肺に水が入っていなかったため、即死であることがあきらかになったようだった。報告書には、臓器についての専門的な記載もあった。その中に、ローウェルの死にまつわる様々な推測を打ち砕く爆弾が隠されていた。ローウェルは妊娠六週目だったというのだ！

短く息を吐いたフォードの仮面のような顔に、一瞬ひびが入った。彼は報告書をキャメロンにわたし、その記載を指さした。キャメロンは口笛を吹いて腰をおろした。「あなたは最初からそれを疑っていた。やはり、あなたの言うとおりだった」

フォードは首を振った。「いや、ちがう。わたしもきみと同じように考えていた。ミッチェル嬢が処女であるというほうに、命さえ賭けただろう」

「ぼくもです」キャメロンが言った。「しかし、これでいくつかの答が出た。橋から落ちたという可能性については、もう考えなくてよさそうだ」

「もちろん、ミッチェル嬢は橋から落ちてなどいない。自分の苦境に気づいた彼女が、自棄になって欄干の上を歩いていたというなら別だがね。いや、そういうことなら、頭から落ちることはないな」

「自殺か」キャメロンがしみじみ言った。「そう考えると、多くの説明がつく。構外に出るわけでもないのに洒落た服に着替えたのも、具合の悪いふりをしてみんなが昼食をとっているあいだに寮を抜けだしたのも、構内に人気がなくなる昼の時間を選んだのも、そのためだったわけだ」

フォードは言った。「自殺ではない。殺人だ。ミッチェル嬢が自ら命を絶ったとしても、これは殺人だ」彼は机の上で拳をつくり、その固く握りしめた両の手をじっと見つめた。「身籠もったというだけで、命を絶つ娘はいない。そんなことは年じゅう起きている。どんな躾を受けていようと、どんな家の生まれであろうと関係ない。もちろん恥ではある。しかし、時が経てば忘れられてしまうことだ。もしうちの娘が妊娠したら、相手の男をまず叩きのめして、そのあと娘と結婚させる。娘と縁を切ったりはしない。ミッチェル嬢の両親も、おそらく同じだ。あの人たちは、そういう類《たぐ》いの人間だ。ミッチェル嬢は命を絶つ必要などなかった。おそらく、男にそう仕向けられたんだろう。そいつはミッチェル嬢を護ろうとせずに拒んだ。おそらく。あるいは、死ぬしかないと考えるところまで追い詰めたんだ」

「ミッチェル嬢は、誰とでも寝るような娘ではありません」キャメロンが言った。「相手が誰だったとしても、そいつを心から愛していたにちがいない。その男に絶望の底に突き落とされて、自殺したんです」

「殺人だ」フォードは言った。「それを殺人と呼ばずに、なんと呼ぶ?」彼は机の抽斗《ひきだし》を開け、その中をかきまわしてローウェルの男友達の一覧を取りだした。「ハウ医師の報告によれば、妊娠六週目だったということだ。つまり、一月の半ば……」彼はページを繰った。

「そんなことをしてどうするんですか? 子供の父親を見つけだしたところで、罪に問うことはできない。おそらくそいつは、自分のせいだとさえ思っていませんよ」

「そのくそ野郎が誰なのか知りたいんだ」フォードはそう言うといったん黙り、それから一覧の記載を読みはじめた。「一月四日にキンケイドに、そして六日にマイアーズに会っている。カーティスが訪ねてきたのは十四日。七週間前だ。他にはないな。いや、待てよ。二十七日にキンケイドに会っている」フォードは一覧を押しやった。「日記をマクナリーにわたすんじゃなかった。この週に何が書かれているか読んでみたい」

キャメロンが言った。「なんですって？　一度読んで、おまけに分析までしたじゃないですか。手掛かりになるようなことは書かれていないと、わかっているはずです」

「男と寝たことなど書いていないし、気に入っている男についてさえふれてもいない。それはわかっている。しかし、その週に誰の名前が書かれているか知りたい」

「写しをとったはずです。それはどこに？」

「マクナリーのところだ。ここにはミッチェル嬢の男友達の一覧があるだけだ」

「日記などなくても不自由はありませんよ。かえって混乱の元だ。袋小路だらけのボストンの街より質《たち》が悪い」

「ミッチェル嬢は自分の身を護るために、驚くほど慎重になっていた」フォードはうなった。

「秘密主義もいいところだ。ハウ医師が勘ちがいをしているのではないかという思いを、いまだに拭《ぬぐ》えない」

「あの先生は、そういうことでまちがいは犯しませんよ」

「わかっている。しかし、自分の感覚を疑わずにいられない。あの死体がミッチェル嬢のものだということは、よくわかっている。それでも、別人のものなのではないかと思いはじめているくらいだ。ここまで人の目をくらますのがうまい人間は、他にいないな」

「そのせいでどうなったかが問題だ」キャメロンが言った。

記者たちがやってきた。これまでにないほどの人数だった。イネスもオマリーもミラーも引き返してきたし、他の者たちも戻ってきた。ニューヘヴンやウォーターベリーやニューアークから、新たにやってきた記者もいる。フォードは、あきらかになった事実を隠そうとはしなかった。検死結果を読んだ記者たちも、フォードやキャメロン同様、ひどく驚いたようだった。「署長、あなたはどう思っているんですか？ 自殺ですか？」

フォードは首を振った。「それについての言及は控えておく。検死審問であきらかになることだ。現在はマクナリー地区検事が、全権をにぎっている。質問があるなら彼に訊いてくれ」

ローウェルの両親が一時十五分の列車でやってきた。今回、メリッサはいっしょではなかった。フォードは無線車を駅にやり、夫妻を本部に連れてこさせた。どちらも張り詰めてはいたが、取り乱してはいなかった。

「説明をうかがいたい」ミッチェル氏が抑えた声で言った。

フォードは首を振った。「はっきりしたことはまだわかっていません。月曜日に地区検事が検死審問を行います」

「どういう経緯で娘が見つかったのか聞かせてください」

「川底で何かが光っているのを、学生が見つけましてね」フォードは説明を始めた。「われわれが引きあげてみたら、お嬢さんの髪留めだった。それで、お嬢さんは橋から川に落ちたのではないかと考えたんです。隊を組んで下流を捜索したところ、遺体が見つかりました」

ミッチェル氏は唇を固く引き結んだままうなずき、それから尋ねた。「髪留めはここに？」

「監察医にわたしました。身のまわり品は、監察医が保管することになっています」

「娘の……遺体を……見せてもらえますか？」

フォードはミッチェル氏の頭の上に目を向け、そこにある窓の外を見た。「やめたほうがいい。こちらで責任を持って対処します」

「担当の監察医に会いたい。どこに行けば会えますか？」

「病院か《ガードナー・ナイルズ葬儀場》にいると思います。お読みになりたければ、ここに検死報告書があります」

カール・ミッチェル氏は読みたいと答えた。そして、それを受け取った彼は妻といっしょに読みはじめた。あたりをうろついていた三、四人の記者が、じわじわと近づいてきた。夫妻が爆弾にぶちあたるときを、目を凝らして待っているのだ。とつぜん検死報告の用紙が震えだし、ミッチェル氏の顔が真っ青になった。彼が顔をあげると、夫人が夫の手から震えている用紙を取りあげた。ミッチェル氏の目には恐怖に似た何かが浮かんでいた。「これはいったいどういうことです？　見つかった娘は妊娠している！」

フォードはうなずいた。「そのとおりです」

その目に浮かんでいるのは恐怖ではない。何か別のものだ。「あり得ない。これは何かのまちがいです」

「残念ながら、まちがいではありません」

ミッチェル氏は妻に向かって言った。「ローウェルではないかもしれない。ローウェルであるはずがない！」彼はフォードのほうに向きなおった。「これは何かのまちがいですよ、署長。その遺体は別人です。あるいは、監察医が勘ちがいをしている。娘のことはよくわかっています。妊娠しているわけがない。おそらくその遺体は、あの子の服を着た別の誰かのものです」

フォードは苦い思いで首を振った。「遺体はお嬢さんのものです。まちがいありません」

ミッチェル氏は興奮を抑えきれなくなっていた。「ぜひとも遺体を見せてもらいたい。娘のものだとは、どうしても思えません！」

「残念ながら、お嬢さんのものです。疑問の余地はありません」

「自分の目で確かめたい」

「その必要はありません。わたしの言葉を信じなさい」

「いや、信じない。どう考えても納得できません。あなたはわたしに遺体を見せたくないようだ。何かを隠そうとしているにちがいない」

フォードは深いため息をついた。「わかりました。そこまで言うなら見てもらいましょう。しかし、奥さんはここにいてください。行くぞ、バート」キャメロンとならんでオーバーを取りにいきながら、フォードはうんざりした口調で言った。「あの夫婦は事実を受け入れずにすむなら、藁にもすがるだろうね」

フォードの車でピカリング・ストリートの葬儀場に着いた三人は、歩道の脇に出ている金色で名前が記された控えめな黒い看板を横目に、ヴィクトリア様式の大きな建物の中へと入っていった。手前に絨毯《じゅうたん》を敷きつめた薄暗い待合室が二部屋あって、その向こうに大きな部屋がもう一室あり、奥の戸口から車まわしに出られるようになっている。殺風景な霊安室は、その部屋の裏に面した細い廊下のさらに向こうにあるはずだった。

葬儀場のハロックが三人を迎え、待合室の奥の広間へと案内した。記者がひとり窓辺に立って、車まわしに入ってきた霊柩車を眺めていた。吹かしている煙草の灰を、羊歯《しだ》を植え込んだ打ち出し模様つきの大きな真鍮《しんちゅう》の鉢に落としている。屋内で帽子を被っているのが洒落ていると信じている類いの、二十五歳くらいの厚かましそうな男だった。

フォードは、その若者を無視することにした。昨今の記者は、砂糖に群がる蟻のような存在になっている。事件に関わりのある場所ならば、どこへ行こうと待ちかまえているのだ。

「ハウ先生は？」フォードはハロックに尋ねた。

「じきに戻られるはずです。先生に会いにいらしたんですか？」

「ミッチェル氏が先生と話をしたいそうだ。しかし、まず、あの遺体を見せてもらいたい」

「わかりました。廊下の向こうの霊安室におあずかりしています」

「ありがとう」立っている記者をその場に残したまま、三人はハロックに従って冷気漂う部屋へと入っていった。汚れひとつない大きな部屋だった。壁も白なら、ドアなどの木造部分もすべて白。天井の蛍光灯が室内を照らしている。壁沿いに鍵のかかった戸棚がならんでいて、ハンドルの上下に名札がついた窓つきの大きな箱が三段に積んであった。問題の死体は、部屋の中央に設《しつら》えた台の上に、シーツで覆うようにして寝かされていた。防腐剤の強烈な臭いが漂っていたが、部屋に入った瞬間から三人の息を詰まらせているのは、それよりも強烈な刺激性の臭いだった。

フォードとミッチェル氏とキャメロンが、淀《よど》んだ空気を肌に感じながらゆっくりと歩いて台から一メートルほどのところまで近づくと、ハロックが台の向こう側にまわった。彼は足をとめ、手際よくシーツをつかんでそれを折り返し、死体の頭と肩をあらわにした。

ミッチェル氏の両手がゆっくりと拳をつくっていく。そして、それが真っ白になると、全身が震えだした。彼はむせびながら言った。「嘘だ。ああ、神さま。そんな馬鹿な」

そのあと、ミッチェル氏は叫びだした。

そして、死体に駆け寄った。

フォードにもキャメロンにも、彼をつかまえることはできなかった。やっとつかまえたときには、もう台の前まで来ていた。ハロックは真っ青になっている。彼はシーツをつかんで皺《しわ》を寄せ、死体の頭の上へと引きあげた。それをむしり取ろうとしたミッチェル氏を、フォードとキャメロンが抑えた。もがきながらシーツの端をつかむミッチェル氏と、それを取りあげるハロック。フォードとキャメロンはまたもミッチェル氏を抑え、殴りかかってきた彼の腕をとらえた。ふたりはさらにしっかりと彼を押さえ込み、始めは三センチずつ、それから三十センチずつ、ミッチェル氏を台から遠ざけていった。彼は足を蹴りあげ、叫び、泣きつづけていたが、壁に押しつけられると、がっくりと膝を折った。

フォードは彼を立たせようとした。キャメロンがうしろから支えかけたが、重すぎた。ミッチェル氏は泣きながら壁に身をあずけるようにして、ゆっくりとくずおれていった。白い漆喰《しっくい》に両腕をあて、そこに顔を埋めて拳で壁を叩いている。壁が震えるほどの勢いだった。彼が泣きながら叫んだ。「そんなはずはない。あの子ではない。頼む、ローウェルではないと言ってくれ」

フォードもまた、呆然としていた。眉間には汗が滲《にじ》み、呼吸が荒くなり、淀んだ空気に息が詰まりそうになっている。彼は足下の男に背を向け、細長い台の向こうで凍りついているハロックのほうを見た。そして、さらに身体を振り向けた彼は、戸口に記者が立っていることに気づいた。

その姿をひと目見るなり、フォードは怒鳴った。「そのくそ忌々しいドアを閉めろ！」記者は驚いた様子でしばし立ち尽くしていたが、すぐに部屋の外に出てドアを閉めた。

ミッチェル氏は声を詰まらせて泣きつづけていた。ネクタイも襟も涙で濡れている。フォードはそんな彼をしばらく冷静に見ていたが、そのあと振り向いて、いまだに凍りついているハロックに言った。「頼むから、ハウ先生を呼んできてくれ」ハロックは我慢できなくなったのか、半ば走るようにして部屋から出ていった。

音をたててドアが閉まった。フォードは膝をつき、ミッチェル氏の肩に手を置いて、その身体を揺すった。

「あの子は、まだ十八歳だった。何もかもこれからだったのに」ミッチェル氏は壁に向かって泣きながらそう言うと、フォードを見あげた。署長ならばなんとかできるだろうと、期待しているかのような眼差しだった。「たったの十八ですよ、署長。ほんの子供だ」

「しっかりしてください」素っ気ない口調でフォードは言った。

身体ごと振り向いたミッチェル氏が手の甲で鼻水を拭い、掌《てのひら》の手首に近いあたりを目に押しあてた。「ローウェルは、この手をつかんでいた」彼はそう言うと手を掲げ、畏怖の念がこもった涙溢れる目で、それを見つめた。「有刺鉄線で脚を怪我したんです。十歳のときでした」彼はまた壁のほうを向き、そこに拳を叩きつけた。「かわいそうに。縫わなければならないと言われて、あの子は死ぬほど怖がっていた」彼は、またも壁を叩いた。「ローウエルが痛い思いをさせられるところなど、見たくはなかった。あの子もそれはわかっていたにちがいない。しかし、あの子はわたしがその場を離れることをいやがった」ミッチェル氏は両手に顔をうずめてすすり泣いた。「『行かないで、パパ。パパがいてくれたら泣かないって約束するから』と、あの子は言ったんです。死ぬほど怖がっていたのに、そう言ったんですよ！」彼は拳で床を叩いた。「ほんとうに泣きませんでした。わたしの手につかんで、泣かずにこらえていた。あんなに気丈な子供はいない。わたしの手についた爪痕は、一週間も消えなかった。それなのに、ローウェルは泣かなかったんです」

フォードはミッチェル氏のオーバーの襟をつかんで、その身体を揺すった。「もう充分だ」彼はきっぱりと言った。「自分を苦しめるのはやめなさい」

ミッチェル氏は言った。「ローウェルは死んでしまった。あそこにいるのはあの子です。あの子は、あの台の上に横たわっている。しかし、生きてはいない。もう二度と、うちへは戻ってこないんだ」

ドアが開いてハウ医師が部屋に入ってきた。ひと目で状況を把握した彼が、足早にフォードに近づいてきた。

フォードは表情のない声で言った。「先生に任せたほうがよさそうだ。わたしにはどうすることもできません」

ハウは無言のままうなずいて鞄を置くと、うちひしがれた男の脇に立ち、身をかがめた。

フォードは振り返らなかった。すばやく部屋の外に出た彼に、キャメロンがつづいた。

記者はまだそこにいた。長椅子の端に腰掛けて、指に引っかけた帽子をくるくるとまわしながら『ユー・キャント・ビー・トゥルー・ディア』を小さく口笛で吹いている。フォードはそんな記者には一瞥《いちべつ》もくれずに、ゆっくりと窓辺に進み、両手をうしろに組んで外を眺めはじめた。テーブルの前に移動したキャメロンは、雑誌を手に取っている。

「新鮮な空気はいいものだ」フォードは言った。

キャメロンが雑誌のページをめくりながら応えた。「防腐剤の臭いは苦手です。博物館を思い出してしまう」

「博物館か……」

しばしのちフォードは言った。「くもってきたぞ。また雪になりそうだ」

キャメロンは雑誌を置き、窓に近寄って空を見あげた。「ほんとうだ。ゴルフの腕前をあげる機会には、一向に恵まれないな」

「わたしもだ」

記者が帽子をくるくるまわしながら立ちあがり、窓のほうに近づいてきた。「まったく信じられませんよ」彼は言った。「見たでしょう？　あの人は死体にキスをしようとしたんだ！　あんなもの、見るのも堪えられない。それなのに、キスをしようとしたんですからね！」

フォードはしばらく身動きひとつしなかった。それからゆっくりと振り向いた彼は、怒りに満ちた目で記者の顔をまっすぐに見据えて、小さな声で言った。「出ていけ」

「えっ……なんですって？　何を怒っているんですか？」

「出ていけ」相手が震えあがるような声だった。「二度とわたしの前に顔を出すな」

記者はじりじりとあとずさった。「何を言うんです？　ぼくは記者だ。あなたに命令される筋合いはありません！　ぼくにはここにいる権利がある」

フォードはゆっくりと記者に近づいていった。何をするつもりかは歴然としている。キャメロンが弧を描くように動きだすと、記者はさらにあとずさった。「ふたりとも、どうしたっていうんです？」哀れっぽい声でそう言いながらも、あとずさりつづけている。キャメロンが距離を詰めてくるのを見て、記者は慌ててドアへと向かった。「このままですむと思うなよ。編集長に言って、あんたたちを警察から追いだしてやる」

ふたりは足をとめることなく、記者に近づいていった。

記者が横手のドアを開けてすばやく外に飛びだすと、音をたててドアが閉まった。窓の向こうに、記者の姿が見えている。車まわしをあとずさっていくその顔は、怒りと当惑のせいで歪んでいた。

三月二十日　月曜日

月曜日の朝、新聞各紙に載ったほとんどの記事は『深い悲しみの中、ミッチェル夫妻は娘のローウェルさんの遺体とともに、本日フィラデルフィアの自宅に戻ることとなった。パーカー・カレッジの一年生だったローウェルさんは、二週間前にホイーラー川で非業の死をとげ……』と始まり、『本日午前十時に検死審問が開かれる予定』と結ばれていた。

検死審問は非公開ということで、ブリストルの郡裁判所判事――クリフォード・M・リーの私室で行われた。非公開にしたのは、ローウェルの妊娠が発覚したためだった。その事実は世間の知るところとなっていたが、子供の父親がわかっていない今、死の真相を探るには細心の注意が必要だ。

フォードとキャメロン、それに地区検事局に常時詰めている州警察のスチュワート警部補だけは、すべての証言を聴くことを許されていた。事件の背景を熟知している彼らならば、重要な何かに気づくかもしれない。そう考えるだけの賢さが、マクナリーに備わっていたということだ。

まずハウ医師が呼ばれて、発見時に死体がどういう状態にあったかを説明した。頭を下流に向けて仰向けに横たわっていたという彼の証言は、フォードが提出しておいた死体発見現場の写真によって裏付けられた。肺に水は入っておらず、暴行の跡はなく、死体は二週間ほど水に浸かっていたものとみられると、ハウ医師は繰り返し述べた。死因は頸椎の骨折。その骨は前方にではなく横向きに折れているということだった。

「頭を下にして橋の上から落下したとしたら、そんなふうに首の骨が折れる可能性はありますか？」マクナリーが訊いた。

ハウ医師はうなずいた。「可能性があるどころではない。まちがいなくそんな折れ方をします。川底に激突したときに首が少しでも横を向いていたら、骨は横向きに折れます」

「息をとめて飛び込んで——そう、息をとめるのが自然だと思いますが——瞬時に死んだとしたら、肺には水が入らないものですか？」

「入りません。もちろん、ミッチェル嬢の肺には、まったく水が入っていなかったわけではありません。いくらかは染みこんでいた。しかし、水を呑んではいません」

「頭から落下したという以外に、骨折の原因は考えられますか？」

「考えられません」

次の証人のペギー・ウッドリングが、ハウ医師が坐っていたテーブルの端の椅子に、リー判事と向き合うように腰をおろした。彼女はためらいながら途切れがちな声で、ローウェルの最後の日となったあの日、姿を消す前の彼女がどんな様子だったか、体調が悪そうだったことも含めて話した。判事の右側にスチュワート警部補とならんで坐っていたマクナリーは、向かいのペギーとフォードとキャメロンの顔に絶えず視線を走らせていた。ペギーが警察に話したことと異なる証言をすれば、警官の顔色が変わるものと思ってのことだったが、そんな気配はまったくなかった。フォードは何事か考え込んでいるようで、自分の膝かすぐ前のテーブルに視線を落とし、時折背凭《もた》れに身をあずけて天井を見つめている。マクナリーにもペギーにも目を向けず、話を聞いていないようにさえ見えた。

ペギーが話しおえると、マクナリーは質問を始めた。そのほとんどは、ローウェルの異性に対する態度や好みについての質問だった。たとえば、ローウェルが特定の青年に、なんらかの意味で強い関心を示したことはあったかどうか……。なかったというのが、その答だった。

「お腹の子供の父親に心当たりはありますか？」

「まったくありません」

「いつどういう経緯でそういうことになったのかについて、何か思い当たることは？」

ペギーは首を振った。「新聞には、彼女が妊娠していたと書いてあります。でも、そんなのはローウェルらしくありません。知り合って半年になるけれど、まったく信じられません」

「それでも、妊娠していたことは事実です」マクナリーは言った。「さて、ミッチェル嬢はパーティ好きでしたか？」

ペギーは膝の上で手を揉み絞った。「どういう意味でしょう？　デートをしたりパーティに出かけたりするのが好きだったかという意味なら、好きだったとお答えします。でも、それだけを楽しみに生きていたわけではありません。そして、奔放だったかという意味なら、答はノーです」

「お酒は飲んでいましたか？」

「はい。控えめではありましたけれど」

「控えめとは？」

「ひと晩に二杯くらいです」

マクナリーが並びのいい歯を見せて、形ばかりほほえんだ。「なるほど、ひじょうに控えめだ」その冗談に、スチュワート警部補は笑ったが、フォードとキャメロンは表情ひとつ変えなかった。

マクナリーは全員の反応をうかがい、そのあとふたたびペギーに目を向けた。「ダンスなどに出かけたときには、二杯ほど酒を飲んでいた。パーティでは……そう、たとえばカールトン・カレッジの友愛会のパーティなどでは、どうだったのでしょう？　二杯以上飲んでいた可能性はありませんか？」

「わかりません。そういう場にいっしょに出かけたことはないんです」

「それでは、ないとは言い切れない？」

「はい」

「その類《たぐ》いのパーティで飲みすぎて酔っ払ったところを、けしからぬ青年につけ込まれたということはないでしょうか？」

ペギーはきっぱりと否定した。「あり得ません。ローウェルはとても意志が強かったし、自尊心も高かった。お酒に呑まれて男の人に隙を与えるなんて、絶対に考えられません。それに、たとえそんなことがあったとしても、妊娠したからといって混乱して自殺するような人ではありません」

「興味深い話だ」そう言ったマクナリーの口ぶりは、いかにも調子がよすぎた。「しかし、事実は事実。ミッチェル嬢はそのとおりのことをしたんです」

リー判事が片手をあげて制した。「ミスター・マクナリー、行きすぎた言動は慎むように。あなたは、この審問の目的を忘れている。ローウェル・ミッチェルはなぜ命を落としたのか？……この審問はそれを突きとめるために行われているのです」

マクナリーは、動揺することなく判事のほうを向いた。「閣下、先走った発言をしたことは認めます。しかし、行きすぎてはいません。わたしはローウェル・ミッチェルが意図的に自らの命を絶ったということを、この審問で立証しようとしているのです」彼はその先をつづける前に、ペギーに退室を命じた。

ペギーが出ていくと、マクナリーは言った。「ミッチェル嬢の日記を読んで、あることがわかったんです。この警官は気づかなかったようですがね」彼は見下すような眼差しをフォードに向け、日記帳を取りだしてページをめくった。「死の三日前——二月二十八日火曜日の記載を読ませてもらいます。『あの実験で評価が決まるのでなかったら、生物科学はAだったにちがいない。たぶん、わたしには実践を重んじる気持ちが欠けているのだ。それはわかっている。スペイン語と英語は難しくないけれど、数学はお手上げだ。やっと英語の宿題が終わった。でも、清書がすむ前に、ヒルダとパティとサリーに誘われてブリッジを始めてしまった。意志薄弱なる者……汝の名は女なり。だから、あした大急ぎで仕上げなければならない。でも、歴史の授業は休めない。また遅れている。何か思い切った行動に出る必要があるのかもしれない』

「また遅れている」マクナリーはゆっくりと繰り返した。「何か思い切った行動に出る必要があるのかもしれない。考えてみてください。たまたまこれを読んだ人間は、英語の宿題のことを言っているのだと思うでしょう。わざとそんなふうに書いてある。しかし翌日には『英語の宿題は、ぎりぎりで間に合った』と記している。わかりますか？　英語に関しては、思い切った行動に出る必要など何もない。

いいですか、ミッチェル嬢は妊娠にいたった経緯について漏らすことを慎重に避けていた。だからこそ、誰もがその事実を知って驚いたのです。そう考えると、『また遅れている。何か思い切った行動に出る必要があるのかもしれない』という文章が別の意味に取れる。遅れているのは英語の宿題ではない。月のものです。前の週にはまだ不確かで、ただの不順であればと願っていたにちがいない。そして一週間、待ってみたが、やはり訪れなかった。それで身籠もったと確信した……それが、わたしの主張です。命を絶った日の朝、ミッチェル嬢は湖の畔《ほとり》を歩きながら思い切った行動についての計画を練った。そして昼どき、他の学生が食事をしているあいだに、それを実行したのです！

その主張を裏付けるために、三月一日の記載を読ませてもらいます。『今日、スペイン語の授業から戻ったら、ジャックからの手紙が届いていた。それで、わたしが喜ぶとでも？正直なところ、最近は男子学生がものすごく子供っぽく思えてしまう。口にするのは試験のことや、吐かずにどれだけビールを飲めるかなんていうことばかり。少し前までそんな話を聞いてときめいていたなんて、おかしくてたまらない。何も起こらなかった。でも、それがいちばんよかったのかもしれない。ジャックのような誰かと結婚するなんて想像してみて！』と、こんなふうです。まだ先がありますが、この『何も起こらなかった。でも、それがいちばんよかったのかもしれない』というくだりが、前後の文章に繋がっていないことを示したかったのです。これはジャックという青年とのことを言っているのではない。自分の状態について、他の人間にはわからないように記しているのです。依然として月のものが訪れず、この頃には妊娠の事実を受け入れるようになっていた。『それがいちばんよかったのかもしれない』という一文に、諦めの気持ちがあらわれています。

死の前日の木曜日、ミッチェル嬢は命を絶つ以外に道はないと心に決めている。ここです。『今日は生物科学の講義と、スペイン語と歴史の授業があった。なぜ勉強をするのだろうと不思議に思うことがある。学んだことを使う機会なんて、きっとない。そう、少なくともわたしは使わない。今は、それがはっきりとわかる』自殺という考えにとらわれていたことが、よくわかります。このときには、もう気持ちを引き戻せなくなっていた。つまり、火曜日に思い切った行動に出ることを思いつき、水曜日にはその思いに心を委《ゆだ》ね、木曜日に勇気をかき集めた。そして、金曜日の朝に散歩をしながら、いかにしてそれを実行するか決めたのです」

リー判事が言った。「ミスター・マクナリー、あなたの説にはうなずける部分も多々あります。しかし、すべての証言が終わるまで、考えを述べるのは差し控えてもらいたい。さて、先をつづけましょう」

次の証人はヒルダ・ガンサーだった。そして、そのあとにサリー・アンダース、パティ・ショート、マーリーン・ビーチャーがつづいた。彼女たちはローウェルについて様々な話を披露したが、どれもペギーの話とほとんど同じで、新しい情報は――マクナリーの説を裏付けるようなものも、否定するようなものも――得られなかった。

正午になって二時間の休憩に入ると、フォードとキャメロンは連れだって昼食に出かけた。「不快だ」ミッキー食堂のボックス席に腰をおろすなり、フォードは言った。「まったく胸が悪くなる」彼は手に取ったメニューを睨《にら》みつけた。

向かいに坐ったキャメロンが、軽い口調で言い返した。「この店を選んだのはあなたですよ」

「自殺のことを言っているんだ」

「だったら不快がるのも無理はない。ミッチェル嬢を自殺に追い込んだ青年は、法的には無罪だ。それで腹を立てているんでしょう？」

「ああ、そのとおりだ。しかし、若い者たちがどんな愚かな真似をしようと、わたしには関係ない」

「そうかな？　あなたは、漠然とではあるが、ミッチェル嬢を自分の娘に置き換えて考えているにちがいない」

「黙れ。きみには何もわかっていない。本から得た知識があるだけだ。いいか、わたしが知った事実をもとに考えても、友人たちの話を聞いても、ミッチェル嬢は自ら命を絶つような娘ではない。わたしが言っているのは、そういうことだ」

「あなたが知った事実をもとに考えても、友人たちの話を聞いても、ミッチェル嬢は妊娠するような娘には思えない」

「それは別の話だ。それなりの状況で、それなりのときに、それなりの男に誘われれば、どんな娘でも首を縦に振る」

「ひねくれてるな。いいでしょう。それじゃ、あなたはミッチェル嬢の行動について、どう思っているんですか？　理由もなくめかし込んで、たまたま橋のあたりをとおりかかり、うっかり欄干を乗り越えて川に落ちたとでも？　あるいは、橋の上で誰かと落ち合い、その男に川に投げ込まれたとか？　真っ昼間、三百メートル先からでも見通しが利く場所で？」

ウエイトレスがやってきて、水の入ったグラスを合板張りのテーブルに乱暴に置くと、フォードはオニオンをたっぷり添えたハンバーガーをふたつ頼み、キャメロンはフレンチ・フライつきの薄切りステーキを注文した。ウエイトレスが立ち去るのを待って、フォードは身を乗りだした。「わたしがどう思っていないか聞かせてやろう。いいか、わたしはミッチェル嬢が高さ三メートルの橋から、水深一メートル二十センチほどの川に飛び込んで、自殺を図ったとは思っていない。風邪をひいて肺炎にでもかかっていれば別だが、ふつうはそんなやり方では死ねない。どんな娘でも、そのくらいはわかるだろう。なぜ、睡眠薬を飲まなかったんだ？　そのほうがずっと簡単だ」

「なるほど」キャメロンがあたりを見まわしながら、小声で言った。「そういう見方もあるな。しかし、なぜぼくに言うんです？　マクナリーに言ってやればいいじゃないですか」

「あいつは図々しい男だ。おそらく『それでは、あなたはヒギンズ橋で何が起きたと考えているんですか？』と切り返すだろう。それで、わたしは苦い思いをさせられることになる。自殺というのは不快だ。しかし、事故や殺人はもっと不快だ。ミッチェル嬢は、自ら命を絶ってしまうほど混乱していたのかもしれない。今日、マクナリーはすでに一度、日記の中の重要な記載をわたしが見落としていたことを指摘してくれた。再度そういうことがあれば、ブリストルには新しい警察署長が必要だと、みんなが思うようになる」

キャメロンが甲高い笑い声をあげた。「なるほど、あなたは法科大学院《ロースクール》出のエリートを前にして、劣等感を抱いているわけだ！　信じられないな。しかし、マクナリーのように妊娠の事実を知ったあとであの日記を読んでいたら、われわれだってあのくらいのことには気づいていましたよ」

フォードは水を飲み干して、そのグラスを弄《もてあそ》んだ。「もっと早く気づくべきだった。覚えているだろう？　わたしは始めのうち、ミッチェル嬢の純潔を疑っていたんだ」

「どんな天才でも誤りを犯す。それで、どうするんです？　引退して傷を舐めて暮らすつもりですか？」

「いつまでもぼやきつづけてやる。しかし、とにかく今よりも説得力のある説を打ち立てる必要がある。つまり、考えなければならないということだ」

「頭が破裂してしまいますよ」キャメロンがそう言うと、ふたりは沈黙に陥った。

月曜日　午後

二時に審問が再開されると、マクナリーの最初の証人が呼ばれた。湖の水を抜いた際に、橋や土手の上に立って目を光らせていた男たちだ。彼らは自分たちの目にとまらずに水門から川に流れでたものは、小枝一本なかったはずだと証言した。死体が川に流れでるのを見逃すなど、絶対にあり得ない。

次にエドワード・スモールとミセス・ケニヨンとドナルド・ラシターが呼ばれ、ローウェルの金の髪留めを回収した経緯について話した。マクナリーはその重さと形、それに髪留めが他の場所から流されてきた可能性の有無について、集中的に尋ねた。三人ともその可能性はないだろうと答え、フォードとキャメロンも同意した。

ローウェルが川に落ちた（あるいは飛びおりたか、突き落とされた）場所は、ヒギンズ橋の上にまちがいない。それが立証されると、ランバートA館の寮生三人が呼ばれた。彼女たちは順番にマクナリーの質問に答え、「亡くなる前の一週間ほど、ローウェルはいつになく沈んでいて引きこもりがちだった」と証言した。「あのときはこんなことになるなんて思ってもみなかったけれど、あの様子を思うと、自殺と聞いても驚きません」三人のうちのふたりがそう言った。

最後のひとりが退室すると、マクナリーが判事に向かって自分の主張を述べた。まず彼は、ローウェルが鬱《ふさ》いでいたことや、パーカー湖の畔《ほとり》を歩いていたことを挙げて、本人が妊娠の事実を知っていたことはまちがいないと言い切った。そして、彼女が友人に体調不良を訴え、構内からほとんどの学生が消える時間を利用して誰にも見られずに寮を出ていったことを指摘し、洒落た服に着替えたというのは、自殺をしようとしている娘がとるであろう自然な行為だと話した。構内から出るつもりもないのに着替えるというのは、それ以外では考えにくいというのだ。そのあとマクナリーは、ヒギンズ橋がその場所であることを判事に思い出させ、自らの意思がなければあの欄干は乗り越えられないと語った。この審問がくだすべき評決は自殺以外にないと、マクナリーは主張した。

フォードは午後の審問のあいだじゅう、自分の世界にこもって頭を巡らせていたが、この瞬間、外の世界に戻ってきた。彼は背筋をのばすと、テーブルの上に置いた両手を広げて、その丸みを帯びた輪郭を眺めた。「閣下」彼は言った。「実験を行う許可をいただけないでしょうか？」

リー判事がわずかに身を乗りだして、フォードを見つめた。「実験とは？」

「それについては、申しあげずにおきたい」

判事の顔にかすかな笑みが浮かんだ。「ずいぶんと謎めいている。それで何を立証しようというのですか？」

フォードは目をあげた。「それも申しあげられません。実のところ、自分でもよくわかっていないのです。いくつか気に掛かることがあるのですが、実験でそれがはっきりするかもしれません」

「気に掛かること？」

「ミスター・マクナリーは――」フォードはゆっくりと話しだした。「見事に事実を分析し、ひとつの結論を出してくださった。しかし、説明がなされていないことがふたつあります。ひとつは、ローウェル・ミッチェルは自殺をするのに、なぜ橋から飛びおりるという方法を選んだのかということです。部屋の窓から飛びおりたほうが、ずっと確実に死ねます。そして、もうひとつの疑問は、ハンドバッグはどこにいったのかということです」

判事が言った。「ハンドバッグ？」

「はい。ミッチェル嬢はハンドバッグを持って出かけています。鞍袋《サドルバッグ》のような形をした、肩紐つきの茶色い革のバッグです。死体のそばにも橋のあたりにもなかったし、部屋にも見当たりません」

マクナリーが口を挟んだ。「署長、そんな疑問の答ならいくらでも考えられますよ」

「確かに。しかし、正しい答はどれでしょう？」

判事が言った。「実験をすれば、その答があきらかになると考えているのですね？」

「そうなることを望んでいます」

「時間はどのくらいかかりますか？」

「わかりません。二時間ほどでしょうか」

苦々しげに「それは長すぎる」と言ったマクナリーを、リー判事が片手をあげて制した。

「ミスター・マクナリー、われわれは事実を突きとめようとしているのです。署長の実験で何かがあきらかになる可能性がわずかでもあるのなら、やっていただこうじゃないですか。署長、準備を始めてください。それで過ちを避けられるなら、二時間という時間はけっして長くない」

「ありがとうございます、閣下」フォードは振り向いて言った。「バート、リッジ・ロードの氷屋に行って、五十六キロのかたまりを買ってきてくれ。それを防水布でもなんでもいいから、できるだけ水をとおさないものに包んで、ヒギンズ橋まで運んでくれ。ラシターにボートと漕ぎ手を用意させろ。向こうで落ち合おう」

橋まで足を運んでもなお、マクナリーは「いったい何をするつもりなんだ？」と、非難がましくフォードに問いつづけていた。何をしようとしているのか、何を立証しようと思い立ったのか、答えるのは簡単だ。しかし、フォードは頑として胸の内を漏らすことなく、苛立ちもあらわに、通りから川岸におりる舗装された小径《こみち》を、ただ行ったり来たりしていた。トレーラーにボートを積んだ警察の車が土手の上の道にとまると、フォードは息を切らしながら小径を駆けのぼっていった。キャメロンと三人の警官が車から降りてきた。「何を始めるつもりなのか、さっぱりわかりませんよ」キャメロンが言った。「しかし、とにかくうまくいくことを祈ってます。そうでないとまずいことになる」

フォードはうしろのドアを開けた。カンバスに包んでしっかりと縛られた大きな氷のかたまりが、床に置かれていた。「これを橋の上に運んでくれ」彼は命じた。「ボートを川に浮かべろ」

署長の熱意を感じて、警官たちはすばやく動いた。そして、命令どおりに準備がととのうと、フォードは漕ぎ手とともにボートに乗った。つづいてリー判事とマクナリーとキャメロンが乗り込むと、小さなボートはいっぱいになった。

「転覆するようなことがあったら――」マクナリーが不安げに言った。「署長の地位を奪ってやる」

「じっと坐っていてください」フォードはそう言うと、橋の上にいるふたりの男に向かって大声で命じた。「氷を投げ込め。そのあと車を二台とも埋め立て地にまわして、ボートが着くのを待っていろ」

「わかりました」男たちは布に包まれた重い氷のかたまりを欄干の上へと持ちあげて、川へと放り投げた。ボートに乗っていた者たちは、水しぶきを浴びることになった。氷のかたまりはものすごい勢いで川底に沈み、また浮きあがってきたかと思うと、下流へと流されだした。「すぐうしろについていけ」フォードが漕ぎ手に命じると、ボートは流れの中へと突っ込み、沈んでは浮きあがってくる氷のかたまりのあとを追いはじめた。

「いったい署長は何を立証しようというんでしょうね？」マクナリーが、うなるような声でリー判事に言った。

「さあ。しかし、署長には考えがあるようだ」判事が答えた。

「そうであってほしいものです」

三百メートルほど行くと、氷のかたまりは倒木に引っかかった。フォードの言葉に従って、漕ぎ手のヴォムラートがボートを倒木に近づけ、枝を利用して動きをとめた。

「何をしようというんだ？」マクナリーが訊いた。

「五分待ってください」フォードは答え、時計を引っぱりだした。

ボートの上の五人は、カンバスに包まれた氷が倒木の幹にぶつかったり、枝のあいだをくぐったりするのをじっと見つめていた。そして五分が過ぎると、ひとり立っていたフォードが引っかけ棒を手に取って、氷のかたまりを流れに戻そうと奮闘しはじめた。氷が枝にとらわれて、ボートは二度ひっくり返りそうになった。それでも、フォードはなんとか氷を倒木から遠ざけて、流れに戻すことに成功した。氷を追って下流へと進むボートの中で、フォードは興奮に顔を真っ赤にして汗をかいていた。

クイーン・ストリート橋の下の激しい蛇行部分にさしかかると、さらに面倒なことが起こった。氷が浅瀬に乗りあげてしまうのだ。引っかけ棒で流れに戻しても、またすぐに別の浅瀬に乗りあげてしまう。フォードは蛇行部分をとおりすぎるまで、何度となく引っかけ棒を振りまわさなければならなかった。やがて氷のかたまりは川の中ほどを漂いだし、遮られることなく、ぐんぐんと流されはじめた。軽快な動きを見せながら流れていく氷の三メートルうしろを、ヴォムラートが操るボートが追っていく。フォードは身を乗りだして氷のかたまりを見つめながら、必要に応じて大声で命令をくだしていた。引っかけ棒を手にした、そのがっしりとした年配の男を見つめるキャメロンの顔には、畏れの色にも似た表情が浮かんでいる。マクナリーは無言のままむっつりとしていたが、署長を見るリー判事の顔には感服の色が滲《にじ》んでいた。

そのあとは埋め立て地に着くまで、特に何も起こらなかった。車は二台とも、水際に待機していた。川はそのあたりで埋め立て地をまわりこむように緩やかに蛇行している。今、氷のかたまりは、その広い川の中ほどを流れていた。ボートの中は静まり返っていたが、やがてフォードが大声で尋ねた。「バート、死体が見つかったのはどこだ？」

「そこです。今、とおりすぎたところです！」

「漕げ、ヴォムラート。氷に追いつくんだ」

ヴォムラートは、オールに覆い被さるようにしてボートを漕いだ。そして、ボートが氷のかたまりに追いつくと、フォードが引っかけ棒でそれを捕まえた。「よし」彼は言った。「岸につけろ」

ヴォムラートがわずかに突きだした岸にボートをつけると、まずリー判事が、それからマクナリーが降りた。フォードが挑むような声で言った。「いかがです、判事？　戻って、もう一度試してみますか？」

判事は首を振った。「その必要はない。署長、あなたの勝ちだ。これは殺人です」

フォードは岸にあがって、引っかけ棒を部下にわたした。その顔は上気し、いかにも生きとして見えた。「あの倒木の枝に服が引っかからなかったはずがない。どんなに水嵩が増しても、そこから流されることはなかったでしょう。激しい蛇行部分でも、同じことが起こったはずです。死体は、どうしたって浅瀬に乗りあげてしまう。氷のかたまりを何度流れに戻さなくてはならなかったと思いますか？　この死体発見現場に、死体が流れ着く可能性は皆無です。絶対にあり得ない！」

マクナリーが苦々しげに言った。「なるほど、よくわかった。しかし、なぜこんな謎めいたやり方をしたんだ？　ミッチェル嬢はヒギンズ橋から身を投げたとは思えないと、なぜ裁判所で言わなかったんだ？」

フォードは顔を拭《ぬぐ》った。三月の外気は刺すように冷たかったにもかかわらず、彼は真っ赤な顔をして汗をかいていた。「危険を冒したくなかったんです。死体のことだけを考えれば、何者かがここに捨てていったにちがいないと主張できたでしょう。しかし、犯人がそのあと橋の上まで行って髪留めを川に投げ捨てたのだと言ったら、まずうなずいてはもらえない。誰かが髪留めを見つける可能性など、千分の一もありませんからね。ミッチェル嬢が橋の上から川に飛び込んだと考えるほうが妥当のように思える。裁判所でわたしの考えを披露して、それがまちがいだったとわかったら、ブリストルの町は新しい警察署長を迎えることになったにちがいありません」

リー判事は耳を傾けていた。「署長、あなたにはもうしばらく、このまま働いてもらうことになるでしょう」判事はそう言うと、マクナリーのほうを向いた。「さて、デーヴ、あなたは殺人事件を抱え込むことになったようだ。評決は殺人。ローウェル・ミッチェルは、何者かの手で命を絶たれたということです」

フォードはキャメロンが倒れそうになるほどの勢いで、その背中を叩いた。「行こう、バート。一杯奢ってくれ」

三月二十一日　火曜日

『死体で発見されたパーカー・カレッジの学生、検死審問で殺人の評決

死体は犯人の手で川に遺棄　フォード署長が立証』

『マサチューセッツ州ブリストル、三月二十日——ブリストルのシャーロック・ホームズともいうべきフランク・W・フォード警察署長の劇的な実験の結果、今月三日に忽然と姿を消したパーカー・カレッジ一年生の美女、ローウェル・ミッチェルさんの失踪と死にまつわるすべての謎が一掃された。フォード署長は、死体に見立てた五十六キロの氷のかたまりを、ミッチェルさんが転落した（あるいは、突き落とされたか身を投げた）とされていた橋の上から川に投げ込み、流されていく氷のあとを追って、死体が発見現場に流れ着く可能性はあり得ないことを、一点のくもりもなく立証した。

その実験がここまで劇的なものとなった背景には、審問が終わりに近づいて自殺の評決がくだる寸前になって、フォード署長が実験を提案したという事実がある。署長は自らの意向をあかすことなく、クリフォード・M・リー郡裁判所判事とデヴィッド・マクナリー地区検事を説きつけ、両者をともなってミッチェルさんの髪留めが発見されたヒギンズ橋まで出向き、氷のかたまりを……』

フォードが部屋に足を踏み入れると、キャメロンが新聞を置いた。「シャーロック・ホームズのお出ましだ」

フォードはうなり声をあげた。

「ここにそう書いてあります。あなたは劇的な実験ですべての謎を解き明かした、ブリストルのシャーロック・ホームズだ」

フォードは応えた。「礼儀正しく言ってもらえばそういうことになるのだろうが、怖くて意図をあかせなかったというのが実情だ」

「『死体を運ぶのに使われた車を特定すべく、警察は埋め立て地を調べたが――』」キャメロンが新聞を読みはじめた。「『最近降った雪のせいで、タイヤの跡もその他の手掛かりも見つからなかった。周辺の住人への聞き込みも行われているが、昨夜遅くの時点では新たな証拠は得られていない』」

「今朝八時の時点でも――」フォードはつけくわえた。「新たな証拠は得られていない。不審な何かを見たり聞いたりした覚えはないと、みな口を揃えて言っている」

「ミッチェル夫妻はどんな様子です？　娘が殺されたことは、もう知っているんでしょう？」

「知らないはずがない。国じゅうの新聞に載っているからな。いや、ゆうべのうちにわたしが伝えた。ある意味、自殺ではないと知って少し安心したのではないかと思う」

「何か考えがあるんでしょうかね？　またあの私立探偵を雇うとか？」

「それはないだろう。あの男は懸賞金をせしめようとして、夫妻に嫌われたにちがいない」

「つまり、あなたがひとりで解決しなければならないということだ」

「いや、わたしではない」フォードは言った。「きのう以降、この捜査はマクナリー担当ということになっている」

キャメロンが声をあげて笑った。「マクナリーには、アルファベットの中からMを見つけだすこともできませんよ。本人もそれを承知している。署長、やはりあなたがやるしかない。マクナリーは何もせずに見ていて、手柄だけかっさらっていくでしょう」

「しかし、下手をすれば批判の矢面に立つことになる。さあ、きみにはうんと働いてもらうぞ。それが、わたしの部下の役目だ」

「つまり、ラシターが忙しくなるということです。ぼくの部下ですからね」フォードは言った。「馬鹿話はこのくらいにしておこう。ふざけているときではない。わたしの部屋に行こう。話すことがある」彼はオーバーを脱ぎながら署長室に向かい、キャメロンがそのあとにつづいた。

「さて――」記者たちの猛攻撃を遮るべくドアを閉めると、フォードは言った。「犯人は誰だと思う？」

「子供の父親でしょうね」

「どういう成り行きでこんなことになったのか？　きみの考えを聞かせてくれ」

キャメロンは煙草に火をつけ、考え深げに話しだした。「妊娠に気づいたミッチェル嬢は、男にそれを告げにいったにちがいありません。だから、気分が悪いふりをして、スカートにはきかえ、誰にも見られないときを選んで寮を抜けだしたんじゃないでしょうか。男は首を折ってミッチェル嬢を殺害した。そして、自殺に見せかけるために、金曜日の夜遅く車で埋め立て地まで行って死体を捨て、そのあと橋から川に髪留めを投げ込んだ」

「わたしも同じように考えている」

「ただ、なぜ髪留めが誰かの目にとまると考えたのかがわかりません。それに、なぜ殺さなければならなかったんでしょう？　若い娘を身籠もらせたからといって、罪に問われるわけではない」

「その答は本人から聞くしかないな」フォードは言った。「われわれの仕事は、その男——つまり、子供の父親を見つけだすことだ」

「そいつは、さほど遠くないところにいる。カールトンの学生だと思いますね。キンケイドとマイアーズが、かぎりなく怪しい」

「いや、その男はもっと近いところにいる。おそらく、この町の住人だ」

「なぜです？　徒歩で会いにいっているからですか？　男のほうがミッチェル嬢に会うために、町まで足を運んでいたのかもしれませんよ」

「いずれにしてもカールトンの学生ではない。日記を読めば、ミッチェル嬢がキンケイドにもマイアーズにも関心を持っていなかったことがわかる」

「確かにそんなふうに書いてあります。しかし、忘れないでください。ミッチェル嬢はひじょうに用心深い。嘘を書いていたのかもしれません」

「そんなふうには思えない。確かにミッチェル嬢は用心深いが、あのくだりに嘘はないように思う。ただの勘だが、男はこの町の人間で、日記にはほとんど登場していない。まったく登場していない可能性さえある。どう思う？」

「否定はしませんよ。しかし、そうなるとどうやってそいつをさがしたらいいのか、皆目見当がつきません」

「ミッチェル嬢の友人たちに尋ねて、彼女が言葉を交わしていた男をひとり残らず調べあげ、それを一覧にしてくれ」

「うへっ」

「その全員の素姓とアリバイを探るんだ」フォードはオーバーのポケットから一枚の紙を取りだした。「日記の中でミッチェル嬢がふれている、この町の住人を全員ここに挙げてみた。これだ。他に加えるべき人間がいないか、見てほしい」

キャメロンは一覧に目をとおした。「親切な年配のタクシー運転手。すばらしい！　ハウランド学長。ああ、思い出した。確か、ミッチェル嬢は学長のことを『かわいい』と書いていた。警官。こいつは痛いところを突かれたな。誰のことです？」

「九月二十七日、四時から十二時までの交替勤務時間に働いていた者だ。ミッチェル嬢が道を尋ねたという警官は、サリヴァンかワイスと考えてまちがいない」

「すごいな。名無しのタクシー運転手に、カレッジの学長に、マイク・サリヴァンに、サム・ワイス。それに、歴史の教師のスワード、英語の教師のマークル、構内警察のチャールズ・コーヴァス。もう少しましな一覧がつくれるでしょう、署長。ああ、生物科学の教師のシュグルーの名前もあるぞ！」

「確かに、さほど怪しい人間はいない」フォードは認めた。

「さほど？　さほどどころか、まったく怪しい人間はいませんよ」キャメロンが一覧に目を走らせながら言った。「なんだって！　郵便局員！　誰です？」

「おそらくビル・シンデルだ。切手の販売窓口にいるのは、あの男だからな」

「シンデルね、なるほど。それに、夜勤で働いている構内警察のトム・ウイリアムズ。カレッジの洗濯屋の男……これは誰です？」

「それを調べるのがきみの仕事だ」

「感謝しますよ。すばらしい。まだある。《ブリークマンズ》のソーダ水売り場にいるかわいい店員」

「バート、そいつをよく見てきてくれ。その店員が日記に登場したのは一度だけで、時期は十月。ミッチェル嬢は、『この町に来て初めて会った、まともな顔の男の子だ』と書いている」

「時間を費やして、日記を暗記していたんじゃないでしょうね？」

「暗記したのは、助平心をくすぐってくれる部分だけだ」

「なるほどね」キャメロンはその記載を心にとめ、さらに先に目を走らせた。「チャールズ・ワトソン。何者ですか?」

「知っているはずだ。ミッチェル嬢が仲間たちと《荷馬車の車輪亭》で友人の誕生会をしていたときに、シャンパンを注文したという年配の男だ」

「ああ、そうでした」彼は、その名前にもう一度目を向けた。「確かミッチェル嬢は、年のいった男のほうが好みだったな」

「そのとおり。しかし、若い者たちを除外してはいけない」

「花屋のミスター・ピーターズ」キャメロンが、うんざりした口調で最後の名前を読みあげた。「すごい一覧だ。すばらしいとしか言えませんよ。ここにある全員の素姓を探れというんですか?」

「そのとおり。何をさがせばいいかはわかっているはずだ。ミッチェル嬢と――いや、他のどんな娘が相手でもいいが――とにかく、若い娘と不道徳な関係を結ぶのに都合のいい立場にあるのは、この中の誰なのかが知りたい。そういう性癖を持っている者を探りだしてほしい」

キャメロンは顔をしかめながら、もう一度、一覧に目をとおした。「年配のタクシー運転手、ハウランド、サリヴァン、ワイス、スワード、マークル、コーヴァス、シュグルー、シンデル、ウイリアムズ、カレッジの洗濯屋の男、《ブリークマンズ》のソーダ水売り場の店員、チャールズ・ワトソン、ピーターズ。よし、チャールズ・ワトソンとソーダ水売り場の店員を調べてみよう」

「全員調べろ」

「全員ですか？　ハウランドも教師たちも？」

「そのとおり。サリヴァンとワイスも忘れるな。それからミッチェル嬢の友人に会って、他に一覧に加えるべき人物がいないか確かめてみろ」

「勘弁してくださいよ」

「どんなふうに聞こえるかは百も承知だ。ああ、細かすぎると言われても仕方ない。しかし、バート、今われわれがどういう状況に置かれているかは、きみにもわかっているはずだ。埋め立て地には手掛かりひとつ残っていない。死体から犯人をたどる術《すべ》がない以上、怪しい人物を見つけだして、そいつと死体が繋がらないか調べていくしかない。犯人は地元の人間だ。そして、そいつについては日記に登場していたとしても、一度か二度。まったくふれられていない可能性さえある。だから、この一覧にさらに名前を加える必要があるんだ」

「しかし、教師や構内警察の人間は除外していいのではありませんか？　そういう立場にある者が子供の父親ならば、過去にも同じような問題が起こっているはずです」

「起こっていたのかもしれない」

キャメロンは一覧をポケットに押し込んだ。「わかりました。徹底的にやりますよ。この連中が、一九四六年に何本煙草を吸ったかまで調べてやる。洗いざらいね」

「教師たちについては、カレッジの事務所で情報が得られる」

「ええ、若い娘の尻を追いかけまわしている教師の一覧があるにちがいない」

フォードはため息をついた。「これは殺人事件の捜査だ。あり得ないように思えることでも、とにかくすべての可能性について調べる必要がある」

キャメロンは「勘弁してほしいな」とうなるように言って、戸口に向かった。

「わたしはこだわり屋だ。どうしようもないほどのこだわり屋だ」キャメロンの背中に向かって、フォードは大声で言った。

ケネディが部屋に入ってきたのは、そのときだった。「マクナリーから電話が入っています。検事局に来てほしいと言っていますよ」

フォードは重い腰をあげた。「なんの用があるのか見当もつかないね」

火曜日　午後

正午にキャメロンから電話が入った。「三月三日の夜、車の盗難届は出ていませんよね?」

「出ていない」

「だったら、ソーダ水売り場のかわいい店員は除外できます。十六歳で免許もないし、家族も車を持っていません。それに、ミッチェル嬢が男と会っていたと思われる金曜日の昼過ぎには、《ブリークマンズ》で働いていました」

「なるほど、頭に入れておこう」フォードは言った。

一時半に、ふたたびキャメロンが電話をかけてきた。「チャールズ・ワトソンの名は、電話帳にも町の人名住所録にも載っていません。《荷馬車の車輪亭》の人間たちも、この男のことは知らないようです」

「ランバート別館の娘たちに訊いてみろ。誰かに住所を教えているかもしれない」

「わかりました。今から、カレッジの事務所に行ってきます。そのあと、授業が終わる頃合いを見計らって、寮を訪ねてみます」

「四時までに終わらなかったら、自宅のほうに報告にきてくれ」

「四時？　一日八時間きっかり働いて仕事が終わるなら、苦労はありません」キャメロンは、そう言って電話を切った。

フォードの自宅にキャメロンがやってきたのは、間もなく六時になろうという頃だった。彼は署長の娘によって、簡素なつくりの二階建ての家へと迎え入れられた。キャメロンが書斎に足を踏み入れたとき、フォードは腰をおろして小さな本を読んでいた。

「マクナリーがあなたに捜査を任せたという噂を聞きましたよ」キャメロンが言った。

「さっき、そう命じられた。元々こっちでやっていた事件だがね」

「よかった。それで、ぼくが情報を求めて町じゅうを駆けずりまわっているあいだ、あなたは何をしていたんですか？　ただ坐っていても、給金だけは入りますがね」

「ミッチェル嬢の日記を読んでいた」

「なんのために？　笑いの種でもさがしていたんですか？」

「手掛かりをさがしていたんだ」

「手掛かり？　犯人は日記にほとんど——あるいはまったく——登場しないんじゃなかったんですか？」

「マクナリーは、わたしが見落とした事実に気がついた。あの勝ち誇った顔が忘れられない。ああいうことは二度とごめんだ。妊娠を知ったミッチェル嬢は、他にも自分の状態についてふれているにちがいない。それをさがしていたんだ」

「仕事を交換しましょう」

フォードは大きな声で妻を呼び、戸口にあらわれた彼女に言った。「酒の用意を頼む。巡査部長は、ご機嫌なおしが必要らしい」

キャメロンの顔にかすかな笑みが浮かんだ。

フォードは笑みを返して言った。「まったく質《たち》の悪い男だ」

キャメロンが応えた。「鏡を見てみるといい。あなたはミシシッピのこちら側で、最も手強くて意地の悪い警察署長です。しかし、くそっ、好人物であることもまちがいない」

「それで、何がわかった？」

「あなたは賭けに勝ってはいないが、大負けしてはいない」

「だから、きみではなくわたしが署長を務めているんだ」

「そのとおり。あなたは三十三年警察にいるが、ぼくは十八年しかいない。そのせいだと言いたいところだが、それはちがう」

ミセス・フォードがやってきて、酒の瓶やグラスが載った盆を夫の傍《かたわ》らの机に置いた。フォードはふたつのグラスに強い酒を注ぎ、そのひとつをキャメロンにわたすと、葉巻を一本取りだして両手のあいだで転がしはじめた。「よし、バート。話を聞かせてもらおう」

キャメロンは酒をひと口飲み、身を乗りだして膝に両肘をついた。「まず、ワトソンという男ですが、どうやら学生たちに名刺を一枚わたしたらしい。しかし、それを誰が持ち帰ったのか、そのあとどうしたのか、誰も覚えがないようです。さがしてもらったが、見つかりませんでした」

「気に入ったぞ」

「もっと、気に入りますよ。学生たちの話によると、チャールズ・ワトソンは四十代後半から五十代前半の、かなり魅力的な銀髪の紳士らしい。エツィオ・ピンツァのような女たらしなんじゃないでしょうか。ひとりで食事をしていたワトソンは、誕生会をしていた娘たちを楽しそうに眺めていたそうです。彼女たちのためにシャンペンを注文しようとしてウエイターに断られてしまったが、反対にケーキをひと切れもらっている。親しげに話していたけれど馴れなれしい感じではなかったと、学生たちは言っています」

「そしてそいつは、自分にできることがあったらいつでもしらせてほしいと、娘たちに言ったわけだ。つまり、このあたりのどこかに住んでいるということだ。ここからそう遠くない町にいるにちがいない」

「なんとしても見つけだしましょう」キャメロンが言った。「あした始めます。マサチューセッツじゅう、虱潰《しらみ》しにさがしてやる」

「ああ、しかし、それ以外の者たちも忘れるな。他に何がわかった？」

キャメロンは肩をすくめて、もうひと口酒を飲んだ。「たいした収穫はありませんでした。新たに一覧に加えるような人物は見つかっていません。ミッチェル嬢の友人全員に尋ねてみましたが、新たな名前が挙がるどころか、一覧の中にも知らない人物がいたくらいです。たとえば、ピーターズのことは誰も知らなかった。料理を注文をするときに《荷馬車の車輪亭》のウエイターといくらか話すことはあったかもしれないが、それを除けば、ミッチェル嬢が言葉を交わしていたのはカレッジの教職員くらいだそうです。構内管理人たちとは、たまにしゃべっていた可能性がありますね。それも加えるということなら、一覧はどんどん長くなる」

「男たちの素姓については調べたのか？」

キャメロンはポケットから紙を数枚取りだし、膝の上に広げた。「カレッジの事務所で仕入れてきた情報です。ミセス・ケニヨンにいっしょに行ってもらったんですが、口止めしておきました。構内警察や何かに、こっちの動きを悟られたくありませんからね。まず、コーヴァスです。一九〇〇年にヴァーモント州ブラトルボロで生まれ、地元の高校を出て、第一次世界大戦が終わる直前に陸軍に入っています。除隊後は、大工の見習いや煉瓦工、それに重機の運転もしている。一九二四年に結婚して、子供が三人――男の子がふたりと女の子がひとり――います。女の子と男の子のひとりはすでに結婚していて、孫もひとりいるようです。一九二八年に、当時住んでいたマンスフィールドの警察に入り、一九四二年に陸軍に再入隊。四年後の一九四六年に除隊して、この町に落ち着き、構内警察官として働きだした。

大まかなものですが、カレッジにある記録ですからね。ぼくが知っていることで、ここに載っていないこともある。コーヴァスのことは、あなたも知っているはずです。犯罪に手を染めるような男ではありません。それに、パーカー・カレッジは、構内の学生を護る人間を雇う際、徹底的に素姓を調べるはずです」

「ああ」フォードは言った。「わたしもコーヴァスが犯人だとは思っていない」

「次は学長のハウランド。一八九〇年生まれで、一九一二年に文学士号を取ってイェールを卒業、一九一三年にハーヴァードで修士号を、一九一五年にコロンビアで博士号を取っています。その後、陸軍に徴兵され、一九一九年に除隊。チェスター・アカデミーで三年、ディーリングでさらに六年教鞭を執り、一九二五年に結婚。娘がふたりいますが、ひとりはパーカーの三年生で、妹のほうも来年入学の予定らしい。どこにあるのかは知りませんが、一九三二年までゲルシング大学という大学で学部長を務めています。そのあとシカゴ大学に移って、一九四三年にパーカー・カレッジの学長に就任した」

「ハウランドはちがうな」フォードはそう言いながら酒を飲んだ。「学生が学長と接する機会は多くない。他の教師たちはどうなんだ？　ミッチェル嬢は、研究会や少人数クラスに参加していなかったのか？　そういう場でなら、教師と親しくなれる。ふたりが付き合いはじめるきっかけが、何かあったはずだ。ミッチェル嬢は器量よしだったが、パーカー・カレッジにはきれいな娘がおおぜいいる。器量がいいだけでは、教師の気を惹くことはできない」

キャメロンはかぶりを振った。「英語と歴史のクラスには四十人、生物科学のクラスには二十五人、生徒がいます。それ以外の科目の教師は全員女性です。教師ではないと思いますね。誰よりもワトソンが怪しい。いや、ワトソンしかいませんよ」

「しかし、わたしはどうしようもないほどのこだわり屋でね。とにかく全員調べてくれ。他には？」

「英語教師のマークルについてもわかっています。歳は四十一。結婚はしているが、子供はいません。戦争には行かず、ここで十年教鞭を執っている。学歴も読みますか？　ええと、英語を専攻していて、ラトガーズ大学で文学士号を、コーネル大学で修士号を取っています」

「すばらしい情報だ」

「調べろと言ったのはあなたですよ。さて、次はスワードです。年齢は三十五。一九三七年に優等賞をとってヴァージニア大学を卒業し、一九三八年に同大学で修士号を取得。そのあと故郷のリッチモンドの高校で三年間教鞭を執っていたが、真珠湾攻撃のあと海兵隊に入り、大尉になって一九四六年に除隊。その秋から、パーカー・カレッジで教えています。イオー・ジマ攻略戦に加わったひとりですよ」キャメロンはその紙を束のいちばん下に移して、さらにつづけた。「まだまだある。年配のタクシー運転手とかね。しかし、運転手についてはまだ調べていません。可能性が高そうな人間から調べていこうと思いましてね。サリヴァンとワイスは警官だ。除外していいでしょう。ふたりとも結婚していて家庭があるし、浮気をする類《たぐ》いの男ではありません。それに、三月三日は四時から十二時まで勤務に就いていた。見てくれに関して言えば、どちらもギリシアの神々のようではあり得ない。生物科学の教師のシュグルーのことを、まだ話していませんでしたね。四十三歳の既婚者で、十二歳の息子がいます。太っていて禿《は》げていて眼鏡をかけている。ソーダ水売り場の店員は、すでに話したとおりです。花屋のピーターズは、ミッチェル嬢が興味を持つような男ではありません。今日の午後、ひと目見てそう思いましたよ。冴えない男で魅力のかけらもない。シンデルはまだ調べていません。コーヴァスは除外。洗濯屋で働いている男の調べもまだです」

「調べてくれ」

「わかってます」キャメロンがうなるように言った。「調べますよ。しかし、まずチャールズ・ワトソンの居所を突きとめたい。犯人はこいつですよ」

「ああ、同感だ。しかし、決めてかかってはいけない」

キャメロンは自分のグラスに酒を注ぎ、瓶を机に戻した。「あなたのやり方は焦点が見えない。一覧に挙がっている名前を片端から調べてはいるが、その中にはタクシー運転手もいればカレッジの学長もいる。少し絞り込んでみたらどうです?」

「絞り込む?」

「ミッチェル嬢はデートをしていた青年たちのことを、『子供っぽすぎる』と日記に書いています。もう少し年上の男が好みらしい。だから、寝ていた相手は二十五歳から五十五歳くらいなのではないでしょうか。それに、年配のタクシー運転手や、構内警察の人間や、サリヴァンや、ワイスも除外できる。ミッチェル嬢が恋に落ちる可能性がある男を、さがせばいいんです」

「それは誰であっても不思議ではない。年配のタクシー運転手も構内警察の人間も含めてな。あんなにいい子はいないというような娘が、見下げ果てた大酒飲みと結婚した例も実際に見ている。結局、その男は精神錯乱を起こして死んでしまったんだが、その娘は最後まで亭主を支えつづけ、葬式をすませて家に戻ったあと、ピストル自殺を図ったんだ」

キャメロンは空になったグラスを置いて両手を膝におろすと、大儀そうに立ちあがった。

「わかりましたよ」そう言った彼の声には怒りが滲《にじ》んでいた。「あなたの勝ちだ。あなたと、あなたのお伽噺《とぎばなし》のね。全員調べます。ひとり残らず調べますよ」彼は紙束をポケットに戻し、むっつりとドアのほうに歩きだした。

「やらないわけにはいかないんだ、バート」フォードは言った。キャメロンは足をとめたが、振り返らなかった。「他にできることは何もない。警察の仕事がどういうものかは、わかっているだろう? 歩いて、歩いて、歩きまくる。そして、あらゆる可能性について調べ尽くす。一トンの砂を篩《ふるい》にかけて、ひと粒の金をさがすような仕事だ。百人に話を聞いて何も得られなければ、また歩きまわって、もう百人に話を聞く。そういうものだ」

フォードは掌《てのひら》で机を叩いて怒鳴った。「いったい何を言っているんだ? この仕事がどんなものか、きみは百も承知しているというのに。もういいから、さっさとうちに帰れ」

三月二十二日　水曜日

キャメロンはこの日も一日、ローウェルがブリストルで関わった男たちの素姓と動きを探りつづけた。夜になってフォードの自宅を訪れた彼は、疲れ切っていた。これといった収穫はなし。チャールズ・ワトソンは依然として見つからず、それ以外の男とローウェル・ミッチェルを結びつけるような手掛かりもつかめていない。

「ノース・ブルックフィールドにチャールズ・ワトソンという男がいるのがわかったんですが、孫が三人いる頭の禿《は》げた薬剤師でした。州警察がスプリングフィールドからウースターにかけて調べたが、収穫はなし。チャールズ・ワトソンという男は見つからなかったようです。それでボストンをあたってみました。百キロちょっと離れているが、街道でスプリングフィールドに繋がっている。《荷馬車の車輪亭》は、その街道にある最も有名な食堂ですからね。旅慣れた男なら立ち寄りますよ。ボストンにはチャールズ・ワトソンという名前の男が何人かいます。われわれが追っている男は、おそらくその中のひとりでしょう。ただ、そいつがボストンに住んでいるなら、どうやってミッチェル嬢と会っていたのかという疑問が残ります」

「それは、そいつを見つけだしてから考えればいい」フォードは言った。「この町の他の者たちは？」

「シンデルは知ってのとおり、歳は若いが容姿がまずい。三月三日のアリバイは確認できていませんが、彼には女房とふたりの子供がいます。それに車を持っていない。洗濯屋の店員も若すぎます。名前はジャック・ドヒニー。キンケイドとマイアーズが対象外だというなら、ドヒニーもちがうでしょうね。彼も車を持っていません」

「しかし、アリバイはなさそうだな」フォードは皮肉を込めて言った。

「どこまでやれば満足してくれるんですか？　一日ですべて調べあげろとでも？　ぼくはひとりしかいない。もう少し待ってくださいよ。タクシー運転手をさがすのに時間がかかったんです」

「何かわかったのか？」

「ブリストルにはタクシー会社が三社あって、運転手はほとんど年配だということがわかりました。その全員を調べるには一カ月かかるでしょうね」

「今日一日で、その一カ月分の仕事をどれだけ片づけた？」

「四人に絞りましたよ。まず、ブリストル・タクシー社のジョゼフ・クリソスキー、五十一歳。結婚しているが子供はいません。それからインディペンデント・タクシー社のジョゼフ・ウォーリー。歳は六十で、二度結婚しています。ヒッキー・タクシー社のエドウィン・ザレラは四十九歳で独身。ブリストル・タクシー社のチャーリー・オブライエンも五十八歳の独り者です。

夜警のトム・ウイリアムズは独身で、まずまずの顔をしているが、三月三日の夜は働いていました」

「そのタクシー運転手たちはわれわれがさがしてる男ではないと、きみは思っているんだな？」

「四人ともふつうの人間です。女たらしでも殺人者でもない。ワトソン以上に怪しい男はいませんよ」

「どのくらい怪しいか、調べてみようじゃないか」フォードは言った。「ところで、日記の中の気になる記載を書きだしてみたんだ。それで、ひとつわかったことがある。犯人は独り者だ」

「理由は？」

フォードは机の上から日記帳を取りあげた。「マクナリーのやり方を真似てみた」彼は日記を開いて、ページを繰った。「ミッチェル嬢が自殺を思い立った日に綴ったものだと言って、マクナリーはその部分を読みあげた。覚えているか？　これだ、聞いてくれ。二月二十八日の記載だ。『また遅れている。何か思い切った行動に出る必要があるのかもしれない』。そして、三月一日にはこう書いている。『何も起こらなかった。でも、それがいちばんよかったのかもしれない』。どう思う？　最初、ミッチェル嬢は怯えていた。しかしそのあと、身籠もってよかったのだと考えている。なぜだ？　子供の父親は自分と結婚せざるを得ないだろうと思ったからだ！　ミッチェル嬢は相手の男を愛していた。その気持ちに揺るぎはなかった。そいつと結婚したかったんだろう。しかし、男のほうがそれを望んでいなかったことは確かだ。もちろん、あからさまにそうは言わなかっただろうが、はぐらかしつづけていたにちがいない。だから、ミッチェル嬢は男に結婚を強いる武器を手に入れたと思ったんだ。三月二日になんと書いているか聞いてくれ。『なぜ勉強をするのだろうと不思議に思うことがある。学んだことを使う機会なんて、きっとない。そう、少なくともわたしは使わない。今は、それがはっきりとわかる』。なぜ使わないのか？　結婚するからだ。そう信じ込んでいたことは、友人との会話からもよくわかる。このお試し結婚についての会話だ。『ペギーは絶対反対らしい。男を結婚に駆り立てるにはセックスという鞭が必要だと、彼女は考えている。だから、結婚前に関係を持ってしまったら、女は指輪を手にすることができなくなるというのだ。わたしは何も言わなかったけれど、もちろんペギーは悲観的すぎる。賭けてもいい。結婚前に寝ているカップルはおおぜいいる』」フォードは目をあげた。「十八歳の娘にしては、あまりに寛容すぎる。〝ほとんどのカップルは結婚前に寝ている〟と、仮にわたしが思い込んでいたなら、それはかまわない。しかし、ミッチェル嬢のような娘がそう考えるのは不自然だ」

「仮にわたしが思い込んでいたならとは、どういう意味です？　六歳を過ぎた女の子は──男兄弟より速く走れる子を除いて──処女ではあり得ないというのが、あなたの持論だったんじゃないんですか？」

「きみは刑事として最悪だ。気の利いた皮肉を言う機会を見つけるために、話に耳を傾けていたのか？　わたしが何を言おうとしているのか、真面目に考えてくれ」

「あなたの意図はわかっています。ミッチェル嬢は自分の行いを正当化しようとしていると、そう言いたいんでしょう？」

「それだけではない」フォードは言った。「ミッチェル嬢は結婚を考えていた。相手の男は自分と結婚すると信じていたのだろう。だから、ルームメイトの『結婚前に関係を持ってしまったら、女は指輪を手にすることができなくなる』という考えを、日記の中で否定しているんだ」

「しかし、その男は結婚するどころか、ミッチェル嬢を殺してしまった」

「話を逸らすな。重要なのは、その男が口のうまい人間だったにちがいないということだ。ミッチェル嬢は未熟ではあったが、愚かな娘ではなかった。騙すには、それなりの策が必要だったはずだ」

「つまり、女を騙す手管《てくだ》を持った、口のうまい年配の男を見つければいいということだ。やはり、チャールズ・ワトソンが怪しいな」

「確かに」フォードは言った。

「チャールズ・ワトソンが独身で、ミッチェル嬢を知っていればの話ですがね」

「それを探るのがきみの仕事だ」

「あした探ってみます。それで、あなたは何を？　相変わらず、坐って日記を読んで過ごすつもりですか？」

「これまで、もっとおもしろい本を読んできた。わたしが楽しんでいるなどと思わないでくれ」

「それでも、仕事を交換したいですね」

「うーん。歩き仕事はもう卒業した。歩きまわって情報を集めるには、歳をとりすぎたよ」

「あなたは歳をとりすぎた。何をするにもね。日記からこの上、何を探りだそうというんですか？」

「どのくらいの頻度で男と会っていたのかが知りたい」

キャメロンは目をしばたたき、組んでいた脚をほどいて身じろぎすると、両手を膝に置いた。「なるほど、やはりあなたは歳をとりすぎたようだ」

フォードは広げた掌《てのひら》で日記帳を叩いた。「どこのどいつか知らないが、その男はミッチェル嬢をうまく騙した。日記に自分の名前を書かないよう言い含め、自分のことや、ふたりがしていることについては、日記に記すことはもちろん、誰にも話さないと約束させたんだ。上等じゃないか。しかしな、自分の行動や考えを書き残したくて日記をつけている娘が、そうしたことを記さずにいられるはずがない！　絶対に何かある。暗号のようなものかもしれないし、小さな印かもしれないし、故意にインクの染みをつけている可能性もある。とにかく、ミッチェル嬢は男と会った日に、なんらかの印をつけているはずなんだ！」

キャメロンの目がゆっくりと見開かれ、その輝きが増していった。「署長、あなたの言うとおりだ。なぜ、ぼくはそれに気づかなかったんだろう？」

「こうして腰を落ち着けて考えていれば、きみも気づいたはずだ。しかし、そうなると、わたしなしでも警察はやっていけると、人に思われかねない。だから、わたしはきみに実りの少ない歩き仕事をさせているんだ」

「それが見つかれば、犯人に繋がる何かが見えてくる」

「夕食を終えたら、すぐに始めよう」フォードはそう言い、それを実行した。手始めは、ローウェルが亡くなる六週間前の、一月十五日から二十一日の週。まず彼は、ページに――たまたまついてしまった汚れのように見えるものも含めて――変わった印がないか調べていった。そして何も見つからないと、その記載を読みはじめた。

『一月十五日　日曜日――ペギーと気晴らしに教会に行ってみた。それでふたりとも、心が洗われたような気になれた。おいしい昼食を食べて、午後はひとりで散歩をした。とても楽しくて、夕食の時間までに帰れなかった!!! だから、食事は外ですませて、寮に戻った。ヒルダとサリーとパティにつかまって、無理やりブリッジに付き合わされたけれど、ほんとうのことを言うと、彼女たちは強引にわたしを誘う必要なんてなかった。宿題があるのに、勉強するような気分じゃなかったのだから……』

『一月十六日　月曜日――お昼にうちから手紙が届いた。誰が結婚したと思う！　ノラ・クックですって!! 彼女が婚約したことが、きのうの新聞に載っていたと、母さんが書いてきた。午後の英語の授業は、さぼって自習していればよかったと思うほど退屈だった。図書館に行って、夕食の時間まで調べ物をし、夜はペギーとサリーとパティとで、女子にとっての大学教育の意味について話し合った。働くつもりがないサリーは、時間の無駄だと思っているらしい。わたしも同感だけれど、大学は単に成長期を退屈せずに過ごすための場所ではない。大学生活は女に自立の機会を与えてくれる。結婚を急ぐ必要もなくなるから、よりいい相手を選べるという利点もある。それに、将来の旦那さまにとって、ずっと興味深い奥さんになれるし、いい母親にもなれるはずだ』

『一月十七日　火曜日——今日の実験はうまくいった。今度は、きっとAがもらえる。空いた時間は、すべて英語の小論文と、その他の宿題を片づけるのに費やした。大学は女子にとっていいところかもしれないけれど、押しつぶされそうな気がすることもある。夕食のあと図書館に行って、あのいやらしい小論文のための調べ物をした!!!　なんとか形になりつつある。土曜日までに仕上げなければならない』

『一月十八日　水曜日——今日のゴルフは悪くなかった。ついに、ボールから目を離さない癖が身についた。このままいけば、うまくなれるかもしれない！　午後は、たまっていた手紙の返事を書いて過ごした。ベティとイザベル、それにハンク。彼には残念がっているふうを装って、二十八日は会えないと書かなければならなかった。わたしは彼に冷たすぎるとヒルダは思ってるみたいだけれど、冗談じゃないわ。女の子はいやでもイエスと言わなければならないっていうの？　夜、ジャックがハーヴァードから車でやってきたらしい。でも、わたしは出かけていて、戻ったときには、彼は諦めて帰っていた。遠くからやってきたのに無駄足だったなんてひどすぎる。だけど、前もって言ってくれなかったんですもの、わたしのせいじゃないわ!!!　そのあと、英語の小論文を書きあげて、ベッドに入った。すごく疲れたけれど、幸せだ』

『一月十九日　木曜日──昼食のあと、母さんと父さんに手紙を書いて、土曜日は駅に迎えにいくと伝えた。小論文の清書はほとんど終わっていたから、夕食の前にブリッジをする時間さえあった。ペギーに映画に誘われたけれど、他にすることがたくさんあるからと言って断った。いい映画だったみたいだけれど、どっちにしても行かなくてよかった。二週間半ほど前に会ったばかりなのに、父さんと母さんに会うのが楽しみだ！　メリッサがいっしょだったら、もっとよかったのに、あの子はデートで忙しいらしい!!!』

『一月二十日　金曜日──ヒルダと映画に行った。ペギーおすすめの〈イカボートとトード氏〉だ。おもしろかった。ディズニーはすばらしい！　夕食のあと、ボブがやってきて、来週の金曜日に開かれる友愛会のパーティに誘われた。楽しそうだから、行くと答えた。わたしだって、世捨て人みたいな暮らしはしたくない。パーティの誘いには乗るけれど、いちゃつくのはお断りというのは、狡《ずる》いのかもしれない。でも、もうああいう男の子たちとは抱き合ったりしたくない。子供じみているし、いいことだとも思えない。あとで、それについてペギーと話した。彼女は、本気ではないとお互いがわかっているなら、別にかまわないと思っているみたいだ。問題は、相手が軽い気持ちでいてくれるかどうかが、わからないことだ』

『一月二十一日　土曜日——今日は完璧な一日だった。ミスター・ピーターズの花屋でコサージュを買って、駅に着いた母さんに贈った。母さんは、ちょっと感動していた。まず、ふたりを《ブリストル・イン》の部屋に連れていって、そのあと構内じゅうを案内した。父さんは持ってきたカメラで、たくさん写真を撮っていた。すっかり満足して疲れたところで《ハムリン》に行き、軽いものを食べてラウンジで休んだ。《荷馬車の車輪亭》で夕食とカクテル。遅くなってからふたりの部屋に戻って、家のことなどを話して過ごした。ノラの婚約についても、詳しく聞いた。母さんの話を聞くかぎり、すごく急なことだったみたいだ。相手は余所の町の人で二十八歳。ふたりは二カ月前に会ったばかりらしい。ＩＢＭに勤めている人だということだ』

『一月二十二日　日曜日——父さんと母さんといっしょに《ブリストル・イン》で朝食をとり、そのあといっしょにアンに戻って談話室で新聞を読んだ。アンでの昼食は、父さんも母さんもすごく気に入ったみたいだった。同じテーブルに着いたのは、サリーとペギーとヒルダとパティとマーリーン。それがよかったんだと思う。長旅になるから午後の半ばには発ってしまったけれど、父さんと母さんを見送るのはつらかった。でも、春になったら、きっとまた訪ねてくる。メリッサのデートがないときに三人で。妹もついにお年頃ということだ！

夕食は寮で食べずに、ペギーと《ハムリン》に出かけた。そのあとは宿題。やっと終わった。これでしばらくのんびりできる』

八時半に、キャメロンの電話が鳴った。フォードからだった、「見つけたぞ、バート。ついに見つけたぞ。感嘆符だ！」彼は興奮していた。

「感嘆符？」

「三つならんだ感嘆符だ。いいか、ミッチェル嬢は感情的な娘か？　ちがう。だったらなぜ、とても楽しい散歩をして夕食の時間までに寮に帰れなかった、というだけの記載に三つも感嘆符をつけるんだ？　友達が婚約したことを知って驚いたときでさえ、感嘆符はふたつだ。寮の夕食を食べ損ねただけで、三つ！　それに、宿題について綴った箇所にも、感嘆符が三つついている。『夕食のあと図書館に行って、あのいやらしい小論文のための調べ物をした』という文章にな！」

「やりましたね、署長。その感嘆符はどのくらいの頻度で使われているんですか？　使いだしたのはいつです？」

「まだそこまでは調べていない。今、この印に気づいたところなんだ。この週の記載に、やたらと三つならんだ感嘆符が登場する。それで、おやっと思ってね。日曜、火曜、水曜、それに木曜もだ」

「なんということだ。ミッチェル嬢は完全に恋に落ちていたわけだ」

「しかし、誰と恋に落ちていたんだ？　変質者か？」

「あなたのような年寄りでないことは確かですよ、署長。他はすべて調べたんですか？　つまり、その感嘆符が登場する日、ミッチェル嬢は外出しているんですか？」

「日曜は散歩に出ている。火曜は図書館に行ったと書いてある。水曜も外出したようだが、どこに言ったとは書いていない。そして木曜には、他にすることがあると言って、ルームメイトの誘いを断っている。しかし、何をしたかについては綴られていない」

「どうやらまちがいないな」

「あすになればわかる。すべてのページに目をとおして、三つの感嘆符がどのくらいの頻度で使われているか、いつ始まったのか、調べてみる。これがその印なら、九月以降に始まっているはずだ」

三月二十三日　木曜日

翌朝、フォードが八時半に本部に着くと、入ってすぐの部屋の受付デスクにキャメロンが坐っていた。「今日はチャールズ・ワトソンをさがしに、ボストンに行くんじゃなかったのか？」彼はうなるようにそう言いながら、重いオーバーのボタンを外しだした。

「ラシターに行かせました。あいつのほうが足が丈夫だ」

「頭もいいしな」

キャメロンはゆっくりとのびをして笑みを浮かべた。「フォード署長の調子がよければ、世の中は安泰だ。それで、感嘆符は？」

「実に難解だ」フォードはオーバーを脱いで、署長室へと向かった。「あの日記を読んでいたら、しまいにわけがわからなくなった」彼はテーブルの上にオーバーを置くと、机の前に腰をおろした。

キャメロンもフォードにつづいて署長室に入り、ドアに寄りかかってポケットに手を突っ込んだ。「働き過ぎですよ。休暇をとるべきだ。いや、引退を考えたほうがいいかもしれないな」

「いいかげんにしろ！」フォードは脇のポケットから日記帳を取りだして机の上に開くと、しおり代わりの折りたたんだ紙を広げた。「日付を書きだしてみた。これを見て意見を聞かせてくれ。一九四九年の分はすべて目をとおしてみた。三つならんだ感嘆符が初めて使われたのは、十二月十六日だ。そして、十七日にふたたび登場する。そのあとは少し間があいて、一月三日。それから七日、九日、十二日、十三日、十五日、十七日、十八日、十九日、二十四日、二十八日、二月三日、四日、五日、八日、十日、十一日、十四日、十七日、十八日、二十日、二十四日、そして二十七日。それが最後だ」

「どっちも夢中になっていたにちがいないな。それで、あなたはこの日付の何が気になっているんですか？」

「この十二月の日付だ。このとき、ミッチェル嬢はクリスマスの休みで実家に帰っている」

「フィラデルフィアにいたということですか？」

「いや、ニューヨークにいた。感嘆符が初めて使われた日、ミッチェル嬢はニューヨークにいたんだ。妙じゃないか。感嘆符が、われわれが思っているとおりの意味を持っているなら、なぜニューヨークなんだ？」

「その日、日記には何が書かれているんですか？」

フォードは日記のほうにかがみ込んだ。「十六日の金曜日だ。『正午の最後の授業が終わるとすぐに、一時半の列車に間に合うよう、昼食をとらずに寮を出た。土曜日の授業が残っている子たちは、すごくうらやましそうだった。ニューヨークに着いたところで、まっすぐに家に戻らずに、一泊することに決めた。〈南太平洋〉の切符を取ろうとしてみたけれど、時間を無駄にしただけだ。それで、〈キス・ミー・ケイト〉を観た。すごく面白かった!!!』。ここに感嘆符が三つついている。『解放されたお祝いに、シャンペンを少し飲んだ。それで今夜はおしまい』

十七日の土曜日には、こう書いている。『朝起きなくてもいいというのは、ほんとうにすてきだ!!!』ここに感嘆符が三つ。『ゆっくり昼食をとったあと、すごく名残惜しかったけれど、大都会をあとにフィラデルフィアに向かった――』」

「渋々恋人と別れて家に帰ったわけだ」キャメロンが言った。「うなずけますね」

「わたしはうなずけない。事の運びが速すぎる。いずれにしても、これが鍵となるかどうか、別の方面から調べてみよう。ミッチェル夫妻を煩わすことになるな」

電話が鳴った。マクナリーからだった。「検事局に記者が詰めかけている」彼が不満げに尋ねた。「連中に何を言ったんだ？」

「何か進展があれば、あなたが発表するはずだと言いました」

「警察は何をしている？　記者たちに発表できるようなことはないのか？」

「何もありません。いつもの台詞で誤魔化しておけばいい。『現在、いくつかの手掛かりを追っています。間もなく、決定的な何かが見つかるでしょう』とね」

「ほんとうに何もわかっていないのか？」

「発見らしきものは、いくつかありますがね」

「聞かせてもらおう」

「発表するようなことではありません。電話で話すのも避けたい」

「だったら、こっちに来て話してくれ。わたしのあずかり知らないところで、事を進めてもらっては困る。この事件には世間の注目が集まっている。みんな知りたがっているんだ。どんな捜査が行われているか、国民には知る権利がある」

「それが捜査の妨げになる場合は、知る権利など認められないはずです」

「捜査の妨げになるかどうかは、わたしが判断する。昼になる前にこっちに来てくれ。ミッチェル嬢の父親から、きのうもついさっきも電話がかかっている。あの人は何かしたくて気が狂いそうになっている。蚊帳《かや》の外に置かれたら、激怒するにちがいない」

「しかし、ミッチェル氏が何かを知ったら、それこそたいへんなことになりかねない。怒り狂って、容疑者を自分の手で処刑しようとするかもしれません」

「われわれがしくじったら、もっとひどいことになる。今でさえ、私立探偵を雇うことを考えているようだ」

フォードはうなった。「ああ、勘弁してくれ。モンローだけはごめんだ!」

「誰を雇うつもりかは知らないが、あの人をとめることはできない。しかし、私立探偵を雇われたら、われわれは外部の助けを必要とする無能な集団と、世間の目に映るだろうね。とにかく、警察が何をしているのか聞かせてくれ。それがわかった上で話せば、あの人を思いとどまらせることができるかもしれない」

「わかりました。あとでうかがいます」フォードはそっと受話器を置き、乱暴に電話を押しやった。「マクナリーのやつめ」彼はうなった。「自分の経歴に傷がつくのが怖いんだ!」彼は小声で悪態をつきながら改めて受話器を取ると、フィラデルフィアのミッチェル夫妻に電話をかけた。電話に出たのは夫人のほうだった。「まあ、フォード署長」彼が名乗ると夫人が言った。その声は、ひどく張り詰めていた。

「クリスマスの休みに、お嬢さんが自宅に戻られたのは、十二月十七日の土曜日でしたね？」

フォードは尋ねた。

「ええ、土曜日でした。たぶん、十七日です」

「もう少し早く帰ってくるはずだったのではありませんか？」

「ええ、そうでした」

「なぜ予定を変えたんでしょう？」

「お友達の家に一泊させてもらったんです。それが何か？」

「重要なことです。その友達の名前を教えていただけますか？　友達の家に泊まるというのは、前から予定されていたことだったのですか？」

「パティ・ショートです。パティの家はニューヨークにあるので、いっしょに列車に乗ったようです。パティのうちに泊めてもらうと、あの子から電報が届きました。ふたりでミュージカルを観にいくつもりだと……」

「つまり、その場で決めたことだったのですね？」

「そのようです。いったい、どういうことなんですか？　お願いです、聞かせてください」

「まだ何もわかっていません」フォードは答えた。「お嬢さんの行動を確認しているだけです」

「あの子の妊娠と関わりがあると、お考えなんですね？」

「今の時点では確かなことは申しあげられません。ただの確認です。ありがとうございました」フォードは電話を切って、キャメロンのほうを向いた。「その日、ミッチェル嬢はニューヨークで誰かに会っている。母親にはパティ・ショートといっしょだと話したようだが、別の人間だ」

「どうやらミッチェル嬢は、一瞬にして真面目で堅苦しい自分を捨ててしまったようだ」

「どう見ても、前もって計画したことではない」

「相手の男は、この町に住んでいるミッチェル嬢の知り合いの誰かだ。彼女は、そいつとニューヨークで会った。口のうまい魅力的な男にちがいありませんよ。なんといっても、一瞬にしてミッチェル嬢を夢中にさせてしまったんですからね」

「あり得ない話のように思えるが、可能性がないわけではない」

「その日、チャールズ・ワトソンはどこにいたんだろうか？」

「それよりも、パティ・ショートはどこにいたのかに興味がある。ランバート寮に行って、尋ねてみてくれ」

「もちろん行ってきますよ。容疑者の一覧を調べるのに、ふたりばかりまわしてもらえればね」

「誰でも使えばいい。わたしは怒れるマクナリーの相手をしなくてはならない。記者たちに言いたい放題ぶちまけてしまうのを、思いとどまらせる必要がある。マクナリーは地区検事であって、広報係ではないんだ」

「感嘆符のこともワトソンのことも、マクナリーに話すつもりですか？」

「話さないわけにはいかない。ワトソンについては、さすがのマクナリーも口を滑らせはしないだろう。しかし、感嘆符のほうは話としてかなりおもしろいからな。口止めするのは簡単ではなさそうだ」

「あの人も、そこまで馬鹿ではないでしょう」キャメロンはそう言って、祈るように手を組んだ。

木曜日　午後

「わかりきっていたことですが、この事実が意味するところは大きい」キャメロンが言った。「クリスマスの休みに実家に帰ったとき、パティ・ショートはミッチェル嬢といっしょではありませんでした。ふたり連れだって、夜のニューヨークを楽しんだりはしていない。まちがいありませんよ。パティはその夜、まだ寮にいたんですからね」

フォードは立ちあがって、署長室の中を歩きまわりはじめた。「ついに突破口が開けたな」

彼はつぶやいた。「時間はかかったが、すばらしいじゃないか！　三つならんだ感嘆符とはな！」彼はしばし窓の外を眺めたあと、振り向いて両手を腰にあてた。「くそっ、その男はミッチェル嬢をいいように操っていたんだ！　ふたりの関係については、けっして漏らしてはならないと言い含めていたにちがいない。しかし、ミッチェル嬢は、日記にそれを記さずにはいられなかった。そのままを言葉にして綴ることはできない。それで、ふたりが会った日に印をつけたわけだ。他のことでは、さんざんわれわれを惑わせてくれたが、ここまで導いてくれたのはミッチェル嬢だ。ふたりがいつ会ったのか、彼女が教えてくれた」

キャメロンが言った。「子供の父親にたどりつくことさえできれば、そちらの側から調べて事実を確認し、その男を逮捕することができるんだが」

「まだ出発点に立ったところだ。そいつは十二月十六日にニューヨークにいた。何をしたらいいのかはわかっているな？」

「もう一度、容疑者の一覧を調べてみます」

「きみは日増しに賢くなっていくようだ。それに、今回は追うべきものがはっきりとわかっている。おそらく次のクリスマス前までに片づくだろう。感嘆符のことはもうしばらく伏せておくよう、マクナリーに頼むとしよう。こちらの動きに気づいたら、その女たらしは身を隠してしまいかねないからな。そいつが殺人犯なら、警察に捕まるような過ちはけっして犯さない。マクナリーにも、そのくらいわかるはずだ」

「黙っていられたら、メダルをやってもいい」

「マクナリーならば、ニューヨークの警察にミッチェル嬢が泊まったホテルをさがさせることもできる。あの男は大学出にしては馬鹿ではない。口止めされるのは気に入らないかもしれないが、今は衝撃的な事実を話して記者を喜ばせるよりも、事件の解決を望んでいるはずだ。しかし、その我慢に報いる仕事をしないと、気を変えられてしまうぞ」

キャメロンは署長室の外に出て、受付デスクの上にあった勤務日誌を持って戻ると、テーブルの上に広げて十二月十六日のページを開いた。「早速、ひとつ報いてやろうじゃないですか。この日、サリヴァンは非番だが、ワイスは勤務に就いている。これでひとり、ニューヨークにいなかったことが確認された」

「すばらしい。たいしたものだ。きみは生まれながらの刑事だ。さあ、さっさと行って、十二月十六日に他の誰がニューヨークにいなかったか、調べてきてくれ」

キャメロンは勤務日誌を閉じてオーバーを取りあげた。「これがこの仕事の魅力だ。署長が常に感謝してくれる。それに勤務時間も最高だ！」彼はそう言うと、ドアのほうに歩きだした。

フォードはその背中に大きな声で言った。「まめに連絡を入れてくれ」

まず最初にラシターが電話をかけてきた。時刻は一時頃で、ボストンからだった。「チャールズ・ワトソンという男を三人あたってみましたが、ふたりは今日、町を留守にしています。もうひとりは、まったく別人でした」

「そのふたりはどこに行っているんだ?」

「わかりません。調べてみます」

「ふたりのうちのどちらかが、われわれがさがしている人物かもしれない。それを確かめるのが何より重要だ。しかし、それが無理なら、どちらかが十二月十六日にニューヨークに行っていないか調べてみてくれ。そして、それもわからなければ、十二月十六日の夜にボストンにいたかどうか確かめるだけでもいい」

「できるかどうか試してみます」

「試すんじゃない。やるんだ!」

五分後、キャメロンから報告が入った。「殺人者であっても不思議ではないタクシー運転手がひとりいますが、女たらしかというと、どの運転手もまったくあてはまりません」

「容疑者の一覧から消すか?」

「消しましょう。三月三日のアリバイは確認できていませんが、十二月十六日の夜は、全員ブリストルで働いていました」

「いいだろう。これで、見込みがありそうな人間はワトソンも入れて十二人に減った」

「見込みがありそう?　容疑者が十二人に減ったと言うべきだ」キャメロンは、そう言って電話を切った。

二時半に、ふたたび彼から電話がかかってきた。「ソーダ水売り場の店員のエド・ポークも、殺人者でも女たらしでもあり得ません。十二月十六日に、ガールフレンドを連れて高校のダンス・パーティに出かけています」

「教師に的を絞れ」フォードは言った。「クリスマスに町を離れる可能性が高いからな」

「わかっています。いちばんのお目当ては最後にとってあるんです」

「さっさと調べろ。子供のダンス・パーティじゃないんだ」

三時には、ラシターから報告が入った。「チャールズ・K・ワトソンは、まったくの別人でした。しかし、もうひとりのほうは、署長の気に入るんじゃないかと思います。チャールズ・M・ワトソン、四十三歳。お抱えの料理人によれば、ウェーブのかかった銀髪の色男だそうです。体よく言えば販売代理人ということになりますが、いわゆる巡回販売員で、年じゅう旅をしてまわっているそうです。結婚していて、ぼくの稼ぎではとても借りられないような家に住んでいます。電気製品などに塗る、ワニスの新商品を売り歩いているらしい。料理人が知っていたのはそれだけですが、受け持ちはニューイングランド地区で、機械に取りつけるゴム製の緩衝器や、装飾用の移し絵なども扱っているようです。ほとんどはボストン近郊をまわっているということですが、五週間から六週間に一度、四、五日かけて受け持ち地区全体を巡回しています。そして、三カ月に一度、三日かけてペンシルベニアまで行くようです。今は、まさにその旅の途中らしい」

「十二月十六日には?」

「日付はわかっていませんが、クリスマス直前にペンシルベニアに行っています」

「条件は揃っているな」フォードは言った。

「もっと詳しく調べてみますか? 女房の帰宅は六時頃だそうですが、必要ならば帰りを待って締めあげてみます」

「いや、やりすぎは禁物だ」フォードは答えた。「家族が疑念を持つようになっては困る。今日はもう終わりにして、うちに帰れ」

フォードが電話を切ると同時に、キャメロンが部屋に入ってきた。「そんなふうに坐りっぱなしでいたら、今に床ずれができてしまいますよ」

フォードは言った。「扁平足になるよりましだ。それで、どこに行くつもりだ? うちに帰るのか?」

「自宅がどんなだったか、もう思い出せないくらいですよ。いいえ、うちには帰りません。女のところに行きます。スワードのメイドのところにね。時間割によると、スワードもマークルも十二月十六日の正午の授業が去年の最後の仕事だったようです。スワードはヴァージニア州の出身だから、休暇に実家に帰った可能性があります。そうだとすると、ニューヨークをとおる」

「マークルのほうは?」

「可能性は低いですね。マークルは、この町に住んでいます。確かめるにしても、今すぐに夫人に話を聞きにいくわけにはいきません。本人が、じきに帰宅するでしょうからね」

「なるほど。スワードについて何がわかるか調べてみよう」

キャメロンが出ていくと、フォードは署長室の中を歩きまわりはじめた。ニューイングランドの道路地図を引っぱりだして、二十号線のブリストルからボストンまでと、高速道路九号線のウースターからボストンまでに目を走らせ、それを放りだすと、十七名の名前が記された容疑者の一覧を手に腰をおろした。この中の六人は、十二月十六日にニューヨークにはいなかった。そして、もうひとりには三月三日のアリバイがある。四時になると、フォードは帰宅した。

五時にキャメロンが自宅にやってきた。「興味深い事実がわかりました」彼が言った。「スワードは休暇にリッチモンドに帰る際、十二月十六日の一時半の列車に乗ったようです。まずまちがいありません。メイドが着く直前に家を出たらしい。土曜日は休みにしているから週末でなかったことは確かだと、メイドは言っています」

「そして、そいつは――」不意に好奇心をくすぐられて、フォードが言った。「グレゴリー・ペックとゲーリー・クーパーを足して二で割ったような容姿をしている！」

「ミッチェル嬢によれば、そういうことです。じっくり検討してみる価値がありそうですね」

「しかも独身だ」フォードは言った。「どこに住んでいる?」

「ドーチェスター・ストリートです。ランバート別館の、ほんの三区画ほど先です」

フォードは歯のあいだに葉巻をくわえて、部屋の中を歩きだした。「ヒギンズ橋の上から髪留めを川に投げ込むというのも、教師ならうなずける。カレッジの外の人間だったら、クイーン・ストリート橋から投げ込むだろうからな」

「しかし動機は? 結婚するほうが簡単なのに、なぜ殺したんでしょう?」

「動機など知ったことか。今は、可能性について考えればいい。危ない橋をわたるつもりはないが、この男は調べてみる価値がある」フォードは自分の机の前に行って、受話器を取りあげた。「その方法がひとつある」彼は目をあげてそう言うと、ダイヤルをまわした。マクナリーの自宅の番号だ。電話に出た地区検事にフォードは言った。「ここだけの話ですが、ミッチェル嬢とニューヨークで一夜を過ごした可能性のある男がふたりいます。向こうの警察がミッチェル嬢が泊まったホテルを見つけだしたら、その宿帳にハーラン・スワードかチャールズ・ワトソンの名前がないか、確かめるように言ってください。ミッチェル嬢の名前が見つからなくても、『スワード夫妻』あるいは『ワトソン夫妻』という署名があるかもしれません」

マクナリーが「そうしよう」と請け合うのを聞いて、フォードは電話を切った。

「このふたりを徹底的に洗え」彼はキャメロンに言った。「ワトソンの動きはラシターが追っている。きみはスワードについて調べてくれ。他の容疑者は、今日きみと働いていたケネディとジャレットに任せればいい」

キャメロンが、オーバーを着てドアのほうに歩きだしながら言った。「わかりました。しかし、衝撃的な何かを期待されては困りますよ。他の容疑者たちも、ほとんどランバート寮の近所に住んでいるんですからね」

「他にも十二月十六日にニューヨークにいた男がいたら、そいつも徹底的に調べてやる」

キャメロンは一日の仕事を終えて家に帰ったのだと、フォードは思っていた。しかし、夕食の席に着いて間もなく、キャメロンから電話がかかってきた。その声はいつもと変わらなかったが、早口になっていて、かすかに震えているように聞こえた。「署長！　ぼくは、ちがうと言いつづけたい。犯人は教師ではあり得ない。しかし、くそっ。わからなくなってきました。ことによると、そうなのかもしれません。自宅への帰り道、これといった目的もなく、スワードの家のあたりを車でとおってみたんです。スワードとミッチェル嬢が愛の調べを奏でていたとすれば、あの家はその舞台として完璧です。ドーチェスター・ストリートのいちばん先の袋小路に建っているんですからね。隣家とのあいだの空き地は、ちょっとした林のようになっている。その向かいに位置する家が、通りを隔てた側のいちばん近い家ということになります。裏のクレッセント・ストリートからやってきて、林を横切って家の正面にまわれば、誰にも姿を見られません」

「スワードは車を持っているのか?」

「家には車庫がついています。しかし、車があるかどうかはわかりません」

「興味深いな。ひじょうに興味深い。よし、バート、わたしもその男が好きになってきた」

「おやおや。そいつは危険だ」キャメロンは、そう言って電話を切った。

三月二十四日　金曜日

「スワードに的を絞ろう」フォードは言った。「一か八かの賭けだが、不意にこの男の何もかもが誰より怪しく思えてきた。ほんとうのところを確かめてみようじゃないか。スワードについて徹底的に調べるんだ。独り身だからな。なんらかの方法で、性欲を満たしているはずだ。どうしているのか、その方法が知りたい。海兵隊時代の女関係もあきらかにする必要がある。どんな暮らしをしているのか興味があるし、十二月十六日の行動については、髪に櫛《くし》を入れたことからトイレに立ったことまですべてつかんでおきたい。それから、その日に、一時半の列車に乗った学生が他にいなかったか調べてくれ。スワードを見かけた者がいたら、隣に誰が坐っていたかわかるかもしれない。ドーチェスター・ストリートの家に見張りを立てろ。ミッチェル嬢が林を抜けてこっそりスワードを訪ねていたというなら、そういうことをしていた娘は彼女が初めてではないだろうし、最後でもないはずだ。昼間は見張らなくていい。気づかれてしまったら元も子もないからな。今夜から始めろ。少なくともひとり。必要ならばもっと人員を割いてかまわない。林に隠れて見張るんだ。女が家に入るのを妨《さまた》げるんじゃないぞ。女の目的地を正確に知る必要がある。家から出てきたところをつかまえて、本部に連れてくるんだ」

キャメロンは署長室のフォードの机の前に坐っていた。閉まったドアの脇にラシターが立っている。四時から十二時までが勤務時間のマクドナルド巡査部長は椅子に坐っていて、真夜中から八時までが勤務時間のポレダ巡査部長はテーブルの上に腰掛けていた。時刻は九時半になっていた。

「ラシター」フォードはつづけた。「きみが追っているワトソンは、もう二、三日、旅から戻らない。「これから言う人物を調べあげてくれ。いいか、書き留めろ」彼は紙に書かれたものを読みあげた。『三月三日の夜にどこにいたか、そして十二月十六日にニューヨークにいなかったか、調べるんだ。パーカー・カレッジの学長のジェームズ・ハウランド、英語教師のロイ・マークル、構内警察のチャールズ・コーヴァス、生物科学の教師のウイリアム・シュグルー、郵便局員のビル・シンデル、夜警のトム・ウイリアムズ、カレッジの洗濯屋で働いているジャック・ドヒニー、花屋の店主のレアード・ピーターズ。それに、マイク・サリヴァンが十二月十六日にどこにいたかも調べろ。ああ、そんなふうに目を丸くするんじゃない。その日、サリヴァンは非番だった。それに、ミッチェル嬢の日記に登場する警官は、サリヴァンである可能性が高い。自分の部下だからといって、他の者たちと区別はしない。いいな、ラシター？」

フォードはキャメロンのほうを向いた。「カレッジの事務所に行って、スワードについてできるかぎり探りだせ。記録に載っているものも、載っていないものも、とにかく可能なかぎり情報を手に入れろ。ただし、いくつ学位をとっているかなどには興味ないからな。きみが何をしているのか、必要以上の人間に話すなよ。尋ねられたら、『捜査の決まりの手順に従って、先生方の履歴を確認しているだけです』と言っておけ」

「誰が信じるでしょうね」キャメロンが言った。

「きみは大学を出ている。何か賢い手を考えろ。夕暮れから真夜中までスワードの家を見張ることになるが、マクドナルド、きみにその割り当てを任せる。バート、何人必要だ？」

「ふたり必要です」キャメロンが答えた。「家の正面――つまり、ドーチェスター・ストリート側に目を光らせる人間がひとりと、クレッセント・ストリートから林を見張る人間がひとりいります。クレッセント・ストリート側には家は一軒もありません。だから、スワードに会いにいこうと思ったら、こっちをとおるにちがいない」

「マクドナルド、ふたりだ」フォードは言った。「足を棒にして情報を集めてもらうことになるが、とにかくこの男について洗いざらい調べるぞ」

足を棒にして歩きまわった結果、少なくとも情報は得られた。四時になった頃、キャメロンがフォードにそれを伝えた。「スワードが住んでいる家は、カレッジのものです。カレッジ所有の不動産ということです。スワードがこの町にやってきたとき、あの家だけが空いていたらしい。場所がよくありませんからね。通りの行き止まりだし、林の中に建っているような印象さえ受けます。そのあともっと便利な場所に移る機会もあったようだが、スワードは好んであの家に住みつづけているそうです。女を引きずり込むのに好都合だからかもしれないが、単に引っ越すのが面倒だったのかもしれない。もちろん、その可能性はあります。週に五日、午前中にメイドがやってきて掃除などをしているが、その給金はカレッジが出している。ただし、パーティなどを開く際に余分に働かせた分は、自分で払っています。メイドの名前はミセス・ベッシー・グローヴァ。スワードの家から十区画ほど離れた、オレンジ・ストリート沿いの家に住んでいます。カレッジは、スワードの私生活については何も把握していないようですが、海兵隊での記録と学者としての記録は押さえてありました。どちらも立派なものです。教師としてすばらしい資質を備えているようで、教職員にも学生にもひじょうに好かれているという印象を受けました。女性教師に言い寄ったりしていないか探ってみるつもりでいたんですが、それはなさそうだ。そういうことは避けているんでしょうね。スワードは品行正しい紳士の鑑でとおっているようです」彼は声の調子を変えて言った。「これは臆測にすぎないが、カレッジでささやかれている噂を聞いて思ったんです。スワードが色目を使ったら、未婚の女たちは喜んで身を任せるでしょう。それなのに、当の本人は女には目もくれずに隠遁者然とした暮らしをして、まわりをやきもきさせている」

「隠遁者然とした暮らし？　小難しい言葉を使うのはやめてくれ。午後にちょっとカレッジで過ごしただけで、まるで教授のような話しぶりだな。きみは警察で働く人間であって、博士ではない」

「申し訳ありません」キャメロンは、わざとらしく応えた。「知性が滲《にじ》みでてしまったかな？」

「知性ではない。滲みでているのは学位だけだ。他にわかったことは？」

「交友関係についても、女性関係についても、何もつかめませんでした。カレッジの事務所では、そういった話は聞けませんからね」

「海軍省に電報を打って、スワードがどこに配属されていたのか尋ねて――」

「それならすでにわかっています」

「だったら、指揮官でも誰でもいい、話を聞ける人間をさがしだせ。この町での友人は、ひとりも見つかっていないんだな？」

「教職員の中に友人はいないと、わかっただけです。教職員仲間が主催する行事には、仕事の一部と考えて出席しているようだし、同僚を招いてもてなすこともあるようです。しかし、それは義務のようなものなんでしょう。親しい友人同士というわけではありません」

「尾行をつけて、どの酒場を贔屓《ひいき》にしているのか、誰を訪ねているのか、確かめてみたほうがよさそうだな」フォードは言った。「ミセス・グローヴァにも、今から行って話を聞いてみよう。スワードがクリスマスに帰省したときのことが、もっとわかるにちがいない」

ふたりはミセス・グローヴァを訪ねる前に、ちょっとした実験を試みた。キャメロンが車の窓からスワードの家を指さしたのが、そのきっかけだった。まずフォードは、ランバート別館まで車を戻し、そこから歩いてクレッセント・ストリート経由でスワードの家へと向かった。そのあとをキャメロンがゆっくりと車でついてきた。「七分だ」目的地に着いて車に乗り込むと、フォードは言った。「ランバート別館からスワードの家の裏口まで七分。女の足で林を抜けるとなると、もう一分ほどかかるな。夜、通り沿いの家に近づかないように道の反対側を歩けば、姿を見られることはないだろう」

艶やかな顔に、ふっくらとした身体つき――ミセス・グローヴァは年齢を言いあてるのが難しい類《たぐ》いの寡婦で、小さな平屋建ての家にひとりで住んでいた。彼女はキャメロンに向かってうなずいたものの、フォードにバッジを見せられて、ひどく混乱しているようだった。それでも彼女は、ふたりを家に招じいれた。

「あなたはハーラン・スワードのところで働いていますね？」全員が腰をおろすのを待って、フォードは訊いた。

ミセス・グローヴァはうなずいた。

「スワード氏について聞かせていただけますか？」

ミセス・グローヴァが両手を動かした。「よくわかりません。何を知りたいとおっしゃるんですか？　スワード氏と顔を合わせることは、そんなにないんです。あの方は、午前中ほとんど毎日、授業がおありです。わたくしがあのお宅にいるのは正午までですから」

スワード氏の習慣について知りたいのだと、フォードは言った。パーティのあと片づけも、あなたがなさるんですか？　どんなパーティを開いているようですか？

スワード氏は滅多にパーティを開かないし、たまに開いても客はカレッジの教職員で、和やかな会のようだとミセス・グローヴァは答えた。

「女性を招いている様子は？」

「そういうことは存じません」

「スワード氏の品行について知りたいんです。前の晩に女性がいたことを示すような何かを、見つけたことはありませんか？　枕に長い髪がついていたとか、屑籠に口紅がついた紙が捨ててあったとか」

ミセス・グローヴァは、しばし考え込んでいたが「長かろうと短かろうと枕に髪がついているのを見つけた覚えはありませんし、屑籠の中身を調べたりはいたしません。そういうものが捨ててあったとしても、気づかないでしょう」

「そういうものを見つけていたら、記憶に残るでしょうか？」

「ええ、きっと忘れません。わたくしはスワード氏の私生活にも、あなたがおっしゃる品行とやらにも、興味がありません。ですから、そういうことは何も存じません。でも、そういうものを目にしたら、きっと忘れないでしょう」

「食器を洗ったりもなさるんですか？」

「ええ、もちろんです」

「いつもより余分に皿が使われていたことは、ありませんでしたか？ コップや銀器、それに煙草の吸い殻などに口紅がついていたことは？ 香水や何かの香りが残っていたことは、なかったでしょうか？」

「なかったと思います」そのためらった様子から、彼女が何か考えているのがわかった。

「口紅の跡は見た覚えがありません。でも、こんなことが役に立つかどうかわかりませんが、ひとつ記憶に残っていることがあります。ケーキの屑がついているお皿が二枚、置いてあったことがあったんです。それ以外は、スワード氏がお食事のときに使ったひとり分の食器でした。それなのに、ケーキ皿だけは二枚あったんです。おやっと思った記憶があります。でも、ベッドに入る前にお代わりを召し上がったんだろうと考えていました」

「どのくらい前のことですか？」

「さあ、一カ月か二カ月……いいえ、もっと前かもしれません」

「スワードは、潔白かよほど賢いかのどちらかだ」キャメロンがつぶやいた。

「いったいどういうことなのか、話してはくださらないんでしょうね？」ミセス・グローヴァが言った。

「あなた次第です」フォードは答えた。「われわれに協力してくださいますか？」

「協力しろと言われたら、お断りできません。あなたは警察の方ですからね」

「たとえ警官でも無理強いはできません。スワード氏のことはどう思っていますか？　気に入っている？　虫が好かない？　それとも、特になんとも思わない？」

「とてもいい方です。スワード氏のことは好きですよ。でも、のぼせあがっているわけではありません。ええ、そういう意味でおっしゃっているならね。あの方と顔を合わせることは滅多にないんです」

「庇《かば》おうとするほど好いてはいないということですね？　われわれに協力するとなると、あなたはスワード氏に不利になる何かを見つけることになるかもしれない。それを隠さないと約束できますか？」

ミセス・グローヴァは勢いよくうなずいた。「スワード氏のことは好きです。でも、悪いことをしたなら罰を受けるべきです。庇ったりはいたしません」彼女は身を乗りだして小さな声で訊いた。「スワード氏がどこかの娘さんと、不道徳な関係を結んでいるとお考えなのですか？」

フォードは答えた。「それについては疑いの余地はありません。問題は、最近誰と不道徳な関係を結んだかということです」

「でも、ほんとうはスワード氏がそんなことをしているかどうかさえ、わかっていないのでしょう？　だから、それを探るのを手伝えとおっしゃるんでしょう？」

フォードは冷たい口調で答えた。「二十歳過ぎの健康な独り身の男の中に、時折女性と不道徳な関係を結ばない者がいるとは思えません。スワード氏は三十五歳だ。数え切れないほど、そんな関係を結んでいるにちがいない。わたしが知りたいのは、自宅に女を連れ込んでいるかどうかです。それを探るために、あなたの手をお借りしたいのです」

「どういうちがいがあるんでしょう？」ミセス・グローヴァが言った。「どこでしようと、悪いことに変わりはありません」

「ミセス・グローヴァ」抑えた声でフォードは言った。「女性と不埒《ふらち》な行為に及んだ廉《かど》で、スワード氏の身辺を探っているわけではありません。スワード氏が相手の女性を殺害した可能性があると、われわれは考えているのです」

息を呑んだミセス・グローヴァの口が大きく開いた。「そんな、まさか」彼女はなんとか呼吸をととのえて動揺を抑えると、暗い目でフォードを見つめた。「あのミッチェルとかいう娘さんですか？」

フォードはうなずいた。「まだ断定はできません。いや、それどころか、無実である可能性が高い。なんとかしてそれを調べたいのです。そのためには、あの家に入って中を見てまわることができる誰かの助けが必要です。さがしているのは、スワード氏の有罪を示す証拠だけではない。無罪を証明するための証拠にも興味がある。おわかりですね？」

ミセス・グローヴァは唇を噛んでうなずいた。「できるかぎりやってみましょう。それで、何をしたらよろしいんですか？」

「当面は、スワード氏が女性を招いた形跡がないか、目を光らせていてください。特に何か探ってほしいことが出てきたら、その都度お願いします」

「何か見つけたら、どうしたらいいんでしょう？」

「捨てたり洗ったりせずにとっておいて、ただちに警察に電話をしてください。ただし、スワード氏の家からかけてはいけません。こちらの動きをかすかにでも悟られないようにすることが重要ですからね。このことは誰にも言わないようにしてください。スワード氏が犯人ならば、警察に疑われていると本人が気づく前にとらえる必要があります。気づかれたらおしまいです」

ミセス・グローヴァは、ひどく緊張しているようだった。「最善を尽くしましょう」そう言った彼女の手は震えていた。

「ふつうにしていてください」フォードはそう言ってミセス・グローヴァに暇《いとま》を告げると、かぶりを振りながら車へと向かった。「うまく芝居をしてくれるといいのだが」

「あの人なら、殺人者のために賛美歌をうたいかねないな」

三月二十四日　金曜日の夜　から　二十七日　月曜日の朝

その夜、スワードの家に見張りが立ち、昼間のあいだ彼の動きを追う尾行役も決まった。そして翌朝には、スワードと同じ隊にいた海兵隊員をさがす試みが始まった。当時の女性関係を探るのが、その目的だ。しかし、スワードとローウェル・ミッチェルの繋がりを――あるいは、繋がりがないことを――示す証拠を見いだすのに、何よりも力が注がれた。フォードはふたりの部下に命じて、スワードの授業に出ていた学生全員の履修登録書を調べさせた。クリスマスの休みに入る一日前にすべての授業が終わっている者がいれば、その学生がローウェルとスワードがいっしょにいるところを見ている可能性がある。

「たいへんな仕事ですよ、署長」キャメロンが言った。

「もっと骨の折れる仕事があるぞ。ミッチェル嬢が出ていた歴史の授業に出席していた学生全員に話を聞くつもりだ。ミッチェル嬢の――あるいはスワードの――態度を見て、ふたりが生徒と教師以上の関係にあるのではないかと感じた者がいないか、知りたいんだ」

「スワードに気づかれてしまいますよ。あなただってわかっているはずです」

「仕方ないさ。いや、そのほうがいいのかもしれない。警察の目が自分に向いているとわかったらどんな行動に出るか、見てみたい気もする」

フォードは部下のふたりにその仕事を割り当て、他の容疑者を調べるのはラシターとケネディとジャレットに任せた。通常の警察の仕事は、勤務時間外に駆りだされたシンプソンとホークマンとジャンセンが受け持つことになった。そして、フォード自身は、その報告を検討することに週末を費やした。

月曜の朝には、ほとんどの報告が集まっていた。ラシターとケネディとジャレットは、他の容疑者について何十人もに話を聞き、クリスマスの一週間前にニューヨークに出かけた者はひとりもいないことを確認した。スワードの海兵隊時代の仲間の名前も何人かわかって、電話がかけられた。カレッジの学生への聞き込みは終わり、ニューヨークの警察からはマクナリーに報告が入っていた。

そのニュースをマクナリーがフォードに伝えた。「ニューヨークのどのホテルにも、十二月十六にローウェル・ミッチェルという名前の娘が泊まったという記録はない」彼は言った。「誰かの家に泊まったということだろう」

「スワードはニューヨークに住まいなど持っていません。しかし、ワトソンは持っているかもしれない」

「スワードの動きは？」

「変わったことは何もありません。授業をして家に帰るだけ。夜は家でひとりで過ごしています。尾行を始めてから、映画にさえ行っていません。訪ねてくる者もひとりもいないようです」

「記者にはなんと言えばいい？」

「捜査は行き詰まっていると言ったらどうです」

「行き詰まっているのか？」

「スワードに関して言えば、行き詰まっています。唯一わかっているのは、海兵隊時代の彼は誰よりももてる女たらしだったということです」

「まだスワードに固執しているのか？」

「他には何もありませんからね。しかし、スワードについてもたいしてわかっているわけではない。おそらく、除隊後に行いを改めたんでしょう。でなければ、女子大の教師になどなれるはずがありません」

「毎日ミッチェル氏から電話がかかってくる」マクナリーがぼやいた。「気も狂わんばかりの勢いでね。おかげでこっちも気が狂いそうだ。あの人に話せることは何かないのか？」

「犯人は必ず見つけだすと言っておけばいいでしょう。見つかったらすぐにしらせるとね」

「あの人は嚙みつく相手がほしいんだ。これまでも、再三その言葉でなだめてきた。それで収まらないのだから、改めて言ってみたところで無駄だろうね」

「ミッチェル氏に話せることは何もありません」

「州知事にでも、副州知事にでも、他の誰にでも会いにいくといって脅すんだ」

フォードは言った。「いったい何を望んでいるんです？　誰がやっても、これ以上のことはできません。犯人は人を殺しておいて、もう少しで自殺の評決がくだるほど巧みにそれを誤魔化した。そういう男を追っているんです。簡単にいくわけがないでしょう」

「わかっている。われわれは警察の仕事がどういうものか心得ている。しかし、ミッチェル氏はちがう。殺されたのは、あの人の娘だ。犯人を捕まえろと、狂ったようにわめき散らしている。犯人が見つかったら、どうなるか……。そいつの立場に身を置くのはごめんだ。ミッチェル氏に素手で殺されてしまうだろうからね」

「だからこそ、あの人を遠ざけておいてほしいんです」

「わかった。もうしばらく我慢してもらおう。しかし、とにかく何かを探りだせ！」

「寝ているわけではありません。今も何かを探りだそうとしているんです」フォードはうなるようにそう言って電話を切ると、大声で言った。「おい、バート！」

バート・キャメロンがあらわれた。「どんなふうです？」

「どうもこうもない。ミッチェル嬢の名は、どのホテルの宿泊名簿にも載っていなかった」

「男と泊まったなら、偽名を使った可能性もあります」

目をあげたフォードの顔に、驚きの表情が広がっていった。「なんということだ。きみはすばらしい刑事だ」

「今までそれに気づかなかったなんて、言わないでくださいよ！」

「いや、気づかなかった。ミッチェル嬢は誘惑されたのだとばかり思っていたからね。本人がそのつもりだったという可能性については、まったく考えていなかった」

テッド・トランブルが本部に駆け込んできた。「スワードは列車に乗っていました」彼が言った。「あの列車に乗っていたんです。姿を見た学生がひとりいました」

「いつどの列車に乗っていたって？」

「クリスマス前ですよ。十二月十六日です。スワードは確かに一時半の列車に乗っていたんです。学生がその姿を見ています」

「学生というのは誰だ？」

「マリアン・ラグローという娘です。最初、駅にいるところを見たらしい。そのあと列車の中で見かけたそうです」

「スワードはひとりだったのか？」

「駅にいたときはひとりだったと言っていますが、ここが重要なところです。車内で見かけたときには、女の子が隣に坐っていたそうです」

「どんな感じの娘だ？」

「それは覚えていないようです。女の子には注意を払わなかったらしい」

「娘たちの目は、スワード以外に向かないというわけだ」フォードは言った。「しかし、その娘は十中八九ローウェル・ミッチェルだ」

「歩き仕事が珍しく実を結んだ」トランブルがつぶやいた。

「全員に話を聞いたのか？　金曜日に町を発った者全員に？」

「いいえ。あと七人残っています」

フォードは言った。「だったら、さっさと片づけたらどうなんだ。えっ？」

「しかし……スワードが一時半の列車に乗ったことも、女の子といっしょにいたことも、もうわかっています。これ以上、何を調べることがあるんですか？」

「隣に坐っていたのが誰なのか、まだわかっていない！　さっさと行って調べてこい。それから、その列車に食堂車があったかどうかも確かめろ。そして、あったとしたら、スワードが女連れでそこに行ったか調べるんだ」フォードはキャメロンのほうを向いた。「スワードは、おそらくミッチェル嬢に酒を飲ませている。ミッチェル嬢が少しばかり熱をあげていたとしても、スワードにどんなに男の魅力があったとしても、それだけでは無理だ。酒の助けがいる。グランドセントラル駅に着くまでに少し酔わせておけば、もっとあとの列車でフィラデルフィアへ向かうよう説得するのも簡単だ。そして、じきに列車がなくなる。トランブル、さっさと行け！　きみが何を探りだすことになるかなど、わかるものか。いや、おそらく何も出てこないだろう。それでも、どんな些細なことも見逃すな」彼は、ふたたびキャメロンのほうを向いた。「バート、おそらくこいつが犯人だ」

部屋を出ていくトランブルに、入ってきたときほどの勢いはなかったが、本部の中はかすかに色めき立っていた。キャメロンが、それをやわらげるべく言った。「ミッチェル嬢がどこで一夜を過ごしたのか、まだ突きとめてはいないぞ」

「スワードがニューヨークで一泊したかどうかも、わかっていない」フォードは受話器を取って、もう一度、地区検事に電話した。「ひとつ突破口が開けましたよ。スワードとミッチェル嬢は同じ列車に乗っていたようです。列車の中で偶然に会ったのか、前もって約束していたのかはわからないが、とにかくふたりは会っている。それは確かです」

「すばらしいじゃないか」マクナリーが言った。

「ひとつ知りたいことがあります。スワードがいつリッチモンドに戻ったか、家族に連絡をとって探りだしてもらえませんか？　その際、なぜそれが知りたいのかは、どうか伏せておいてください。できれば、あなたが地区検事だということも明かさないでほしい。適当な話をでっちあげて、覚えているかどうか家族に尋ねてみてください。まっすぐに帰ったとすれば、金曜日の夜遅くに着いているはずです。ミッチェル嬢を誘惑していなければ、途中一泊しても、おそらく土曜日の午後には戻っている。しかし、彼が犯人ならば、帰宅は土曜日の夜だったはずです」

「有罪の決め手となる証言を、家族にさせようというのか？」

フォードは答えた。「こんなときに倫理を持ちだすんですか？　わたしは殺人者をとらえようとしているんです。そのためなら、どんな手でも使います」

「いいだろう。文句はない。わかったら、すぐにしらせる」

「感謝します」フォードは乱暴に受話器を置くと、キャメロンに向かって言った。「臆病者め！　しかし、するべきことはしてくれる。それは認めざるを得ないな」彼は立ちあがって窓の前に行った。「スワードという男は、女にとってたまらなく魅力的らしい。いったいどうしたら、女をこうまで意のままにできるんだ？　ミッチェル嬢は、キスさえ数えるほどしかしたことがないような、身持ちのいい真面目な娘だった。それがほんの数時間、スワードと過ごしただけで、身を任せてしまったんだ」

キャメロンがフォードに近寄ってきて、ロールトップ式の机の上に腰掛けた。「怒りをぶちまける前に、スワードが犯人かどうかさえわかっていないという事実を思い出したほうがいい。土曜日の夜遅くまで家に戻らなかったと家族が言ったとしても、それで何が立証できるんです？　ミッチェル嬢が日記のその日の記載に感嘆符を三つつけているから、彼女の恋人はスワードにまちがいないと言って、陪審を納得させられるとでも思っているんですか？」

「ふたりがいっしょに泊まったことがわかれば、陪審は納得する。ああ、絶対にそれを突きとめてみせる。スワードの予定表の写しは？」

「授業の予定表ですか？　それならここに。ミッチェル嬢が出ていた授業の担当教師全員の分を手に入れてあります」

「スワードのを見せてくれ」フォードはそれを手に取って、時計を見た。「授業中だな。それにミセス・グローヴァはまだあの家にいる。ひと働きしてもらおう」彼は番号を確かめながらダイヤルをまわした。電話に出たミセス・グローヴァが言った。「申し訳ありません。まだ何も見つけることができません」

「気にしないでください。スワード氏が、怪しげな何かをそのへんに放置しておくとは、端《はな》から思っていません。ただ、ひとつお願いがあります。スワード氏の筆跡がわかる何かを持ちだしてもらえますか？　屑籠かどこかからできるだけさがしだして、自宅に持ち帰ってください。午後、部下に取りにいかせます」

「わかりました。やってみます」

「最善を尽くしていただきたい。重要なことなんです」フォードはそう言って電話を切った。

「追跡計画の一部ですか？」

「そのとおりだ」

三十分と経たずに、マクナリーから連絡が入った。「図星だよ、署長。スワードが実家に着いたのは、土曜日の夜だ！」

「すばらしい早業だ」

「次はどうする？」

「ニューヨークの警察に面倒な仕事を頼みたいんです。スワードが書いたものの写しを、あなたから向こうに送ってもらえますか？　ミッチェル嬢の筆跡は、失踪人手配書に載っています。ふたりはホテルに泊まっている。絶対に！　しかし、このスワードというやつは、実に抜け目のない男です。自分の名前を日記にも書かせないのだから、宿帳に本名を書くはずがありません。どんな署名をしたかは、そのときの成り行きで泊まることになったのか、前もって計画されていたのかによってちがってきます。自分が何をしようとしているのか、ミッチェル嬢が自覚していたなら、ひと部屋とって夫婦という形で署名したにちがいない。そして、ミッチェル嬢にぎりぎりまでそんな気がなかったとすれば、ふた部屋とって、別々の名前を書いたでしょう。しかし、どちらの名前もスワードが書いた可能性が高い。ミッチェル嬢は平気で嘘をつくような娘ではないし、部屋をとった時点では、スワードが何を企んでいるのか知らなかったはずですからね」

「待ってくれ。少し待ってくれ。きみの思考についていけない。書き留めることにしよう。鉛筆と紙を用意するから待ってくれ」紙が擦《こす》れる音と何事かつぶやく声が聞こえてきたあと、マクナリーが言った。「もう一度、頼む。ニューヨークの警察に何をさせろと？」

「まず、筆跡を頼りにスワードの署名を見つけてもらいたい。男ひとりの名前が書かれている可能性もあるし、夫婦として書かれている可能性もあります。しかし十中八九、男ひとりの名前で泊まっている。ミッチェル嬢にスワードの意図がわかっていたとは思えませんからね。もしわかっていたら、両親には最初から土曜日に帰ると言ったはずです。金曜日に帰ると手紙でしらせておいて、そのあと予定の変更を告げる電報を打ったりはしないでしょう。おそらくスワードは夜遅くなるまで――つまり、ミュージカルを観たあと酒を飲んでホテルに帰るまで――それらしい素振りは見せなかった。そう考えると、ふたりはそれぞれ部屋をとり、その両方にスワードが署名をしたのではないかと思えるんです。そうしなければ、ミッチェル嬢は本名を書いてしまう。向こうの警察は宿帳に綴じられたカードの中に、スワードの手で書かれた二枚の宿泊カードを見つけることになるでしょう。一枚はスワードの部屋のもので、もう一枚はミッチェル嬢の部屋のものです」

一拍の間を置いてマクナリーが言った。「ここまではわかった」

「それで何も見つからなかったら、ミッチェル嬢はスワードとベッドをともにする覚悟でいて、自分の手で偽名を書いたという可能性について考えなくてはいけない。あり得ないことではないが、ミッチェル嬢が夫婦として宿泊することを望んだとは思えません。それでは事の運びが速すぎる。

だから向こうの警察には、まずスワードが書いたと思われる男女それぞれの宿泊カードを見つけてもらいたい。そのあと、彼の手で書かれた男の名前と、ミッチェル嬢の手で書かれた女の名前をさがしてほしい。彼の筆跡で署名された夫婦のカードをさがすのは最後でいいと思います」

「なるほど。よくわかった。すぐに向こうに伝えるが、時間がかかることはわかっているだろうね。筆跡の照合なしで、名前をさがすだけでも三日かかったんだ。その日、ニューヨークのホテルに泊まった人間はごまんといる」

「スワードとミッチェル嬢は前もって予約していません。それで多少は絞れるかもしれない」

「おそらくな。それで、スワードの筆跡はいつこっちに届く？」

「今日の午後には届けられると思います。スワードの家のメイドにさがさせているところです。それで見つからなければ、カレッジの事務所をあたってみますが、できればそれは避けたい。職員たちが、疑問を抱きはじめるにちがいありませんからね。捜査の決まった手順に従って云々という言い訳は、もう通用しないでしょう」

「わかった。午後に届けてくれ。すぐに郵便で送れば、あすには向こうに着く」

「ニューヨークの警察は、きっとわたしたちが好きになる」フォードは言った。「何か探りだしてくれたら、わたしも向こうの連中が好きになりますがね」

「ああ、わたしも好きになる。くそっ、きみがまちがっていないことを祈るよ。おそらく、まちがっていないと思うがね」

「これでだめなら、ワトソンに戻りましょう。その頃までには、旅から戻っているはずです」

ミセス・グローヴァが息を切らして駆け込んできたのを見て、フォードは言葉を呑んだ。

「ちょっと待ってください。このまま切らずにいてください！」

ミセス・グローヴァが駆け寄ってきた。「つい来てしまいました。待てなかったんです。スワード氏が早めに帰宅して、これを持っているところを見つかったらと思うと恐ろしくて……」彼女は皺《しわ》だらけの紙を二枚と、小さな紙片を一枚、受付デスクの上に置いた。「屑籠に捨ててあるのを見つけたんです。待てませんでした。これで……これで、よろしいですか？」

フォードはそこに書かれた文字にすばやく目を走らせ、送話口に向かって言った。「必要な食料品を書きだしたものが一枚に、歴史の覚え書きが二枚。四十八州に配っても余るほどの、手書きの文字が手に入りました。今すぐに、わたしがこの手で届けます！」彼は顔をあげて言った。「完璧ですよ、ミセス・グローヴァ。ほんとうに完璧です！」

「ああ、よかった。これでスワード氏が有罪か無罪かわかるんですね？」

「それには、まだ少し時間がかかるでしょう。それよりも、早く戻ったほうがいい。ここから出るところをスワード氏に見られたら、面倒なことになる。どんなことをしてでも、あなたがどこで何をしていたか悟られないようにすることがたいせつです」

「もちろんです。充分に気をつけます。スワード氏があなたのおっしゃるような悪い男だったら、わたくしは殺されてしまうかもしれません」

「それはないでしょう」フォードはキャメロンに向かって言った。「無線車を呼びだして、こっちに戻るよう伝えてくれ。ミセス・グローヴァをメープル・ストリートまで送ってもらいたい。スワードの家から少し離れたところで降ろすよう、念を押すのを忘れるな」

月曜日　夜

フランク・フォード署長は椅子の背に凭《もた》れて、大好きな葉巻をふかしていた。ラジオからは低い音でミステリ・ドラマが流れていたが、聴いてはいなかった。ネクタイは緩めてあるし、上着は着ていないし、ベストのボタンは外してある。短く刈った白髪頭に、疲れ切った顔。そこには、懸命に生きてきた五十八年の年月が皺《しわ》となって刻まれている。夕食をとってほどよく腹が満たされている今、彼は抗しがたいほどの眠気を覚えながら、閉じかかった目で狭い居間の中を見まわしてみた。フラシ天張りの椅子が数脚と、大きな長椅子と、傷だらけの古いキャビネット・ラジオと、その上に飾られた中学卒業の式服に身を包んだ娘の写真。テーブルの上の大きな古いランプが目映《まばゆ》い明かりを放っていて、半分引かれた厚手のカーテンの向こうに、食堂で勉強している娘の姿が見えている。

そんな中、足音が聞こえてきたかと思うとカーテンが大きく開かれ、妻が部屋に入ってきた。「電話よ、フランク」

フォードは渋々重い腰をあげた。「仕事の電話かな？」

「そうだと思うわ」

彼は深々と息を吸うと歯のあいだに葉巻をくわえ、寝室へと向かった。心をかき乱す何かを聞かされることになるにちがいない。

「署長ですか？　ホークマンです。スワードの家に若い娘が来ています」

眠気が一気に吹き飛んだ。フォードは逸《はや》る気持ちを抑えきれなくなっていた。「娘が家に入って、どのくらい経つ？」

「十分ほどです」

「きみはどこにいるんだ？」

「《ブリストル・ドラッグ・ストア》です」

「早く持ち場に戻れ。わたしもすぐに行く」

顔には依然として深い皺が刻まれていたが、足取りは軽くなり、目には輝きが戻っていた。葉巻をくわえたままオーバーを着込んで、くたびれたフェルト帽を被った彼に、あらわれた妻が尋ねた。「行かなければならないの？」

フォードはうなずいた。「事が動きだした」

「すぐに戻れるのかしら？」

「無理だろうな。起きて待っている必要はない」

「冷蔵庫にサンドイッチを入れておくわ。コーヒーは焜炉の上よ」

「ありがとう」彼は妻にキスをすると、裏口から外に出て車へと向かった。

ドーチェスター・ストリートの裏道となっているクレッセント・ストリートには、車も人も見当たらなかった。左手に鍵のかかったカレッジの裏門があって、その先に大きな中庭を囲むように寮が建っている。寮の窓の灯りはまだ消えていなかった。通りの行き止まり近くにかたまって建っている教職員の家は、雪に覆われた広々とした庭の奥に引っ込んでいる。その遙か奥に見えているのは、カレッジの小さな中庭の灯りだ。右側には角に近いところに二、三軒家があるだけで、雪が積もった舗装もされていない歩道の向こうは、ちょっとした林になっている。それを抜ければ、ドーチェスター・ストリートに面した家々の裏庭に出るはずだった。フォードは街灯の届かない通りの行き止まりまで行って、車の向きを百八十度転じると、持ち場を離れたホークマンを小声で罵った。そのとき、どこからともなく車の横に人影があらわれた。

「署長」ホークマンだった。

「乗れ。どこにいたんだ？」

「見えないように隠れていたんです」彼がドアを開けて、滑るように助手席に乗り込んできた。

フォードは道端に車を寄せると、ライトを消してエンジンを切った。「どのくらい前に戻ってきた？」

「五分ほど前です」

「娘はまだ中にいるのか？」

「いると思います。ぼくが見ていたかぎりでは、出てきていません」

「まだいてくれるといいのだが。きみは持ち場を離れるべきではなかった」

「わかっています。しかし、娘が出てきたとき、署長もここにいたいだろうと思って」

「家から出てきた娘をつかまえるのに、わたしの助けなど必要ないだろう。いったいどのくらいここを離れていたんだ？」

「二十五分くらいです」

「それだけあれば、家が焼け落ちていても不思議ではない」

「だいじょうぶですよ。裏口からこっそり家に入ったんですからね。ぼくの考えでは、しばらくは出てきませんよ」

「きみは考えを述べることで、給金をもらっているわけではない。くそっ！　それで、その娘はどっちから来たんだ？」

「メープル・ストリートのほうからやってきました。ぼくはこのあたりにいて、木の陰や茂みのうしろを巡回していたんです。危うく見逃すところでしたよ。街灯が届かない左側を歩いてきて、あの家のあたりで道を横切ってきたんです。それで初めて、姿が灯りに照らされたんです。この行き止まりにかなり近づいてから林を斜めに横切って、スワードの家のほうに歩いていきました」

「家に入るところは見なかったのか？」

「見ていません。あとを追ったら、雪を踏みしめる音を聞かれてしまいますからね。怖がらせたくなかったんです」

フォードはむっつりとうなずいた。「歩き方はどんなふうだった？　こそこそしていたか？　人目を気にしているようだったか？　それとも堂々としていた？」

「ふつうでした。あれは、行き先がわかっている者の歩き方です。特に見られないように気をつけている様子はなかったが、ずっと人目につきにくい場所を歩いていました」

「やってきたのは何時頃だ？」

「九時十五分前です」

「よし。出てくるのを待とう」フォードは時計を見た。「九時二十五分。まだ中にいてくれるといいんだが。ああ、その娘の行き先がスワードの家だったらばの話だがね」

「まちがいありませんよ。新鮮な空気が吸いたくて散歩に出てきたなんて、あり得ません」

フォードは新しい葉巻を取りだして火をつけた。「吸いたければ煙草を吸ってかまわないぞ」署長にそう言われて、ありがたかったにちがいない。ホークマンはすぐに煙草をくわえた。ふたりは煙が出ていくようにそれぞれ窓を開け、ラジオをつけて座席に身を沈めた。そして、ダッシュボードから静かな曲が流れてくると、フォードはため息をついて、通りの向こうが見えるように身体の位置を変えた。

「警察の無線に周波数を合わせておかなくていいんですか？」

「なんのために？　無線なら一日じゅう聞いていて、もう聞き飽きた」

「わかっていますが、何か情報が入るかもしれませんよ」

「入ったらどうだというんだ？　消防車が三度の出動要請を受けるほどの大火事が起きたとしても、わたしはここから動かない」

ホークマンは黙り込み、反対側の雪が積もった小《こ》径《みち》が見えるよう、座席の端に落ち着いた。

ふたりとも、もう何もしゃべらなかった。ホークマンは身じろぎし、一本目の吸いさしを使って新しい煙草に火をつけると、微動だにしない上司のがっしりとした身体に目を向けた。時間が経つにつれて、冷気が車の中を満たしていく。ホークマンはオーバーに身をうずめるようにして、白く見えている自分の息を眺めていた。外では、かすかな風が木々の乾いた裸の枝を揺るがし、少し先にならんだ街灯が寒々とした中で目映く輝いている。最も近くにある街灯の明かりは、その手前にあるメープルの木の斜交模様にも見える枝をとおしてさえ、目が眩《くら》むほどだった。

聞こえるのはラジオの音だけ。音量を絞った交響曲の調べが、車の中に流れている。署長の音楽の趣味は変わっていると、ホークマンは思った。しかし、ほんとうに聴いているのかどうかはわからない。身動きひとつしないところを見ると、署長は眠っているのかもしれない。眠っていてほしかった。張り込み中に眠ってしまったところを見られたら、もう部下の些細な失敗を叱ることはできなくなる。フォード署長は、いい人だし尊敬できるが、細かいことにやかましすぎる！

コマーシャルの時間になった。そして、十時になると番組が変わってポルカが流れてきた。それを機にフォードが動いた。くわえていた火の消えた葉巻を窓から投げ捨て、通りの向こうに目を向けたまま、手探りでミステリ番組にダイヤルを合わせたのだ。

「ずいぶん待たせてくれますね」ホークマンは思い切って言ってみたが、フォードはうなって時計を取りだしただけだった。

十時半、フォードはもうチャンネルを変えようとはしなかった。十一時になると十五分間のニュース番組が始まり、そのあと十五分、ダンス音楽が流れた。ホークマンは寒さに震えていた。外を歩きまわりたかった。なんでもいいから、じっと坐っている以外のことをしたかった。それでも、彼は黙って震えていた。フォードはこの寒さになんの反応も見せていない。五十八歳の正規警官が何も言わずにいるのだから、二十三歳の予備警官が弱音を吐くわけにはいかない。署長は三十三年、警察で働いてきたのだ。自分とは比べものにならないと、ホークマンは思った。予備警官になって一年。これまではそんなに悪くなかったが、この三週間は少しちがった。ミッチェル嬢の失踪以来、頻繁に呼びだされ、それまでのすべての勤務時間を足したよりも多く働かされている。

十五分ほどつづいた生演奏は、ボストンのどこかで行われているバンドの演奏に変わり、それも終わるとまた十五分、別のコンサートで管弦楽団が奏でている調べが流れた。フォードが体勢を変えて、ぶつぶつ言いだした。ホークマンはしばし寒さを忘れ、署長から少しでも遠ざかろうと、座席のさらに端へと身をずらした。自分が電話をしにいっていたあいだに、娘が家から出てきて立ち去ってしまっていたとしたら、かなりまずいことになる。署長は苛立ちはじめている。これはよくない兆候だ。警察の仕事は楽ではない。もうじき十二時になる。ほんとうならば勤務を終える時間だ。今夜ほど早く帰りたいと思ったことはなかったが、勤務時間のことなどとても口に出せなかった。そんなことを言ったら、署長にやる気のないやつだと思われてしまう。それでなくても、持ち場を離れたことで、充分よくない印象を与えているのだ。電話をかけたら喜ばれるものと思っていた。いや、初めての大仕事を署長に手伝ってほしいと、心の奥で願っていたのかもしれない。

フォードがホークマンに顔を向けて言った。「役立たずめ！　娘はとっくに家から出ていったにちがいない」

「持ち場を離れたのは、たったの二十五分です。そんな短時間では何もできませんよ」

「しかし、三時間もかからない！」

「泊まるつもりかもしれません」

「頭を使え、馬鹿者。若い娘がひと晩家を空けるとなれば、いやというほど言い訳をしなければならない」

　ホークマンは必死の思いで言ってみた。「玄関から出ていったという可能性もあります。サム・ワイスがつかまえているかもしれません」

「ああ、きっとそうだろう」フォードが無線に周波数を合わせると、車内は静まり返った。彼はマイクを取って言った。「サリヴァン、フォードだ。どうぞ――」その目は、小径と林に向いている。

「署長、どうぞ――」

「ワイスから何か連絡が入っているか？」

「いいえ、何も」

「きみの交替は誰だ？　今夜の担当はパレラか？」

「そうです。ちょうど今、やってきました」

「スワードの家に若い娘がいるかもしれないと、パレラに伝えてくれ。今夜の十二時から朝の八時まで、クレッセント・ストリートとドーチェスター・ストリートを見張る人間が必要だ。すぐに誰かふたりさがしてほしい。ワイスもそろそろ帰りたくなって、毒づきはじめているだろう」

「わかりました」

　マイクを口元から遠ざけるなり、フォードはホークマンに言った。「きみのせいで娘をつかまえ損ねたとしたら、この先、どういう渾名がつくかわかっているだろうな？」

「わかっています」惨《みじ》めな気分でホークマンは答えた。煙草に火をつけたものの、味はしない。彼はその煙草を窓から投げ捨てた。「カレッジの寮の門限は十二時です。そのぎりぎりまで、楽しむつもりなのかもしれません」

フォードの腕がのびてきて、ホークマンの手首を締めあげた。「黙れ」フォードが小声で言った。

ホークマンは身を乗りだして、署長の頭の向こうに目をやった。暗い林と、雪の積もった白い地面が見えている。聞こえているのは無線の雑音だけ。いや、暗闇の中からかすかな音が聞こえてくる。目映い街灯の下に娘が姿をあらわしたのは、そのときだった。冷たい夜気を寄せつけまいとするかのようにコートの襟を立てて、両手をポケットに深々と突っ込み、急ぎながらもしっかりとした足取りで歩いている。

「あの娘か？」フォードは小声で尋ねた。

「そうです。あの娘です」

街灯のない側に道をわたった娘は、今、車の少し前を歩いている。フォードはホークマンの手首を放してエンジンをかけると、ライトをつけずに縁石を離れ、徐々に速度をあげていった。そして、窓を開けて娘の横をとおりすぎたところで、ハンドルを切って歩道に乗りあげた。凍った雪がタイヤの下でバリバリと音をたてている。車は急ブレーキの衝撃に弾みながら、娘の目の前でとまった。「よし、お嬢さん。警察だ」

娘はぴたりと動きをとめた。かろうじて届いている灯りに照らされたその顔は、真っ青になっている。フォードがドアを開けて歩道に降りたつと、彼女は驚きに満ちた目を向けた。

彼はオーバーのボタンを外してバッジを見せながら言った。「乗りなさい」

大きく見開かれた目に、色を失った唇。娘はフォードに腕をつかまれて、開いたドアのほうに乱暴に導かれるまで、動こうともしなかった。無言のまま足をもつれさせている娘をホークマンの隣に乗せると、その身体を奥に押しやるようにしてフォードも車に乗り込んだ。そして、派手な音をさせてドアを閉めると、マイクを取って言った。「サリヴァン」

「はい、署長」

「さっきの命令は取り消しだ。娘をつかまえた」

勤務を終えた者と、これから仕事を始める者。本部には制服姿の大きな男たちがおおぜいいた。娘は怯え、警官たちを呆然と見つめていた。警官たちは娘とフォードに目を向けはしたが、何も言わなかった。言葉をかけるなと、署長の表情が命じている。

「パレラ、ラシターとキャメロンをベッドから引きずりだせ」フォードは言った。「それから、熱いコーヒーを大きな魔法瓶に用意してくれ。しばらくここにいることになりそうだ」

彼は受付デスクのうしろにまわると、広いテーブルの前に娘を坐らせ、そこでじっとしているようにと命じた。彼女は自分は何もしていないと訴え、何が知りたいのかと尋ねたが、フォードは答えなかった。答えたところで時間の無駄になるだけだ。

特に速記の能力を買われて私服警官として働いているラシターとキャメロンがやってくる頃には、勤務交替の引き継ぎも終わっていて、本部には受付デスクに坐ったパレラを除けば、娘とフォードだけになっていた。ホークマンは予備警官として活躍できたことで少し気をよくし、十二時に勤務を終えた他の者たちと帰っていった。

娘は、この三十分ほどのうちに自分が置かれた状況に慣れてきて、ちょっとした強がりさえ見せるようになっていた。短い金髪の巻き毛に、小さめのぽってりとした唇に、つぶらな青い目に、卵形の輪郭。その顔立ちは繊細で、どちらかといえば魅力的なほうだった。コートの下に着ていたのは、地味な黒いワンピース。しかし、レース飾りがついた四角い襟ぐりのカットは、豊かな胸の谷間が覗くほど深かったし、細い腰のまわりのベルトは、なまめかしさが際だつほどきつく締めてある。

「わたしをここに引きとめておくことなんて、できないはずです」フォードとキャメロンとラシターがコーヒーの入ったマグカップを手に近づいていくと、娘が言った。フォードはこのときも返事をしなかった。三人は娘を見おろせる位置を選んで、テーブルの上に腰掛けた。

「名前は？」フォードは尋ねた。

「どうして逮捕されたんですか？　わたしは何もしていません」

「質問に答えなさい！」

「ミルドレッド・ナフジンガー」

「住まいは、ミルドレッド？」

「パトニー・ストリート一一四番地。お願いです。うちに帰してください。わたしは何もしていません。両親が心配します」

「時間を無駄にするのをやめれば、それだけ早く帰れる。さあ、質問に答えてもらおう。今夜、きみは何をしていた？」

「わたしが？　何もしていません。散歩をしていただけです」

「どこを歩いていたというんだ？」

「ええと……どこということもなく、なんとなく歩いていたんです」

「真夜中にか？」

「家に戻るところだったんです」

「九時十五分前から十二時十五分前まで、なんとなく歩いていたというのかね？　ずいぶんと長い散歩だ」

「いいえ。ずっと歩いていたわけではありません。人を訪ねていたんです」

「誰を？」

「友達です」

「ハーラン・スワードだね？　スワードと知り合ってどれくらいになる？」

彼女は驚いているようだった。「いいえ、ちがいます。そうじゃありません。ハーラン・スワードなんて人は知りません。女友達のところにいたんです」

「その友達はどこに住んでいるんだ？」

「えっ？」

「誤魔化すのはやめなさい。きみはハーラン・スワードに会いにいった。きみが九時十五分前にスワードの家に入るのを、部下が見ている」

ミルドレッドは、たった今、気づいたかのように言った。「ああ、もちろんです。ドーチェスター・ストリートの行き止まりにある、あの家のことをおっしゃってるのね。ええ、もちろんあの家を訪ねました。届け物があったんです」

フォードはテーブルを離れて、コーヒーをぐいっと飲んだ。「なるほど。ようやく話が嚙み合ってきた。互いのことがわかりはじめてきたようだ。そう、ドーチェスター・ストリートの行き止まりにある家だ。ハーラン・スワード。今夜、九時十五分前に、きみは届け物があって彼の家を訪ねた。そういうことだね？」

ミルドレッドは、ためらいながらもうなずいた。

フォードはふたたび腰をおろした。「しかし、部下はきみが荷物を持っているのを見ていない」

「ええ、小さなものだったからポケットに入れていました」

「何を届けたんだ?」

「咳止めドロップです。ほら……わたしは《ブリストル・ドラッグ・ストア》で働いていますから。咳止めドロップを届けてほしいって、スワードさんからお店に電話が入ったんです。それで、わたしが届けにいきました」

フォードは親指で彼女の服を示した。「そんな恰好で働いているのか?」

ミルドレッドは自分の服に目を向け、かすかに頰を染めた。「まさか。仕事は六時に終わります。注文が入ったとき、お店に配達に出られる人がいなかったみたいで、店主のグレゴリーさんが、うちに電話をかけてきたんです。わたしが住んでる一一四番地は、すぐ近くですから。それで、スワードさんに咳止めドロップを届けてほしいと頼まれました」

「そんな服を着て配達にいって、三時間もあの家にいたわけだ」

ミルドレッドは泣きそうになっていた。「ちがいます。そうじゃありません。たまたまこの服を着ていただけです。それに、三時間もあの家にいたわけじゃないわ。咳止めドロップを届けたあと、さっきも言ったように散歩をしていたんです」

「裏口から入って――」

「当然です。だって、配達にいったんですもの」

「そう、咳止めドロップをひと箱届けた。スワードは自分で買いに出られないほど、具合が悪かったんだろうね。きみは裏口に向かうのに、林を横切っていったそうじゃないか」

「近道をしたんです」

「それが近道だと知っていたわけだ。林をどう抜けていけばスワードの家にたどり着くか、知っていたということだ」

「お願いです」ミルドレッドが泣きだした。「何がなんだかわかりません。疲れました。うちに帰りたい」

「何がなんだかわからなくても、疲れていても、きみはうちに帰れない」

目をあげた彼女は怯えていた。「お願いです。帰してくれなくてはいけません。両親が心配します！」

「そこに電話がある。そうしたければ家に電話して、今どこにいるか、その前にどこにいたか、親御さんに話したらいい」

ミルドレッドは、いよいよ大声で泣きだした。

「そうしてほしければ、わたしが電話をして、どこできみをつかまえたか話してもいい」フォードは電話がある受付デスクのほうに二歩、足を進めた。

「やめてください」彼女は泣きながら言った。「お願いです。このまま帰してください」

フォードは、改めてテーブルの上に腰掛けた。ラシターが立ちあがり、もっと坐り心地のよさそうな壁際の椅子に移った。目にもとまらぬ速さでメモを取っている。

「スワードと知り合ってどのくらいになる？」フォードは鋭い口調で迫った。

「うちに帰りたい」ミルドレッドが泣きながら言った。

フォードは残っていたコーヒーを自分のカップに注ぐと、空になった魔法瓶を掲げて言った。「パレラ、お代わりが必要だ」受付デスクに坐っていたパレラが魔法瓶を取りにくると、フォードは泣いている娘のほうに向きなおった。「急ぐことはない。好きなだけ言い逃れをしたらいい。わたしが疲れたら、他の者がきみに質問をする。その警官が疲れたら、また別の誰かに替わればいい。そして、そいつも疲れたら、またわたしが戻ってくる。こっちはひと晩じゅうでも、あすの夜になっても、あすの夜が明けても、つづけられる。何週間でもつづけられるんだ」

ミルドレッドが泣きやむ気配はなかった。

「親御さんのことは心配ない。あすの午後には、きみをさがしてほしいといってここにやってくるだろう。しかし、さがす必要はない。ここにいるんだからね。それで、親御さんも安心するだろう」

泣き声がさらに激しくなった。

「ミルドレッド、歳はいくつだ?」

「二十歳です」そう答えた声はくぐもっていた。

「スワードと付き合いだしてどれくらいになる?」

「付き合ってなんかいません」

「今夜、きみはあの家に三時間もいた」

「ちがいます」ミルドレッドが泣きながら言った。「咳止めドロップを届けにいっただけです」

「部下は、きみが裏口から家に入るのを見た。それなのに、なぜ出てくるところを見なかったんだろうね？」

しばしののち、ミルドレッドが泣きやんで言った。「玄関から出たんです。今、思い出しました。表の玄関から出たんです」

「変だな」フォードは意地悪く言った。「玄関のほうにも見張りを立てていたんだ。ミルドレッド、きみは玄関からも出ていない」彼はテーブルを強く叩いて怒鳴った。「窓から這いでたなどと言うつもりなら、やめておけ！」

ミルドレッドは驚いて震えあがりながらも、なんとかしゃべろうとした。「思い出しました。わたし……」しかし、そこまでだった。彼女は泣き崩れ、テーブルの上に乗せた腕に顔をうずめてしまった。フォードは立ちあがってのびをしたが、そんなふりをしただけのことだった。疲れの色は微塵もあらわれていない。「いいだろう、ミルドレッド」彼は容赦なく言った。「好きなだけ泣けばいい。好きなだけ自分を哀れんで、気がすんだら、また始めよう」フォードは彼女をその場に残して署長室に行き、机の右側のいちばん上の抽斗《ひきだし》から、結んで繋げた跡のあるゴムバンドで束ねた、傷だらけのトランプを取りだした。そして、表の部屋に戻ると無言のままミルドレッドの向かいの椅子に腰掛け、ゴムバンドを外してトランプを切りだした。キャメロンは黙ってテーブルの端に坐っていた。ミルドレッドは顔をあげ、魅せられたように署長を見つめている。その顔は涙に濡れて化粧が滲《にじ》み、頰と目のまわりがかすかに赤くなっていた。フォードは彼女を無視して、カードをならべつづけた。まず縦に三枚ならべ、その真ん中のカードの両脇に一枚ずつ置くと、十字架のような形ができあがった。六枚目のカードは三。フォードはそれを十字の左下の角に置いた。彼は次のカードを開きながら、ミルドレッドに視線を向けて言った。「泣くのはおしまいか？」

彼女は、またも腕の中に顔をうずめた。

フォードはしばらく彼女を見つめていたが、すぐにまたトランプのつづきを始めた。手に持ったカードを次々に開いては、十字にならんだ五枚のカードの上に、赤と黒を交互にして数がひとつずつ減っていくように載せていく。そして、三のカードがあらわれると、十字の残りの三隅に置いた。その上に重ねるのは同じマークのカードで、ここにはひとつずつ数が増えるように載せていく。ミルドレッドは身動きもしなければ、泣いてもいなかった。ただ、この恐ろしい場所から逃れたいと願っていた。永遠に――それができないなら少しのあいだでも――ここから逃げだす方法はないものかと考えていた。

フォードはひとり遊びのトランプから目を離さずに、何気ない口調で尋ねた。「ミルドレッド、いくつで男を知った？　十七？　十八？　それとも十九か？」彼女は、それとわかるほど身をこわばらせたが、他の反応は示さなかった。

「スワードが初めての男だったのか？　それとも、すでに体験ずみだった？」フォードが積み重ねたカードの山を別の山の上に載せると、そこに空間ができた。質問の答は返ってこない。

「今夜、スワードはきみに酒を飲ませたのかな？」

答はなし。

「警察の尋問をかわす方法――」フォードはカードをめくりながら、キャメロンに向かって言った。「頑なになれ。しゃべるな。それで警察は諦めるかもしれない」最後のカードの置き場がなくなって、ゲームは手詰まりとなった。彼はかき集めたカードを切って、またゲームを始めた。そして、二回目も負けると、三回目を始めた。ミルドレッドは、閉じこもっていた殻を少し開くことにしたようだった。口は依然として閉ざしたままだったが、腕に顎を乗せてじっと彼を見つめている。ゲームに見入っているキャメロンと、目の前の三人の様子を眺めているラシター。フォードはひとり遊びのゲームに勝つことが唯一の目的であるかのように、慎重にカードを動かしている。

ミルドレッドは、署長が三度目のゲームに負けるまで忍耐強く待った。フォードは、彼女がいることなど忘れてしまったかのように振る舞っている。署長の視線をとらえようとして失敗すると、彼女は怖ずおずと言った。「お化粧室に行かせてもらえますか？」

フォードはカードを置いて椅子の背に凭れ、頭のうしろで手を組んだ。「ちょっとした取引ができるかもしれないな」彼は言った。「こっちの質問に答えたら、トイレに行かせてあげよう。しかし、そんなに切羽詰まっているのかな?」

ミルドレッドは唇を固く引き結んで背筋をのばし、署長から目を逸らした。

「いずれにしても、じきに必要に迫られる。トイレか…… いい考えだ。ちょっと行ってこよう」フォードは大袈裟にのびをして立ちあがると、トイレへと姿を消した。

戻ってきた彼にキャメロンが言った。「逃がしてくれたら三百七十五ドルあげると、ミルドレッドに言われましたよ」

フォードはテーブルの前に坐った。もうカードにはふれようともしない。「興味深い話だ」彼は言った。「その三百七十五ドルを、ミルドレッドはどこで調達するつもりなんだ? スワードに出させるのか?」

「自分で持っているようです。貯金を全部かき集めるとそのくらいになるらしい」

「ミルドレッド、きみは誰を庇《かば》おうとしているんだ? 自分自身か? それともスワードか?」

ミルドレッドは答えなかった。キャメロンを睨《にら》みつけている彼女の目には、さっきまで署長に向けていた眼差しに込められていた以上の嫌悪感が滲んでいた。

「警官の買収は――」フォードはつづけた。「それを試みただけで重い罪になる」

ミルドレッドの唇が震えはじめた。もう嫌悪感は消えている。彼女は怯えた娘に戻っていた。

「それだけでも、長いこと牢に入れられることになるんだ」

彼女は両手に顔をうずめて、またも泣きだした。

フォードは彼女を見つめ、声にかすかなやさしさを滲ませて言った。「ミルドレッド、何もかも話してしまったらどうなんだ。きみを傷つけるつもりはない。スワードと寝ようが、他の誰と寝ようが、きみの自由だ。自分が何をしているのかきちんとわかっているなら、一向にかまわない。きみがスワードと関係を持っていることはわかっている。しかし、だからといって逮捕することはできない。スワードについては、何もかも調べあげてある。きみはあの男に誘惑されたにちがいない。そういう評判の男だ。戦時中も、太平洋に赴く前、サンディエゴで若い娘を片っ端からものにしていたそうだ。スワードは筋金入りの女たらしなんだよ、ミルドレッド。そういうことを長年つづけている」

「いいえ、ちがいます。わたしたちは何もしていません」彼女がうめくように言った。

「きみは三時間もスワードの家にいた」

「ちがいます。ちがいます。うちに帰りたい」

「酒を飲まされたのか？」

彼女は首を振った。

キャメロンが署長に目を向けて肩をすくめた。フォードは立ちあがって、部屋の中を歩きまわりだした。

二時半になっても彼らはそこにいた。コーヒーが入った二本目の魔法瓶はほとんど空になっているのに、ミルドレッドはまだ何ひとつ認めていない。ずっと泣いているせいで、目も顔全体も赤くなって腫れあがっていた。

「ミルドレッド、親御さんが待っているんじゃないのか？」

「知りません」彼女は泣きながら答えた。

「電話をかけてみようか？」

「やめてください。お願いです。両親を巻き込まないでください」

「それなら、グレゴリー氏にかけてみようか？　ほんとうにきみに配達を頼んだのか、尋ねてみたほうがいいかもしれない」

彼女は首を振って、さらに激しく泣きだした。

「スワードとは、いつからの付き合いだ？」

「付き合ってなんかいないって、言ってるじゃないですか」

「付き合ってもいない男の家に三時間もいたというのかね？　どうぞ手を入れてくださいと、男を誘っているような服を着て？　ミルドレッド、きみはそういう娘ではないはずだ。誰とでも寝るような娘ではない。そうだろう？」

「そんなこと、絶対にしていません」彼女は手の中に顔をうずめたまま、哀れっぽい声で言った。

三時を少しまわって、コーヒーが入った三本目の魔法瓶が届くと、キャメロンは署長を脇に連れだした。「あなたはミルドレッドの扱い方をまちがえている」彼は言った。

「他にどんなやり方があるというんだ？　わたしがこのことを伝えたら親はどうするか、このましゃべらずにいたら警察がどういう態度に出るか、そうしたことを仄《ほの》めかして怯えさせようとしているんだ。しゃべらないなら脅して屈服させるしかないだろう」

「スワードを庇っているんですよ。ミルドレッドは確かに怯えています。しかしそれは、自分よりもスワードを思ってのことです」

「スワードをどうするつもりかについては、ひとことも話していないぞ」

「だから怯えているんですよ。ミルドレッドは、警察がスワードの家の玄関と裏口を見張っていたことを知っています。それが自分を捕まえるための見張りでなかったことくらい、言われなくてもわかる。見張られているのはスワードだ。警察がスワードを捕まえる手伝いなど、ミルドレッドは絶対にしませんよ。忠誠心だか愛だか知らないが、とにかくあなたが何をしようと、彼女はスワードを困った立場に追い込むようなことはしない。どんなに嘘だとわかっていても、真実を認めさせることはできないでしょうね」

フォードは畏れにも似た気持ちを覚えて、かぶりを振った。「スワードが娘たちにしていることは犯罪だ。しかし、くそっ。どんなにしゃべらせたくても、スワードに殺人の容疑がかかっていることをミルドレッドに話すわけにはいかない。きみもわかっているだろうが、あの娘は機会があったらすぐに、今夜のことをすべてスワードに話してしまうにちがいない！　これは絶対に知られてはまずいんだ！」

「そのとおりだと思いますよ、署長。しかし、スワードに危害を加えるつもりはないと言って、説得してみたらどうです？」

「ああ、簡単なことだ」フォードはうなった。「しかし、わたしが危害を加えてやりたい人間がひとりいるとすれば、そいつはスワードだ」

「いずれにしても、今夜スワードとミルドレッドがしていたことは、罪にはならない。その点を彼女にわからせてやることはできるでしょう」

「ああ、できるかもしれない。それでだめなら、疲れ切って混乱して、ここから出られるなら他のことはどうなってもかまわないと思うようになるまで、厳しく締めあげてやるしかないな」

ふたりはテーブルの前に戻って、つづきを始めた。フォードは尋ねた。「ミルドレッド、きみはスワードを愛しているんだね？」

彼女がぼんやりと答えた。「そうだと言わせたいんでしょう？　そうすれば、今夜ふたりのあいだに何かがあったと確信できるから……。でも、ほんとうに何もなかったんです」

フォードはやさしい声で言った。「きみがそう言い張るなら、それを覆《くつがえ》すことはできない。何もなかったはずはないと思ってはいるがね。しかし、そんなことはどうでもいいんだ。三時間のあいだにあの家の中で何が起きていたかを知るために、きみをここに連れてきたわけではない。それはわれわれには関係のないことだ。だから、認めたくないなら認める必要はない。知りたいのは、スワードの女友達のことなんだ。女友達は何人いるのかとか、彼女たちがスワードをどう思っているのかとかね。きみは彼を愛しているんだろう?」

「ええ、愛しています」ミルドレッドが鋭い口調で答えた。「どうぞ、なんとでもしてください。わたしの気持ちは変わりません」

フォードはなだめにかかった。「落ち着きなさい、ミルドレッド。きみの気持ちを変えさせようなどとは思っていない。彼を愛しているからといって、きみを責めたりはしない。おそらく、おおぜいの娘が同じ気持ちでいるのだろう。スワードはひじょうに魅力的な男だからね」

ミルドレッドはそれを聞いて黙り込んでしまった。フォードは、カップにコーヒーのお代わりを注いだ。「スワードはきみより十五も年上だ。それは気にならないのかい?」

「気になりません」

「彼はきみを愛しているのかな?」

ミルドレッドは首を振った。

「そう言われたのか?」

「いいえ」

「だったら、なぜそう思う?」

「わかるんです」

「しかし、口では『愛している』と?」

ミルドレッドは答えなかった。

「いつからの付き合いだ?」

「一年半ほど前からです」

「どうやって知り合った?」

尋問はこんな調子でつづいていった。話を引きだせたのは、フォードの作戦が当たったということもあるが、疲れ切って呆然となったミルドレッドが戦う気力を失ったからでもあった。フォードが淡々とした口調で、当たり障りがないように思える短い質問をぶつけ、ミルドレッドが最低限の言葉で答えていく。疲労感が漂うその声には、感情のかけらも感じられなかった。彼女は度々スワードの家を訪ねていたことは認めたが、不道徳な行為には及んでいないと頑なに言い張った。「いいえ、両親は知りません。誰も知りません」ふたりがいつ、いつデートするかは、スワードが店に立ち寄って決めるようだが、グレゴリー氏は何も気づいていないらしい。ふたりはそれらしい言葉を交わすことなく、スワードが決めた秘密の方法で遣り取りしているのだ。咳止めドロップがほしいと彼が言ったら、それは「今夜、訪ねてきてほしい」という意味だ。行けるとき、ミルドレッドはルーデンスのドロップをわたす。もしだめなら、それがスミスブラザーズのドロップになる。スミスブラザーズのドロップを受け取った彼が、それで納得すれば五セント白銅貨か紙幣で代金を払う。もし翌日の夜に来てほしいということなら、二十五セント銀貨を出す。その返事は釣りの出し方で伝えられる。十セント白銅貨を二枚出したらイエス。十セント白銅貨一枚と五セント白銅貨二枚を出したらノー。

「スワードはどのくらいの頻度で、ドロップを買いにくる？」

「前は、一週間に一度か二度でした」

「今は？」

ミルドレッドは肩をすくめた。

「前回ドロップを買いにきたのはいつだった？」

彼女は唇を歪めて、膝の上の手をぼんやりと見おろした。「覚えていません」

「かなり前のことだったんだね？」

唇がかすかに震えたが、彼女は何も答えなかった。

「彼は『愛している』と言うが、きみはそれを信じていない。なぜだ？　なぜ愛されていないと思うんだ？　きみはきれいだし若いじゃないか」

ミルドレッドがつらそうに答えた。「わたしなんかを愛してくれるはずがないわ。彼は三十五歳で教養があって、何をするべきか、何を言うべきか、どこに行くべきか、すべて心得ている。わたしなんか、ただの小娘だもの」

「他に女がいると思っているのかな？」

「わかりません」

「他の誰かを愛していると？」

「わかりません」

「他に女がいるのではないかと、初めて思ったのはいつだ？」

ミルドレッドが答えた。「女がいると思うなんて、言ってません」

「しかし、スワードには女がいる。最近のことだ。ちがうかな？」

「わかりません」

「前回ドロップを買いにきたのはいつだ？　クリスマス前ではないのか？」

「たぶんそうです」

「三カ月前だ。そして今日、スワードは咳止めドロップを買いにあらわれた」

うなずいたミルドレッドは、特に何も見ていないようだった。

「なぜ、そんなに長く待たされたんだ？　どんな言い訳を聞かされた？」

「知りません。そんなこと訊きませんでした」

「訊かなかった？」

「わたしには関係のないことです」

朝の四時半になると、フォードはミルドレッドをパトカーで家に送らせた。彼は疲れ切ってやつれていたし、その顔にはいつにも増してくっきりと皺が刻まれていた。それでも、そこに浮かんだ勝利の色が、彼を潑剌とさせ精悍《せいかん》に見せていた。フォードは興奮を隠せないまま部屋の中を歩きまわり、水栓をひねったかのようにしゃべりつづけた。「まちがいない。スワードが犯人だ。それにしても、なんという男だ！　ここまでひどい話は聞いたことがない！　まったく、とんでもない人間だ。スワードが女にしたことが、わたしには信じられない。ミルドレッドを見てみろ。あの娘はすれっからしだ。スワードはミルドレッドと、一年半ものあいだ密に付き合っていた。それなのにローウェルをものにした途端、彼女を捨てたんだ。ローウェルのほうが、料理として上等だったからな。そして、ローウェルを始末したら、捨てたはずのミルドレッドを拾いにいった。どうしたらそんなことができるのか想像もつかないが、何より驚くのは、スワードが口笛を吹くとすぐに、ミルドレッドが尻尾を振って戻ってきたことだ。彼女は説明さえ求めていない。スワードには自分と結婚する気がないことも、他に女ができたらすぐに捨てられることも承知で、誘われれば喜んでスワードのベッドに身を横たえる」

ラシターが言った。「ミルドレッドは、そういうことはしていないと言い張っていました。

ほんとうかもしれませんよ」

「馬鹿を言え！　ふたりが夜中まで何をしていたと思うんだ？　トランプか？　あんな服を着て？　あの娘は、ブラジャーさえ着けていなかった」

「どうしてわかるんです？」

「テーブルに腰掛けて、真上から見おろしていたからな」フォードは葉巻を取りだして、包みを床に投げ捨てた。「とんでもない女たらしだ！　あらゆる女に手を出しやがって！　金などたいして持っていないミルドレッドのような小娘が、スワードを護るために有り金をはたいて警官を買収しようとした。そして、ミッチェル嬢のような身持ちの堅い娘が、ニューヨークに着くまでいっしょにいただけで、道徳心を窓から投げ捨ててしまった。それに、スワードが決めたというあのデートの誘い方！　まるでスパイ映画だ。そうやって、すべてを慎重に隠しとおしてきたわけだ。しゃべるなと言われて、ミルドレッドはそれに従った。今夜まで、ふたりの関係を知るものは誰ひとりいなかったんだ！

そして、ミッチェル嬢だ。賭けてもいい。スワードは授業中、彼女に誘いの合図を送っていたにちがいない。他の学生には授業の一部にしか聞こえない言葉か言いまわしを使って、『今晩、来られるか？』とミッチェル嬢に尋ねていたんだ。おそらく彼女は、なんらかの方法でイエスかノーか答えていた。坐り方を変えるとか、髪留めの位置をなおすとか、鉛筆を嚙むとかな」フォードは葉巻を嚙むのをやめて、火をつけた。

「ミッチェル嬢は、そうやってスワードからの誘いを待っていたわけだ。しかし、あの最後の日だけは待てなかった」葉巻を吹かしながら彼は言った。「すぐにスワードに会う必要があったからな。しかし、昼間に会うための合図は決めていなかった。だから、教卓のところへ行って話すしかなかったんだ。ミッチェル嬢は彼と結婚できると信じていた。ミルドレッドほど世慣れていなかったということだ。スワードを愛していたミルドレッドは、愛しているという彼の言葉を信じないまま、言いなりになっていた。一方、ミッチェル嬢は——かわいそうに——彼の言葉を鵜呑みにしていたが、言いなりにはならなかった。結婚指輪がほしかった彼女は、引きさがらなかった。それで、首の骨を折ることになったんだ」

「ああ」キャメロンが冷ややかな声で言った。「ミッチェル嬢のような娘と結婚するくらいなら、死刑になったほうがましだと思ったわけだ」

「バート、これははずみで起きたことだ。あとのことなど、考えもしなかったにちがいない。スワードは、瞬時にしてすべてが吹っ飛びかねない状況に陥ったんだ。パーカー・カレッジでの地位も、評判も、何もかもだいなしになるかもしれない。すべてを明るみに出すとミッチェル嬢に脅されて、恐慌をきたしたのだろう」

「何もかもだいなしになるという点では、殺人も同じです。いや、人を殺したらもっとひどいことになる」

「そこまで考える余裕がなかったということかもしれない。しかし、わたしにはわからないよ、バート。そういう細かいことについては、まだ考えていない。ゆっくり眠れば、きみの質問に答えられるかもしれないがね」

「今、それを言おうと思っていたところです」キャメロンが立ちあがった。「そろそろ家に帰って、眠ろうじゃないですか」

三月三十一日　金曜日

三月最後の日は金曜日だった。ミルドレッド・ナフジンガーをつかまえた月曜日の夜以来、新たな手掛かりはほとんど見つかっていない。ラシターが二度ボストンに足を運んだ結果、チャールズ・M・ワトソンは《荷馬車の車輪亭》で学生たちにシャンペンを奢ろうとした男だとわかった。しかし、彼は十二月十六日にはニューヨークに行っていないし、学生たちとはそれきり会っていない。他の容疑者たちは全員、十二月のその夜、ブリストルにいたことがわかっている。そうして削除していくと、ローウェルの恋人――そして、おそらくは殺人者――として名前が残るのは、スワードただひとりだった。トランブルは、歴史の授業に出ていた学生の中で、クリスマスの休暇に一日早く町を離れた者たちを詳しく調べていた。そして、その結果、十六日にスワードを見かけたという学生をもうひとり見つけた。スプリングフィールド駅で列車を待っているときに、女の子と話している彼を見たというのだ。

木曜日、スワードの尾行を手伝っていたエイヴリー・ジャレットは、スワードが《ブリストル・ドラッグ・ストア》に立ち寄るのを見て、命令どおり店に入っていった。彼の報告によると、スワードはカウンターにいた金髪の娘から小さな品物を買い、その売り子に衝撃的な話を聞かされたようだということだった。遣り取りは短かったし、客を装ったジャレットの存在のせいで、話が途中で終わってしまったことはあきらかだったが、午後遅くになって、スワードはメープル・ストリートのずっと先まで車を走らせ、町外れにある《ロスの酒場》まで出かけていった。ジャレットは、通りの反対側に車をとめて待った。六時二十分、ドラッグ・ストアの金髪の売り子が徒歩でやってきて、スワードの車に乗り込んだ。そして数分後、店から出てきたスワードが運転席に坐り、彼女を乗せたまま車を出した。車はどこへ向かうともなく三十分ほど走りまわり、パトニー・ストリートで娘が降りたという。それは、ミルドレッドの自宅から二区画ほど離れた場所だった。

月曜日の夜に自分の家から帰っていった直後、ミルドレッドの身に何が起きたか、スワードはもう知っているということだ。その報告を受けたフォードは、ただちに尾行をもうふたり増やした。フォードの部下は尾行に慣れていない。三人で組んでさえ、慎重になっているスワードに気づかれないという確信は持てなかった。それでも、ここにいる警官を使って、できるかぎりのことをするしかない。このところ三人の予備警官は、常勤の者たちと同じくらい働いている。

金曜日の昼過ぎにマクナリー地区検事から連絡が入った。フォードは署長室でその電話を取った。

「署長、ニュースがある」マクナリーが言った。

「いいニュースであることを祈りますよ」

「きっと気に入るぞ。われわれが送った手書きの文字を頼りに、ニューヨークの警察が調べまわったところ、西四五番通りの《ベントリー・ホテル》の宿帳に、同じ筆跡のカードが二枚綴じられているのが見つかった。四一二号室と四一四号室に泊まった、ノーマン・カーターとアルシア・マークルのものだ」

「そのふた部屋はドアで繋がっている？」

「そのとおり。この場合、それは何を意味するか？」

「誰が赤ん坊の父親かという疑問の答が出た。父親はスワードにまちがいありません」

「記者たちに話すか？」

「だめです。警察は手掛かりをつかんだとだけ話しておいてください。われわれがさがしているのは殺人者です。そこのところは、まだ何もつかめていません。証拠が見つからないうちは、警察はスワードを殺人者と考えているなどと言って、本人を怯えさせたくありません」

「なぜ連行して尋問しないんだ？」

「白を切りとおされたら、こっちの負けです。戦時中に海兵隊の大尉を務めていた屈強な男ですからね。今の状況では、口を割るとは思えません。しばらくは大汗をかかせてやりましょう。警察が動いていることはスワードも気づいているはずだが、何を調べているのかはわかっていない。事態を把握できないというのは不安なものです。たとえ最悪な事態でも、知らないよりは知っているほうが気持ちが楽なくらいだ。何もわからなければ、どうやって身を護ったらいいのかもわからない。じきに焦りだしますよ。ここまで来るには苦労したんです。それを台無しにするわけにはいきません。誰にも、ひとことも漏らさないでください。奥さんにさえ話してはいけない！」

「きみがそこまで言うなら――」マクナリーが悲しげにため息をついた。「従うしかないな。とにかく、わたしは事件の解決を望んでいる。きみがそれを成し遂げてくれるなら、邪魔立てはしない」

「感謝します」

「スワードの動きは？」

「まだ報告が入っていません。女友達が警察で尋問を受けたことは、きのう知ったようです。それをスワードがどうとらえるか？……反応が見えたらすぐに連絡します」

フォードは電話を切ると、さほど勝ち誇った様子も見せずに椅子の背に身をあずけ、キャメロンとラシターの帰りを待った。そして三十分後、戻ってきたふたりにニュースを伝えた。

「スワードとミッチェル嬢が、ニューヨークで泊まったホテルが見つかったぞ」

「どこのホテルです？　スワードは、いったいどんな手を使っていたんですか？」

フォードは、ふたりに説明した。

「いつスワードを逮捕しますか？」ラシターが勢い込んで訊いた。

「まだだ。すでにわかっていたことが証明されたにすぎない。スワードはニューヨークでミッチェル嬢と寝た。いいだろう。すべての話を繋ぎ合わせてみれば、四週間前の今日、ミッチェル嬢の身に何が起きたのか想像がつく。クリスマスの休みにミッチェル嬢がブリストルを発った日のことも、おおかた見当がつく。そのいくらかは立証することも可能だ。しかし、三月三日については立証できない。そこが重要なところだというのにな」

ラシターが言った。「その想像というのを聞かせてもらえませんか？」

フォードはセロハンをはがして葉巻に火をつけた。「わかったことに基づいて、こう考えてみたんだ」彼は言った。「クリスマス休みが正式に始まるのは十二月十七日の午後からだったが、土曜日の授業を取っていないミッチェル嬢は、十六日の正午にすべての授業を終えていた。他にもそういう学生はおおぜいいたが、一時半のニューヨーク行きの列車に乗った者は何人もいなかった。スワードも、たまたまその列車に乗り合わせたわけだが、絶えず女を目で追っているような男だ。自分の生徒がいることに気づいて、隣に腰掛けたのだろう。ミッチェル嬢は男心をそそる娘だ。スワードがどういう人間かを思えば、それだけで充分だ！　彼は大いに魅力を振りまいてみせたにちがいない。ミッチェル嬢は初《うぶ》な娘だ。もちろんデートの経験はあったが、相手は子供ばかりで、スワードのような手管《てくだ》を弄する口のうまい男には会ったことがなかった。考えてみろ。ミルドレッドのようなすれっからしでさえ、あのとおりだ。

それまでのスワードは、ミッチェル嬢の目に天上の輝く騎士のように映っていた。その騎士が地上におりてきたんだ。彼は教師が教え子にするような話し方はしなかった。男が女に語りかけるように話したにちがいない。それで、ミッチェル嬢は気づいたわけだ。天上の人だとばかり思っていたスワード先生は、ハーラン・スワードという生身の男だったとね。証拠はないが、おそらくスワードは、酔わせるために彼女を食堂車に連れていったのだろう。いや、魅力を振りまくだけで充分だったのかもしれないな。いずれにしてもニューヨークに着くころには、かなり打ち解けていて、ミッチェル嬢はスワードに夢中になりかけていた。乗り換えの列車に乗る前にカクテルでも飲まないかと彼に言われて、その誘いに乗った。できるだけ長くいっしょにいて、できるだけ仲良くなりたかったのだろうね。スワードは、雰囲気がよくてうまい酒を出す店を選んだ。たぶんダンスも踊れる店だ。彼はミッチェル嬢にせっせと酒を注ぎ、子供だと思われたくなかった彼女は、ためらいを見せずにそれを飲んだ」

キャメロンが言った。「どこからそんな説が生まれたんです？　自分の経験からですか？」

「馬鹿なことを言うな。わたしが女たちに奢ったのはビール一杯だけだ。それ以上ねだられたら、寝ることに合意した印とみなすと、はっきり言ってやることに決めていた」

「ぼくが女だったら、ビール二杯じゃ、あなたとは寝ないな」

「若い時分は、もっと男前だったんだ。さあ、冗談はこのくらいにして、つづきをしゃべらせてくれ。しばらくするとミッチェル嬢は酔ってしまい、次の列車に乗るのが億劫《おっくう》になってきた。その頃合いを見計らってスワードが、ゆっくり食事をしてミュージカルでも観ないかと誘ったわけだ。酔った身には、ひとりでフィラデルフィアに向かうよりも、男に寄りかかっているほうがずっとよかったのだろう。いずれにしても、スワードはニューヨークで一泊する予定だったし、ミッチェル嬢は強くすすめられるまでもなく、自分も泊まることに決めた。その時点では、かすかな疑いも抱いていなかった。午後のあいだじゅう、スワードが何を思っていたかなど、頭に浮かびもしなかったにちがいない。とにかく、ふたりはミッチェル嬢の両親に電報を打つことにした。書いたのは、おそらくスワードだ。それからホテルに行って部屋を取ったわけだが、細かいことはすべて彼がすませた。だから、ミッチェル嬢は彼が偽名を使ったことにも気づかなかった。

そうして、ふたりは食事に出かけ、ミュージカルを観た。手ぐらい繋いでいたかもしれない。ミッチェル嬢にとっては、うっとりするような夜だった。帰りがけにまた酒を飲み、さらにホテルに持ち込んで、彼女の部屋で飲みなおした。ミッチェル嬢は酔ってしまったが、それも悪くないような気がしていた。そんなふうにしているほうが、彼に気に入られるとわかっていたんだ。スワードの心をつかんだつもりでいたんだろうが、それが大きなまちがいだった。ミッチェル嬢は、彼の思う壺にはまってしまった。ふたりはベッドにならんで腰掛けて酒を飲み、やがてスワードが彼女にキスをする。そして突然、自分にはそんなことをする資格はないと言いだすわけだ。きみの相手としては歳をとりすぎているとね。ミッチェル嬢は、それまで彼のことを真剣にはとらえていなかった。しかし、そんなふうに言われて、自分は本気だというところを見せたくなったのだろう。そして、さんざん酒を飲まされているうちに、これこそ本物の愛だと思いはじめた。あとは簡単だ。酔うほどに気持ちが揺らいでいき、自分が何をしているのかわからなくなり、気がついたときには処女を失っていた。スワードは、その夜、彼女のベッドで眠った。朝、目覚めたときに、そばにいてなだめるためにね。自分の気持ちは少しも変わっていないと言ったかもしれないし、これは一生に一度の恋だと言ったかもしれない。そうやって彼は、確実にミッチェル嬢の心をつかんだわけだ。そのあとで、このことは秘密にしておかなければいけないと、言い含めにかかったのだろう。教え子と恋に落ちたと知れたら職を失ってしまう。だから、誰にも話してはならないし、日記にも書いてはいけないと納得させたんだ。ふたりだけの尊い大きな秘密というわけだ！　もちろん、すぐには結婚できない。あと二年は無理だ。ミッチェル嬢は、その言葉を信じた。すでに身体を許してしまったのだから、今さら清い関係でいたいと言ってみたところで意味がない。寝ることを拒んだら彼の心が冷めてしまうのではないかと、恐れてもいたはずだ。ミッチェル嬢は、スワードとの関係をつづけることにした。そして、二度ほど彼の家を訪ねたあとは、望んでそうするようになった。それを本物の愛だと思い込み、男は自分が寝た相手と結婚するものと信じ、機会があるごとに彼の家を訪ねた。どう思う？」

キャメロンが答えた。「乱暴すぎるように思えるところもあるが、スワードはあなたより上手《うわて》だ。そのあたりをうまい具合にやってのけたんでしょうね」

「事実と異なるところもあるだろうが、十中八九こんなところだろう」

「まちがいありませんよ。ミッチェル嬢の日記と、スワードの筆跡で書かれた宿泊カード。証拠は揃っているんですからね。しかし、ひとつわからないのは、どうしてあなたにスワードの汚いやり口が暴きだせたのかということです。そんなことができるなんて、信じられませんよ」

フォードは答えた。「わたしは大学には行っていない。だから人間について、書物から学んではいない。人間については人から学ぶしかなかった。きみが教育を受けているあいだ、わたしは人がなぜそんな行動に出るのか、その動機を探っていた。つまり、警察で学んだということだ」

「あなたが警察で学んだというその知識を使って、なぜスワードが恐慌をきたして殺人に及んだのか、解明できないものでしょうかね？　イオー・ジマ攻略戦を体験したような男が、すべてを暴露すると若い娘に脅されたくらいで逆上するとは思えません」

「そのとおり。もののはずみというやつだ」

「もののはずみ？　はずみで女の首を折ってしまうなどということが、あるだろうか？」

「ある。いいか――」フォードは葉巻の吸いさしに火をつけ、少しむせてからつづけた。「逢瀬を重ねるうち、ふたりはどこかで熱くなり、注意を怠《おこた》ってしまったのだろう。そして、ミッチェル嬢は自分が身籠もっていることに気づいた。日記に書いているように『何か思い切った行動に出る必要があるのかもしれない』事態に陥ったわけだ。彼女はひどく怯え、堕胎も含めて、あらゆる手立てについて考えた。しかし、ミッチェル嬢のような娘に、相手の男と結婚するという以外の答が導きだせるとは思えない。もちろん、スワードの経歴に傷がつくことは避けられないが、彼は誠意ある態度を示してくれるものと、ミッチェル嬢は信じていた。日記を読めばそれがわかる。

　さっきも言ったように、ふたりのあいだにはスワードが決めた誘いの合図があったが、彼女のほうから誘う方法はなかった。だから、ミッチェル嬢は教卓のところに言って、すぐに会いたいと言った。午後、訪ねてもいいかと訊いたわけだ。そんなことをされてスワードが喜ぶはずがない。メイドが帰っていない可能性もあるし、なんといっても昼日中だ。おそらくスワードは断ろうとしたのだろうが、彼女は引きさがらなかった。教室に残っている学生たちに、課題についての質問ではなさそうだと感づかれるわけにはいかない。だから彼はミッチェル嬢をなだめて、絶対に誰にも見られずに来られるなら来てもいいと答えたにちがいない。メイドはもういないだろうが、もしいたら自分が家の外に出て、すれちがいざまに合図を送るとか、なんらかの方法で対処するつもりだったのだろう。

ミッチェル嬢は、あと一時間ほどしか生きられないとは知らずに、寮の部屋に戻って具合の悪いふりをし、服を着替えて誰にも気づかれずに寮を出た。姿を見られないよう、慎重に動いたことはまちがいない。慎重すぎたくらいだ！　彼女を見かけたという人間を、ひとりも見つけだすことができなかったんだからな！　まあ、それはいい。ミッチェル嬢はスワードの家に行って、自分が身籠もったことを打ち明け、結婚を迫った。スワードは、そんな考えを捨てさせようと説得にかかったのだろう。彼に提案できるのは堕胎以外なかった。当然ながら、ミッチェル嬢がそれを受け入れるはずがない。スワードは持てる魅力のすべてを使ってねじ伏せようとしたが、彼女はミルドレッドのように言いなりにはならなかった。それはミッチェル嬢にとって、譲れない一線だったんだ。彼には要求に応えてもらうしかないと思っていた。

もちろん、スワードには結婚などする気はなかった。しかし、ここまで来るともう彼の魅力は通用しない。その気がない彼がなんとか説得しようとすればするほど、ミッチェル嬢の目が開けていく。彼の本性が見えはじめていたのかもしれないし、単に激しく結婚を迫っていたのかもしれないし、ひとりで恥辱に堪えなければならないという考えに怯えていたのかもしれない。スワードは彼女に消え失せろと言うこともできた。いや、おそらく言ったのだろう。なんといってもミッチェル嬢には、教室の外でふたりが会っていることを——それどころか、彼が自分の名前を知っていることすら——証明する手立てはないんだ。ふたりが関係を持っていたことを示す証拠など、どこにもないことをスワードは知っていた。ミッチェル嬢が《ベントリー・ホテル》に行って、ドアで繋がっている部屋にふたりが泊まったことを証明しようとしても、どちらの名前も見つからずにショックを受けるだけだ。

何がきっかけだったのかはわからないが、ミッチェル嬢は気持ちを高ぶらせて叫びだした。いや、わざと大声を出したのかもしれないな。いずれにしても、スワードは近所に聞かれる前に黙らせなければならないと思った。女が家の中で叫んでいるところを見られたら、証拠など必要ない。誰もが彼女の話を信じるだろう。

だから、スワードは彼女を黙らせた。彼は何も恐れてはいなかった。簡単に怯えるような男ではないからな。ただ、怒り狂っていた。それに、海兵隊員だった彼は相手に接触して戦う術《すべ》を心得ている。三秒もあれば素手で大の男を倒せる、ジュードーという戦術もあるしな。殺すつもりはなかったと思う。黙らせたかっただけだ。しかし、彼は怒り狂っていた。そのせいで、彼女を痛めつけたくなっていたのだろう。片方の腕を首に巻きつけて力任せに引き寄せ、もう一方の手で顔を押さえてひねった。なんと言っても、腹を立てていたからな。思ったよりも力が入りすぎてしまったにちがいない。首が折れる音を聞いて気づいたのか、身体から力が抜けたのを感じて初めてわかったのかは知らないが、とにかくスワードは彼女から手を離した。敷物の上に倒れ込んだミッチェル嬢の首の曲がり方を見て、彼はその身体が二度と動かないことを悟った。死体ならいくらでも見たことがあるからな。傍らに跪《ひざまず》くまでもなく、彼女が死んでいることはわかっていた。しかし、賭けてもいい。恐慌をきたすはずのない強靭な元海兵隊員が、このときばかりは慌てふためいた。冷たくなりはじめていることを知りながら、しばし生き返らせようと躍起になったにちがいない。

事実を目の当たりにしてその場に立ち尽くしていたときのスワードは、国じゅうの誰よりも怯えていたはずだ。家の中はがらんとしていて、物音ひとつしない。外では太陽が輝き、すべてが生きいきとしているのに、居間には死んだ娘が横たわっている。彼はまず、近所に助けを呼びに走ろうとした。そして次に、警察を呼ぼうと考えた。しかしそのあと、それが人の目にどう映るかを考えだしたわけだ。はずみだったと言ったところで、証人はいない。死んだ娘が身籠もっていることがわかって、その責任がスワードにあるとわかったら、はずみだったなどという話を誰が信じる? はずみかどうかなど、誰が気にする? いずれにしても彼は葬られることになる——墓か牢獄のどちらかにね。

絶望は人を狡猾にする——ああ、これは本に書いてあった言葉だ。それで、狡《ずる》くなったスワードは、大急ぎで解決策を見つけだそうとしたわけだ。家に来るのを誰にも見られていないことは、ミッチェル嬢から聞いてわかっていた。つまり、そこに彼女がいることを知っている者はいないということだ。それはありがたいが、いつまでもそのままにしておくわけにはいかない。しかし、竈《かまど》で焼くことも、地下室や裏庭に埋めることもできない。死体が——たとえ、その一部でも——見つかったら命取りになる。死体というやつは、他の何よりも始末しにくいものだ。賢いスワードには、それがわかっていた。どんなにうまく片づけても、遅かれ早かれほぼ確実に見つかってしまう。だから、遠くに運んで捨てるしかないと考えた。そうすれば、死体が見つかっても自分が疑われることはないからな。ふたりの関係に気づいている者はひとりもいないのだから、どんなに調べたところで自分に嫌疑が及ぶことはないと思ったのだろう。

それが最良の策に思えた。ただ、捨てる場所については悩んだにちがいない。そして、埋め立て地に捨てることを思いついた。川の中のほうがいいと考えたのは、おそらくそのあとだ。流れが死体をコネチカットまで——いや、もしかしたらロングアイランド湾まで——運んでくれるかもしれない。

スワードが唯一恐れていたのは、ふたりのうちのどちらかが、どこかでうっかり口を滑らせはしなかったかということだった。警察がそれを嗅ぎつけたら、自分がミッチェル嬢の恋人だとわかってしまう。スワードを指し示す証拠は何もないが、他の誰かを指し示すものも何もない。それに殺人事件となれば、警察はあらゆる手を尽くして赤ん坊の父親をさがそうとするだろう。警察に捕まったら、まちがいなく死刑だ。死体を始末してしまったら、はずみで殺してしまったと言っても誰も信じない。

そうこうするうちに、ふと妙案が浮かんだ。いや、スワードには妙案に思えたというだけのことだがね。そう、自殺に見せかければ、警察が赤ん坊の父親をさがす理由がなくなると考えたわけだ。検死審問で自殺の評決がくだれば、警察はもう何も調べない。混乱していたスワードには、すばらしい案のように思えたのだろう。彼は埋め立て地まで行って、死体を川に捨てることにした。死体が見つかれば、解剖が行われ、彼女が身籠もっていたことがわかる。死因は頸椎骨折。自殺でないことを示すような外傷はない。カレッジ構内に、彼女が飛び込んで首の骨を折るのにちょうどいい、ヒギンズ橋という完璧な場所がある。これで自殺の評決がくだらないはずがない。ああ、もちろん警察は不審に思う。高さ三メートルほどの橋から、深さ一メートル数十センチの川に――しかも凍りそうな水の中に――飛び込んで自殺する人間はいないからな。しかし、動揺していたスワードには、すばらしい考えのように思えた。実際――」フォードは苦い顔をして言った。「もう少しで自殺の評決がくだるところだった。われわれは、穴だらけの策に騙されるところだったんだ！

とにかく、それがスワードが考えついた解決策だ。彼はミッチェル嬢の死体を車のトランクに入れた。家の中から車庫に入れるつくりになっているから、これは簡単だったはずだ。そして、夜遅く埋め立て地に行って死体を川に捨てた。そのあと――翌日あたりに――ミッチェル嬢の髪留めを橋から投げ捨てたわけだが、そんなことは簡単にできる。あとは坐って寛《くつろ》いでいればいい」フォードは椅子をうしろに傾けて、あたりを見まわした。

「署長、ひとつ腑に落ちないことがあります」ラシターが言った。「なぜスワードは、警察が髪留めを見つけると考えたんでしょう？」

フォードはたった今、感謝祭のご馳走を食べおえたかのように脇腹を叩いた。「いや、おそらく警察が髪留めを見つけることまでは期待していなかったのだろう」彼は言った。「少なくとも、死体を発見する前に見つかるとは思っていなかったはずだ。あれは、保険のようなものだった。死体が発見されれば、警察は彼女が橋から飛びおりたと考えるのではないかと、スワードは考えていた。橋の周辺の捜索で髪留めが見つかれば、やはりそうだったかと、警察は納得する。髪留めなど見つからなくても、疑いなど持たないだろうが、それがあればまちがいない。もちろん、警察が自殺ではないと判断して、自分に嫌疑が及びそうになる可能性もなくはない。しかし、仮にそうなっても、そこに髪留めがあることはわかっているのだから、必要ならば自分で偶然に見つければいい。そう、あれは保険だったんだ。最後に加えたひと筆というところだ。たまたまそれが見つかったことで、危うくスワードに有利な方向に事が動くところだった」フォードはキャメロンのほうを向いた。「もっと説得力のある説はあるか？」

キャメロンは首を振ってにやりと笑った。「いや、おっしゃるとおりだと思います。間近で見ていたとしても、それ以上の説明はできませんよ」

「褒めてもらってうれしいよ。さて、これを立証する方法はあるかな？」

「車を調べるしかないでしょうね。出血はしていなくても、トランクに掃除機をかけてみたら、髪や服の繊維が採取できるかもしれません」

ラシターが言った。「家のほうが、何か見つかる可能性が高いのでは？」

「いや、車だ」キャメロンが答えた。「ミッチェル嬢の死体をトランクに入れたことを立証する必要がある」彼はフォードに向かって言った。「しかし、スワードが車のキーを持っているとしたら、簡単にはいきませんね」

「それでもやるしかない」フォードは言った。「家の中も調べる。ミッチェル嬢があの家にいた証拠が得られれば、鎖にもうひとつ輪を加えられる。それに、他にもすることがある。三人の尾行をひとりにする」

「スワードに気づかれないでしょうか？　そうとう神経質になっているはずですよ」

「それが狙いだ。月曜日の夜のことをミルドレッドから聞いたとなれば、かなり不安になっていても不思議ではない。これからは、家を見張っている者にも跡をつけてくる者にも、警戒するようになるだろう。スワードに、尾行されていることをわからせたい。心理的に追い詰めてやるんだ。何も言わずに、ただ見張りつづける。神経が参ってくるのは時間の問題だ。堪えられなくなって自首してくるとは思わないが、いくぶん弱気にはなるはずだ。そうしておいて、確固たる証拠を手に入れれば、ここに引っぱってきて口を割らせることができるかもしれない」

「しかし、怯えて逃亡を図る可能性もある」

「いや、町を離れることはないだろう。スワードは、それこそが警察の狙いなのではないかと——逃亡を図れば罪を認めたことになるのではないかと——考えるにちがいない。だから、我慢してここに残る。ひとつでもまちがった動きはできないからな。十対一の率で賭けてもいいぞ。スワードがミルドレッドから咳止めドロップを買うことは二度とない」

四月三日　月曜日

フォードとキャメロンは、午前九時半にスワードの家に着いた。ふたりしてミセス・グローヴァに中にとおされると、持参した小型掃除機を居間の真ん中に置いたキャメロンにその場を任せて、フォードは車庫へと向かった。

グリーン・ツートンのポンティアック・ツードア・セダン。スワードの車は輝きを放っていて、タイヤもほとんど磨り減っていなかった。「スワード氏は、滅多に車にお乗りになりません」と、ミセス・グローヴァが言った。去年の六月に買って、夏にヴァージニアに乗っていったが、あとは雨の日に授業に出かけるのに使うだけらしい。それ以外は、ほとんど車庫に収めたままで、数日と間を置かずにスワードが布きれを片手に丹念に磨いているということだった。おかげで、ショーウインドウから抜けだしてきたかのような様子をたもってい る。車内には新車らしい匂いが漂っているし、走行距離はわずか五千七百四十二キロ。ほと んどは、半年前にヴァージニアに行ったときに稼いだ数字だ。ドアフレームに貼られた《ス ノコ・ガソリンスタンド》のオイル・ステッカーによれば、四千九百四十七キロでオイルを 交換している。おそらくクリスマス前だ。

トランクを開けようとしたが、鍵がかかっていた。グローヴ・コンパートメントもロック されているし、イグニッションを見ても鍵は差し込まれていない。サンバイザーをおろし、 ダッシュボードの下を探り、フロアマットと座席の下を覗いてみたが、鍵は見つからなかっ た。キャメロンは台所の床に新聞紙を広げていた。スワードの家にあった掃除機のごみパッ クを取りだして中身を空け、さらにパックをひっくり返して細かい塵まで振るい落としてい る。そしてそれを終えたキャメロンは、裏の廊下の野菜が入った大きな箱のうしろに大きな 紙袋があるのを見つけてきて、そこにごみを入れ、袋の口を折りたたんで『スワード家の掃 除機』と書いた。

フォードは二階にあがった。リネン類がしまってある戸棚を覗き、ふた部屋ある客用の寝 室に入って抽斗《ひきだし》の中を探り、トイレのタンクの蓋も開けてみた。そのあと彼は、家の裏側に 位置するスワードの寝室に入っていった。ミルドレッドがこの家を訪ねるのにとおっていた 林が、窓の外に見えている。部屋の隅の壁際に置かれたダブルベッド、磨き込まれた小さな机、灰色の敷物、二脚の安楽椅子、床に置かれた背の高いランプ、雑誌と卓上ランプが載ったテーブル、鏡つきの簞笥《たんす》、それにクロゼット。机の抽斗を開けようとしたが、しっかり鍵がかかっていた。フォードは簞笥の抽斗を開けて、不器用な手でシャツや下着やスラックスやパジャマをかきまわしていった。いちばん上の小さな抽斗には、ハンカチーフと、古い小切手帳と、保険証券と、箱入りのカフスボタンと、銀行の取引明細が入っていた。フォードは、かきまわしたものを元の状態に戻そうとはしなかった。テーブルの前に立って雑誌のページをめくり、最後にクロゼットに足を踏み入れた。三着のスーツと、四枚の替え上着とズボンのポケットを探り、机の前から小さな椅子を持ってきて棚の上を覗き、帽子をふたつ手に取って裏地に指を滑らせてみる。そして椅子からおりると、床に置かれた靴のつま先を太くて短い指で次々に押していった。それを最後にフォードはクロゼットの扉を閉め、椅子を元に戻して階下へとおりていった。

キャメロンが台所で掃除機をかけていた。ごみの入った袋は長椅子の隅に置いてある。敷物の上や壁、家具の表面、部屋の隅に置かれた本棚の下、それに窓下の腰掛けのクッションの上面と下面。持参した掃除機を使って塵や埃を吸い取っていくそのやり方は、どんな掃除好きの主婦をも恥じ入らせるほど徹底していた。

フォードはふたたび車庫に向かい、後部の右側のタイヤのキャップを外して、指で半分ほど空気を抜いた。そして、キャップを元に戻した彼はミセス・グローヴァをさがし、スワー

ドに『タイヤの空気が抜けている』とメモを残すよう頼んだ。そのあと台所に入っていった
フォードは、掃除機のうなりに負けじと声を張りあげた。「鍵はどこにもない。タイヤの空気を抜いてやった」

キャメロンが言った。「自分で空気を入れてしまうかもしれませんよ。配電器にちょっと細工をして、点火時調整を狂わせてやるというのはどうです？」

「そんなことができるのか？　天才だな。それにしても、今までその才能を隠していたとはね」

「ぼくと車は理解し合っているんです」

「だったら、車と語り合ってきてくれ」フォードが掃除機を受け取ると、キャメロンは車庫へと向かった。彼が戻ってきたときには、フォードも仕事を終えていた。

掃除機を手にしたフォードを見て、キャメロンがごみの袋を取りあげながら言った。「次に車に乗ろうとしたら、スワードはまちがいなくガソリンスタンドに電話をしますよ」

ふたりはスワードの家をあとに、車に乗り込んだ。フォードの運転で私道で向きを変えた車は、町外れに向かってメープル・ストリートを六区画ほど走り、《スノコ・ガソリンスタンド》へと入っていった。フォードはエンジンをかけたまま車を降りると、近づいてきた紺色の制服姿のくしゃくしゃ頭の若者をつかまえて建物の中に入り、熱心に話をして数分で戻ってきた。「スワードが利用しているのは、このスタンドだ」彼は車を通りに出しながら言

った。「あの車をあずかったら、すぐに警察に連絡するよう頼んできた」

「それはよかった。トランクを開けられなかったら打つ手がありませんからね。採取したごみの中から、ミッチェル嬢に繋がる何かが見つかるかもしれないが、それだけではふたりが寝ていたという以上の事実を立証することはできません」

「トランクを調べてやる。何か見つかるはずだ。死体をトランクに入れたとすれば――いや、絶対に入れている――少なくとも口紅や髪につけていたオイルの染みくらいは残っている。若い娘がそんなところで何をしていたのか、スワードにゆっくり説明してもらおうじゃないか！」

ふたりは市警察の研究所に寄って採取したものの分析を頼むと、本部に戻るべく車を走らせた。「われわれの訪問のことは言ってはならないと、ミセス・グローヴァに釘を刺してきたんでしょうね？」

「ああ。しかし、足跡を残してきてやった。清潔なシャツに着替えようと思ったら、誰かが抽斗の中をひっかきまわしたことに気づくだろう。怯えて跳びあがるにちがいない」

「あるいは、怯えて町から逃げだすか……」

「まだそこまで追い詰めてはいない。スワードにもそれはわかっているはずだ。わかっていないのは――彼を不安にさせているのは――警察がどの程度、事実をつかんでいるのかということだ。スワードは目に見えて神経質になっている。尾行の報告を読んでみろ。ミルドレッドから話を聞いて以来、振り返りながら歩くようになっている。玄関を出ると必ずあたりを見まわし、どんな警官がどこから自分を見張っているか見極めようとしているようだ。スワードは死ぬほど怯えている。警官の姿を見つけたら、跳びあがるほどだ。しかし、見つけられなかったらもっと不安になる」

「さらに、車はひとりでにはあんなふうにならないと、スタンドの人間に聞かされる」

「それでさらに冷や汗をかくことになるわけだ。今でも充分びくついているが、その不安は日を追うごとに大きくなっていく」

本部に戻ったフォードは、キャメロンを休ませることにして、ひとり昼食の腹ごなしに部屋の中を歩きまわりながら、ガソリンスタンドからの電話を待った。そして、することもないまま三時になると、マクナリーに電話をして捜査の状況を伝えた。マクドナルド巡査部長と交替して帰宅したのが四時。六時に本部に電話を入れ、七時にもう一度かけてみたが、なんの連絡も入っていなかった。八時になるとミセス・グローヴァに電話をかけて、車のタイヤのことを忘れずにスワードに伝えたか尋ねた。メモを残してきたという答が返ってきた。フォードはまたも本部に電話を入れた。そして、そのあと気を紛《まぎ》らわせようと地下室におりて、妻が化粧なおしを望んでいる古箪笥を紙やすりで擦《こす》りはじめた。

十時になっても連絡は入らなかった。フォードはうなり、罵り、シャワーを浴びてパジャマに着替えた。そして、もう一度マクドナルドに連絡を入れると、九時に《スノコ・ガソリンスタンド》から電話がかかっていたことをしらされた。「もう閉店するが、スワードからはなんの依頼もない」と言ってきたというのだ。フォードは、すぐにそれを伝えなかったら、巡査部長を怒鳴りつけた。「休息の邪魔は大歓迎だ。パトロール警官に戻りたくなかったら、どんなことでも報告が入り次第すぐにしらせろ。それが重要かどうかは、わたしが判断する」そのあと、なぜ尾行からの報告が入らないのかと尋ねたフォードに、報告なら入っているとマクドナルドが答えた。フォードはさらに怒鳴り、それを読みあげるよう求めた。

その報告は希望を与えてくれる類《たぐ》いのものだった。三時少し過ぎに授業を終えて家に戻ったスワードは、二十分後に車庫に入って車のトランクを開け、空気入れを取りだしてタイヤを膨らませたということだった。そのあと、バックで車を私道に出した彼は、ボンネットを開けて訝《いぶか》しげな顔をし、もう一度タイヤの様子を見てエンジンを調べた。エンジンの調子がよくないようだと、報告には書いてあった。スワードは車を車庫に戻してドアを閉め、それきり家の外に出ていない。

メープル・ストリートの《スノコ・ガソリンスタンド》以外のスタンドにスワードが車をあずけたら、すぐに連絡するよう尾行の者たちに伝えろと、フォードはいくぶん声をやわらげてマクドナルドに命じた。電話を切った彼は、居間の長椅子に腰掛けてゆっくりと葉巻を吸った。そして、丁寧に火を消すと寝室に戻ってベッドに入り、たちまち眠りに就いた。

四月四日　火曜日〜九日　日曜日

電話は翌朝かかってきた。スワードからガソリンスタンドに修理の依頼が入り、レッカー車が車を引き取りに向かったというのだ。キャメロンは休みをとっていたため、フォードはケネディと掃除機を車に乗せて、時速六十五キロのスピードで《スノコ・ガソリンスタンド》へと向かった。フォードがたどり着いた一分後、スタンドを任されている、くしゃくしゃ頭の若者が車を曳《ひ》いてきて、それを車庫に収めた。「エンジン音を聞いてみて、あすには戻せると伝えてきました」若者は、そう言いながらレッカー車から降りてきた。

「鍵は？」

「ここにあります」若者は鍵を掲げてみせた。

フォードはそれを引ったくるように手に取った。「こいつがほしかったんだ」彼はそう言ってトランクの鍵を開けた。

「なぜこんなことを？」若者が訊いた。

フォードは彼を押しのけて「これは警察の仕事だ。きみには関係ない」と答えると、掃除機に延長コードをつけて、そのプラグを作業台の下のコンセントに繋いだ。

トランクも他の部分同様、真新しく見えて塵ひとつ落ちていないようだったが、フォードは気にしなかった。彼は満足するまで十五分間、布を織るように丁寧に掃除機をかけつづけた。それから若者を呼んで、予備タイヤをトランクの外に出し、ふたたび掃除機をかけた。そしてケネディに掃除機をわたして片づけさせると、ワイヤー製のカバーをつけた百ワットの電球を延長コードに繋ぎ、拡大鏡とともにトランクに入れて、掃除機では吸い取れない染みなどの跡がないかさがしはじめた。やがて満足した彼は乱暴にトランクを閉め、若者に鍵を投げてスタンドをあとにした。

ふたりは掃除機の中身を分析のために研究所に持ち込んだ。あとは待つしかない。フォードはそのあいだも、スワードに圧力をかけつづけることに集中した。効果は、はっきりとあらわれている。朝、家を出た瞬間から帰ってくるまで、すべての動きを見張られているせいで、スワードはかなり参っているようだった。尾行はひとりしかつけていないが、絶えず人を変えている。だから、どんな警官が自分の尾行についているかを確かめるのが、スワードの日課になっていて、それがわかるまではこの上ないほどびくついているという話だ。それでも、彼は尾行をまこうとはしなかった。それは、フォードの予想どおりだった。慎重に行動し、警察が諦めるときを待っているにちがいない。

水曜日、フォードは心理作戦にひねりを加えた。尾行を引きあげさせて、スワードを完全にひとりにしたのだ。そして木曜日、ふたたび尾行をつけた。報告によれば、スワードは正午に尾行に気づいた途端、午後の授業を休講にして《ウォルストン酒場》に行き、午後いっぱいビールを飲んで過ごしたということだった。「この作戦は効いたな」フォードは上機嫌で言った。

金曜日の朝、研究所から電話が入った。一刻も早く結果が知りたかったフォードは、署長室に切り替える間を惜しんで、転げそうになりながら受付デスクまで急ぎ、キャメロンの手から受話器を引ったくった。分析を担当した五十三歳のデニソン警部補が、鼻にかかったしゃがれ声で言った。「『家の中』とラベルに書かれたごみの中に、役に立ちそうなものが、いくらか含まれていましたよ。毛髪と、その一部です。女性のものと見られる白髪と金髪と黒髪。それに、ひとりのものか複数の人間のものかは不明だが、男性の短い黒髪もありました。いずれも頭髪で、頭皮から抜け落ちたものです。女性の黒髪は、質も色もミッチェル嬢のものと一致しますが、毛根がついていないため、誰のものとも断定できません。ミッチェル嬢のものである可能性が高いとだけ言っておきましょう」

「それでけっこう」

「車のトランクから採取したごみの中からは、役に立ちそうなものは何も見つかりませんでした」

フォードが吐きだした葉巻が、部屋の中ほどまで飛んでいった。「なんだって？」

「何ひとつ見つからなかったんです。毛髪も、糸くずも、繊維のかけらも、これと判断できるような塵も、皮膚のほんの一部も見つからなかった。ただ、顕微鏡でしか見えないくらいの紙屑がありました。新聞紙ですよ。そんなものは役に立たないでしょうがね」

「くそっ……なんということだ！」フォードは乱暴に受話器を置いて、頭を抱えた。「新聞紙だと？」彼はうなった。「スワードは新聞紙を使ったんだ」

キャメロンが尋ねた。「いったいなんのために？」

「ミッチェル嬢を入れる前に、トランクに新聞紙を敷いたんだ」

「つまり、何も見つからなかったんですね？」

「ああ、何ひとつ見つからなかった！」

キャメロンが二度ほど口笛を吹いて言った。「なるほど、骨折り損のくたびれもうけか」

フォードは顔をあげた。「くそっ、スワードはミッチェル嬢を殺害した。本人にも、きみにも、わたしにも、それがわかっている。しかし、いったいどうしたらいいんだ？」

「引っぱってきて締めあげてやるしかないでしょう。白状するかもしれませんよ」

「死の床でなら、それもあるかもしれない。しかし、ちょっとやそっとでは口を割らない。確固たる何かを見せれば降参するだろうが、それがなければけっしてしゃべらない」

「もっと軽い罪で別件逮捕するという手もありますよ」

フォードは歩きまわりはじめた。「論外だ。殺人の罪で逮捕しなければ意味がない」彼は床から葉巻を拾いあげ、それを見つめたあと、また投げ捨てた。「スワードを捕まえたいんだ。何がなんでも吊してやりたい。手伝ってくれ。絶対に吊してやる。何かあるはずだ。絶対にどこかに何かある!」

「決め手になるような何かが見つかるといいんですがね」キャメロンが言った。「ええ、きっと見つかりますよ」

フォードは足をとめ、両手を腰にあてた。「わたしに必要なのは休みだ。今から休みをとる。ことによると、二日ほど休むかもしれない」そう言って署長室に戻った彼は、ローウェル・ミッチェル事件に関わるすべてのものを持って部屋からあらわれた。

「休み?」キャメロンが言った。「その様子では、今まで以上に働くつもりにちがいない」

「黙れ」フォードはぶつぶつと言った。「忙しくてできなかった読書を楽しませてもらう」

「幸運を祈ってます。あなたがいないあいだ、しておくことはありますか?」

「ある。スワードを見張れ。目を離すんじゃないぞ。とにかく大汗をかかせてやることだ」

それを最後に、フォードはその日も翌日も本部に姿を見せなかった。そして日曜日、彼が本部に電話をかけてきた。キャメロンに、大急ぎで自宅に来いというのだ。怒っているのか興奮しているのか、その声から判断するのは難しかった。

キャメロンが家にとおされたとき、フォードは書斎の小さな書き物机の前に坐っていた。そのまわりには、ローウェル関係の書類の山ができている。彼は妻に酒の用意を頼むと、椅子の向きを変えた。「手掛かりを見つけた」

「ほんとうですか？　その手掛かりというのは？」

フォードは一枚の紙を取りあげて、キャメロンにわたした。失踪人手配書の写しだった。彼が指さしている箇所には、こう書かれていた。『マリリン・ローウェル・ミッチェル。住所は、ペンシルベニア州フィラデルフィア、エヴァーグリーン・アヴェニュー五六〇番地。マサチューセッツ州ブリストルにあるパーカー・カレッジの学生で、一九五〇年三月三日の午後にカレッジから姿を消した。失踪当時、白いブラウスに、灰色のウールのスカートをはき、真珠ボタンつきの黄色いウールのセーターを着て、特徴のない茶色のボタンがついた黄褐色のポロコートを羽織っていたものと思われる。ソックスは踝丈《くるぶしたけ》で、靴はサイズ七の茶と白のサドルシューズ。内側にMLMのイニシャルが入った金の髪留めをして、細い金のバンドがついたエルジン製の小さな金色の婦人用腕時計を着用。肩紐つきの茶色い革のハンドバッグには、真鍮《しんちゅう》の留め具がついており、脇にMLMのイニシャルが入っている。ダンスとテニスと芝居と水泳、それにピアノの演奏を好む。語学に興味があり、フランス語とスペイン語をかなり流暢《りゅうちょう》に話す。ウエイトレスのアルバイト経験あり』

それを読んだキャメロンが訊いた。「これが何か？」

「この中に、発見されたミッチェル嬢が身に着けていなかったものがある。なんだかわかるか？」

「髪留めでしょう？」

「それは見つかっている。見つかっていないものはなんだ？」

「ハンドバッグですか？」

「どこにあると思う？」

キャメロンは肩をすくめた。「今ごろは、ロングアイランド湾の底に沈んでいるでしょうね」

「頭を使え、馬鹿者。若い娘の持ち物がたっぷり詰め込まれたバッグが、川を漂って流れていくと本気で思っているのか？」

「なるほど、浮かびもしないでしょうね。沈むにちがいない。しかし、水の中にはなかった。そうなると、どこかのごみ箱か、ごみ捨て場のごみの山の中だ」

「誰のごみ箱だ？　どのごみ捨て場だ？」

「そんなこと、わかるわけがないでしょう？　いったい何が言いたいんです？」

「ハンドバッグが見つかって、それがスワードに繋がれば、縛り首にできる」

「この州では電気椅子ですがね。それで、どうしようというんです？　市民軍とボーイスカウトを使って、ハンドバッグをさがそうとでも？　バッグが見つかったとして、スワードがそれをそこに捨てたと、どうやって証明するんですか？」

妻のサラがハイボールのグラスがふたつ載った盆を持ってあらわれると、フォードは言った。「キャメロンが次の署長になったら、ブリストルには犯罪がはびこるだろうね」

サラは無言のまま笑みを浮かべ、ふたりにグラスを取らせると戸口のほうに戻りはじめた。

キャメロンは彼女が出ていくのを待って言った。「頑固で、無神経で――失礼――老練な警察官にしては、ずいぶんと突飛なことを言いだしたものだ。いったい何を考えているんです？」

「突飛でもなんでもない。慌てふためいたスワードが居間の中を歩きまわりながら、どうしたらいいのかと考えている。なんといっても、家の中に死体があるんだ。そして、彼は自殺に見せかけようと思い立つ。それで、死体を川に捨てて、髪留めを橋の上から川に投げ込むことにするわけだ。それはいいが、ひとつ問題が残る。ハンドバッグだ。バッグをどう処理するか？　髪留めといっしょに川に投げ込むわけにはいかない。目立ちすぎるからな。土曜日には見つかってしまうだろう。死体といっしょに捨てるというのもまずい。自殺者がハンドバッグを持って川に飛び込むなど、あり得ない話だ。余分なものは始末して、できるだけ身軽な状態で飛び込むのがふつうだ。飛び込む際にミッチェル嬢がバッグを持っていたなら、欄干のあたりに置いておくはずだ。しかし、もちろんそんなところに置いておくわけにはいかない。わかるか？　つまり、スワードはバックを抱えて困り果ててしまったわけだ。

そして、考えた末、中に遺書を入れていれば別だが、自殺する娘はハンドバッグなど持って出ないという結論に達した。遺書はないのだから、バッグは必要ない。誰にも見られずに出かけてきたことはわかっている。つまり、彼女がバッグを持っているところを見た人間はいないということだ。

ミッチェル嬢は、どこへ行くにもハンドバッグを持っていく類《たぐ》いの娘だ。これはスワードにとって好都合だった。いつもバッグを持っている彼女が、その日にかぎって手ぶらで出かけた。なぜだ？　それは必要がなかったからだ。なぜ必要がなかったか？　自殺をするつもりだったからだ。どうだ？　ハンドバッグがないということが、自殺説を裏付けるひとつの証拠になればと、スワードは思っていたんだ。ここまでは理解できたか？」

「もっと先まで読めましたよ。ミッチェル嬢がハンドバッグを持っていたことは警察も気づかないだろうと、スワードは考えたわけだ」

「バッグが見つからなければ、警察はミッチェル嬢が手ぶらで出かけたものと判断する。殺人の可能性については、おそらく考えない。警察は自殺と決めてかかって、身に着けているものだけを調べ、身に着けていないもののことは気に留めない。そんなふうに思っていたのだろう」

「警察がクロゼットの中身を改めるとは、思わなかったんでしょうかね？　何がなくなっているかがわかれば、何を身に着けていたかがわかる」

「運に任せるしかなかったんだ。いいか、バート、これは計画された殺人ではない。死体の処理に困ることになるとは、思ってもいなかった。まさに青天の霹靂《へきれき》というやつだ。そんな状況の中で、スワードはできるだけのことをしたわけだ。計画を練る時間がなかっただけではなく、ひどく動揺してもいた。そのことを忘れるな。きみだって、そんな状況に身を置く羽目になったら、細かいことなど考えられなくなる。いや、たった今、平常心をたもっている状態で考えても、たいした案は浮かばないだろう。一週間かけて思案しても、スワードよりましな答を導きだせるか疑問だ」

「わかりましたよ」キャメロンが言った。「ハンドバッグは始末したほうがいいと、スワードは考えた。それから?」

「つづきはきみに頼もう。スワードの立場に立って考えてみろ。ここに始末しなければならないハンドバッグがある。どうする?」

「林のどこかに捨てます」

フォードは言った。「なんということだ。きみが犯人だったらと思うよ。それなら、とっくに事件は解決していただろうね」

「わかりましたよ。それじゃ、天才の考えを聞かせてもらいましょう。あなただったら、どうしますか?」

「林のどこかに捨てたりはしない」フォードは机を叩いた。「いいか、よく考えろ。自殺に見せかけようとしているんだぞ。殺害した娘の持ち物を、車の窓からただ投げ捨てるわけにはいかない。そんなことをしたら見つかってしまう。それでおしまい! 誰も自殺だとは思わなくなる」

「イニシャルの部分を切り取って、バッグを当たり前の方法で始末するというのはどうです？　イニシャルは、あとでひとつずつ別の場所に捨てればいい」

「それでも危険すぎる。警察が調べれば、誰の持ち物かわかってしまうかもしれない」

「なるほど。だったら、スワードはバッグをどうしたと、あなたは思っているんですか？　架空の住所に送りつけたとか？」

「ちがうね。包みを開けられて、送り主をさがされる恐れがあるからな。ハンドバッグは消えてくれなくてはならない。しばらくのあいだではなく、永遠にね」

「スプリングフィールドまで行って、コネチカット川に捨てるというのは？」

「朝の四時に？」

「できないことはない」

フォードは首を振った。「わたしの考えでは、スワードは家のまわりのどこかにバッグを隠している」

「警察に『見つけてください』と言わんばかりじゃないですか？」

「いや。よく聞くんだ。バッグがどこかに捨てられてしまっていたら、われわれの負けだ。たとえ見つかっても、バッグとスワードを繋げることはできない。しかし、捨てたバッグが見つかってしまうことを恐れたスワードが、手近なところに埋めるか、周辺で燃やすかしてくれていればなんとかなる。それが唯一のチャンスだ」

「望みはかぎりなく薄いな！」

「そんなに薄くはない。いや、それどころかかなり期待できる。こう考えてみろ、バート。バッグを持ちつづけるのは、死体を家に置いておくのと同じくらい危険だ。ミッチェル嬢が姿を消したあとに、それを持っているところを誰かに見られたら最後だ。だから死体同様、バッグもできるだけ早く始末したかったにちがいない。しかし、命取りになりかねないようなものを持って遠くまで出かけていくのは、誰だって気がすすまない。そんなものを持っているときに、何かで捕まったら言い訳はできないからな。そう、信号無視で捕まるかもしれないし、事故に遭うことも考えられるし、人目を引いてしまうような何かに巻き込まれる可能性もある。たとえ林までででも、車でバッグを捨てにいったとは思えない。必要以上に長くそばに置いておくとも考えにくい。おそらく、死体を始末した夜にバッグも捨てている。さあ、そう考えると、スワードはどこにバッグを捨てたと思う？」

「警察の目が届かない場所など、周囲にはありませんよ」

「たまたま見逃すということもあり得るさ。スワードの思考に沿って考えてみれば、どこかいい場所が思い浮かぶはずだ。どうだ？」

キャメロンは、あきらかに面白がりはじめていた。「パーカー湖はどうです？　家から二区画ほどしか離れていないし、夜ならば人に見られずに簡単に行ってこられる」

「そのとおりだ。しかし、湖にバッグが沈んでいないことは確認ずみだ。水を抜いて、くまなく調べたからな」

「雪が積もっていては埋めるのは無理だ。燃やした可能性のほうが高いな」

「あの家の灰を集めて分析に出してみよう」フォードはそう言って掌《てのひら》を擦《こす》りあわせた。

「わたしの考えるところでは、ハンドバッグを始末する方法は四つある。まず、遠方に送るという手も含めて捨ててしまうという方法。しかし、送ったものは自分のもとに戻ってくる可能性があるし、捨てれば見つかる恐れがある。可能性を排除することはできないが、おそらくこの方法は使わないだろう。ふたつ目は埋めるという方法だが、これには鶴嘴《つるはし》がいるし、埋めた場所がはっきりとわかってしまう。三つ目は燃やすという方法で、四つ目は隠すという方法。どちらもあり得るな。バッグが捨てられていたら、たとえそれを見つけても、スワードと繋げることは難しい。だから、それ以外の可能性に賭けよう。バート、あのあたりの地図を持ってきてくれ。スワードの家の周辺にある、バッグを隠せそうな場所をすべて洗いだすんだ。それから見込みの高そうな場所から始めて、家の中も外も徹底的に調べる。踏み込めるかぎり踏み込んで、スワードにしか隠せない場所をさがせ。必要ならば、その捜索にすべての人員を割いてかまわない。とにかく徹底的にやるんだ。いいか、徹底的にだぞ。家の中に施錠されたものがあれば、それをこじ開ける。屋外で、できてから一年と経っていない何かを見つけたら、ばらばらに壊してやる」

「警察につけられて、たまらなく不安になっていたところにそんなことをされたら——」キャメロンが歪んだ笑みを浮かべて立ちあがった。「まちがいなく髪が真っ白になってしまうでしょうね」

四月十日　月曜日〜十一日　火曜日

月曜日の朝、スワードが授業に出向くとすぐに、警察は行動を開始した。捜索班は、フォードとキャメロンとラシターを含めた八人。彼らは九時から始めて、教師が自宅に戻ると思われる十二時まで、バッグをさがしつづけた。フォードとキャメロンは、ミセス・グローヴァの助けを借りて家の内部を調べまわった。机の中は検《あらた》めなかったし、屋根裏をさがす時間はなかったが、一階も二階も地下も徹底的に調べた。集めた灰はボール箱三つ分。暖炉の煙突の下の灰受けから掻きだした灰は、ひと箱には収まらないほどあったし、裏庭にあるセメント製の焼却炉の灰も、少なくともそれと同じくらいあった。興味深い様々なものが詰まっていた焼却炉は、特に念入りに検めた。

ラシターと他の者たちは外の捜索にまわったが、時間が足りないせいで、家のすぐ脇――通りの行き止まり側――をとおっている下水管を調べることも、歩道の敷石を剝がすことも、私道の新しくセメントを塗りなおしたように見える箇所を掘ってみることもできなかった。

しかし、それ以外はくまなく捜索し、家から数十メートル内の湿ったやわらかな地面は、すっかり掘り起こしてみた。ハンドバッグは見つからなかったが、収穫がなかったわけではない。ドーチェスター・ストリートの行き止まりの先にある、ホイーラー川へとくだる木の生い茂った丘を捜索していたトランブルが、解けだした雪の下に覗いた落ち葉の上に、『M』を象《かたど》った真鍮《しんちゅう》の何かが落ちているのを見つけたのだ。それは文字どおり、通りから石を投げれば届く場所だった。午後になってランバート別館の寮生に確認したところ、その真鍮の『M』はローウェルのハンドバッグについていたイニシャルであることがあきらかになった。

さらに綿密な捜索が行われたが、他のイニシャルは見つからなかった。それでも、フォードは高ぶっていた。「もう少しだ！」熱を込めて彼は言った。「じきに見つかる。バッグがこのあたりにあることはまちがいない！」

その夜、自宅で夕食をすませたフォードは、ミセス・グローヴァからの電話を受けた。スワードから家に電話がかかってきて、灰がなくなっているのはどういうわけだと、説明を求められたというのだ。スワード氏はひどく動揺していましたと、不安げな声で彼女は言った。トラックでまわってきたごみ収集人に持っていかせたと答えるのが、精一杯だったらしい。うまい嘘とは言えないが、不思議なことにスワードはそれを受け入れ、とつぜん電話を切ってしまったという。その話を聞いて彼は閃いた。

フォードはすぐに本部に連絡を入れた。「マック、スワードの見張りをもう二名増やせ。

大至急だ！　倍の人数で見張らせろ。全員、拳銃を携行するように伝えるんだ。どうやら、灰を調べられたくなかったらしい。おそらく、ミッチェル嬢の持ち物を燃やしたんだろう。スワードは追い詰められている。警察が灰を押収したことを知ったとなれば、逃亡を図るにちがいない。一時間ごとに報告を入れるよう、見張りに伝えろ。何があってもけっしてスワードから目を離すなと、念を押しておけ」

受話器を置いても、フォードは電話の前から離れなかった。そして、十時、十一時、十二時と、報告を聞くために本部に電話をかけた。しかし三回とも「スワードは家にいて、灯りが煌々とついている」と聞かされただけだった。一時になると、寝室を残して灯りは消えた。二時、まだ寝室には灯りがついている。そして三時、フォードがベッドに入ったときも、スワードの寝室の灯りはついたままだった。

ハーラン・スワードは逃げなかった。翌朝も彼は町にいた。九時十五分にスティーヴンソンから報告の電話が入った。スワードは最初の授業に出かけていったという。しかし、いつもどおりというわけにはいかなかったようだ。ひと晩じゅう眠れなかったにちがいない。ひどく青ざめた顔をして、いつにも増して神経質になっていると、スティーヴンソンは言った。スワードの様子が妙なのは誰の目にもあきらかで、教職員たちは彼が働き過ぎで倒れてしまうのではないかと心配しているらしい。

スワードが逃げなかったと知って、灰から何かが検出される望みは薄いと考えたフォードは、部下を引き連れてドーチェスター・ストリートの家に出向き、捜索のつづきを行うことにした。今回も彼とキャメロンが家の中を受け持った。ふたりは屋根裏に直行し、トランクや箱を次々と開けていった。

しかし、その作業を終えることはなかった。始めて十分もしないうちに、ふたりは手をとめた。外から、ラシターが叫ぶ声が聞こえてきたのだ。フォードとキャメロンは階段を駆けおり、玄関から外に飛びだした。他の者たちも、あちこちから駆け寄ってきた。開いた下水の蓋の傍《かたわ》らに、片手に熊手を持ったラシターが立っていた。そのもう片方の手でにぎっているのは、ハンドバッグだった。

一行は本部に戻ると、受付デスクの上に新聞紙を広げ、その上に水を滴《したた》らせている泥だらけのバッグを置いた。フォードは自慢の雛《ひな》を眺める母鶏のように、得意顔でそれを見つめていた。「この穴が見えるか？　イニシャルがついていた場所だ。この『M』が、ここにぴたりとはまる。まったく、たいしたもんだ」

「あの夜、捨てたにちがいない」キャメロンが言った。「おそらく海まで流されていくと思ったんでしょうね」

フォードは身をかがめ、さらにバッグに近づいた。「五週間以上、水に浸かっていたわけだ。しかし、中に入っているコンパクトか口紅か鏡から、スワードの指紋が採れる可能性はある。名前を記したものがないか、捨てる前に確かめただろうからな。十対一で賭けてもいい。その際、手袋ははめなかったと思うね。スワードを吊すには、これだけでも充分だ。しかし、指紋というおまけがあれば完璧になる」

「すぐに試してみましょう」ラシターが言った。

「ああ、試してみよう。しかし、急ぐ必要はない。バッグはここに置いておく。スワードを引っぱってきたときに、まずこの悪臭を放つ濡れそぼった代物が目に入るようにしたい。これを見たら絶対に口を割る。三十三年、この仕事をしてきたわたしが言うのだからまちがいない」フォードは形の崩れたバッグから目を離すことなく、前後に身体を揺らした。「ハーラン・P・スワード……女が離れがたくなる男。対面のときをずっと待っていたんだ。会えずに終わるのかと思ったこともあったが、ついにその日が来たようだ」彼はキャメロンのほうを向いた。「スワードの予定をもう一度、確認しようじゃないか！」

キャメロンが手帳のあいだから折りたたんだ紙を取りだすと、フォードはそれを広げて言った。「この機を逃してなるものか」

留置場につづくスチール製のドアの横の壁に掛かった時計が、十時四十分をさしている。フォードはそれを見て、また予定表に目を戻した。「バート」彼は言った。「あと十分でスワードの授業が終わる。騒ぎはごめんだ。教室から出てくるのを待て」フォードの顔に浮かんだ笑みがさらに広がり、大満足の表情に変わった。彼はキャメロンにうなずいた。

「行って、スワードを捕まえてこい」

〈警察捜査小説《ポリス・プロシーデュラル》〉を確立した三つの出会い

川出正樹

「いったい、あの子はどこへ行ってしまったの？」

ヒラリー・ウォー『この町の誰かが』

「事実をならべているうちに、今まで気づかなかった何かを発見したのだ。それはクロスワード・パズルをやるのと同じだ。行き詰まる。十分間ほっておく。それからまたやってみる――わかった！」

コリン・デクスター『キドリントンから消えた娘』

一九五二年に発表された『失踪当時の服装は』は、ミステリの歴史を変えた一作です。この作品でヒラリー・ウォーは、〈警察捜査小説《ポリス・プロシーデュラル》〉という新たなジャンルを確立しました。

このジャンルの嚆矢《こうし》は、第二次世界大戦が終わった一九四五年にローレンス・トリートが発表した『被害者のV』です。けれども、映像や演劇の世界では警察官が早々に注目を集め、一九四八年に公開された『裸の町』や四九年から上演されてロング・ランを記録し五一年には映画化されたシドニー・キングスレーによる戯曲『探偵物語』といった、大都会ニューヨークの刑事を主人公にした作品がヒットし、さらにロサンゼルス市警察の全面的な協力を得て作られたセミドキュメンタリー警官ドラマ「ドラグネット」(ラジオ1949-1955、テレビ1951-1959)が全米で爆発的な人気を博して世界各国で放映されるようになっていったのとは裏腹に、活字の世界では、長い間フォロワーは現れませんでした。

『被害者のV』発表から七年の後、ヒラリー・ウォーの登場によって、ようやくこの新たなジャンルは再始動するのです。『失踪当時の服装は』は、アーサー・コナン・ドイルの『シャーロック・ホームズの冒険』やレイモンド・チャンドラーの『さらば愛しき女《ひと》よ』、ウィリアム・アイリッシュ『幻の女』、そしてトマス・ハリス『羊たちの沈黙』といった綺羅星《きらぼし》の如き名作と肩を並べる、ミステリ史上の里程標と呼ぶにふさわしい逸品なのです。

物語は、「一九五〇年三月三日　金曜日」という章題に続き、「この日、マサチューセッツ州ブリストル郡にあるパーカー・カレッジの一年生で、十八歳になる美しい娘——マリリン・ローウェル・ミッチェルは、正午の歴史の授業に出席した」という一文で幕を開けます。授業終了後、教師と話をした後に寮の自室に戻ったと思われるローウェルは、ルームメイトのペギーが部屋に帰ってきたときには、ジーンズとシャツとソックスという普段のままの恰好でベッドに横たわっていました。そして、「気分がすぐれない」といって昼食の誘いを断ります。

やがて昼休みを終えたペギーが、午後の授業のために教科書を取りに戻ってみると、ローウェルの姿はありませんでした。その後、夕食の時刻になっても現れないローウェルを心配した彼女は友人とともに医務室を訪ねますが、そこにもいません。不安な思いがよぎり始めたペギーですが、部屋を調べた結果、どうやらローウェルがスカートに着替えて外出したと判り一安心します。けれども門限である午前零時を過ぎても、ローウェルは帰ってきませんでした。

なぜ突然姿を消してしまったのか？　一体どこに消えてしまったのか？　翌日、通報を受けたブリストル警察のフォード署長は、「事件の裏に青年あり」と判断し捜索を開始。友人・家族・学校関係者、さらに町の住人や交通機関の従業員などに聞き込みをする一方で、ローウェルが残した日記に登場する男の名前を全て列挙するよう、部下のキャメロン巡査部長に命令します。そうした徹底した捜索にもかかわらず、ローウェルの行方は杳《よう》として知れず、次第に捜査陣の間に焦燥感が漂い始めます。はたして彼女は生きているのか、それとも死んでしまったのか。自発的に消えたのか、犯罪に巻き込まれたのか。

『失踪当時の服装は』の構造は、いたってシンプルです。事件はただひとつ、若く美しい娘の身に一体何が起きたのか、これだけです。しかも、物語に膨《ふく》らみを持たせるためのエピソードやサブプロットはひとつもありません。家族や友人といった消えた娘と交友のあった人々や、探偵役となる警察官絡みの脇筋は一切なし。最初から最後まで捜査をするだけのミステリです。

にもかかわらず抜群に面白い。その理由は、フォード署長の捜査手法にあります。〝どうしようもないほどのこだわり屋〟を自任する彼は、失踪事件と関連が薄いと思《おぼ》しき事実の確認を命じられて不満を隠さないキャメロンを、「これは殺人事件の捜査だ。あり得ないように思えることでも、とにかくすべての可能性について調べる必要がある」と叱《しか》りつけ、思いつく限りの人々から証言を集め、穴が開くほど日記を読み返し、何度も事実を確認して、推論を巡らし、仮説を立てて検証します。その過程で新事実が判明し誤りに気づくと、すぐさま方針を転換し、新たな仮説に基づき捜査を続けていきます。そして最終的に、些細《ささい》な手がかりから意外な解決を導き出すのです。万感の思いがこもったラスト一行のフォード署長の一言は、ミステリ史に残る屈指の名台詞といえるでしょう。

こうした探偵役による一連の手続きは、繰り返しているうちに徐々に平板で退屈なものになってしまいがちです。そこでウォーは、読者を飽きさせないために従来のミステリには見られなかった工夫を凝らしました。即ち、実在の都市や施設名を採用し、事件の進行に則して具体的な日時を記載して、周囲の人々やマスコミの反応を細密に描写した上に、新聞記事や失踪人手配書を挿入することで、〝ノンフィクション〟のようにリアルなフィクションを作りあげ、読者にこの物語をぐっと身近なものに感じさせることに成功したのです。その結果、警察による捜査過程を愉《たの》しむことが同時に謎解きの面白さを味わうことにもなる、画期的なミステリが生まれたのです。

このエポックメイキングな作品は、ヒラリー・ウォーが一冊の本と、一つの事件と、そして一人の女性と出会ったことによって誕生しました。

一九二〇年にコネティカット州ニュー・ヘイヴンに生まれ、地元にあるアイビー・リーグの名門イェール大学に進学したヒラリー・ボールドウィン・ウォーは、在学中にアメリカ海軍航空隊に入隊し、第二次世界大戦中はパナマに駐屯していました。この時期、待機中の暇《ひま》潰しとして生まれて初めてミステリを書き、終戦後、フリーの新聞漫画家やソングライター、数学と物理の教師を経て、一九四七年、*Madam Will Not Dine Tonight* でデビュー。ニューヨークを舞台にシェリダン・ウェスレイという金持ちの私立探偵が活躍するこのシリーズを、その後二作発表しますが、本人曰く、Private-Eye-Cute-Young-Couple Novel、即ち類型的かつ旧弊な私立探偵小説にすぎず、大して評判にならなかったそうです。

ところが一九四九年の九月、偶然手に取った一冊の本が彼の人生を変えてしまいます。その本の名は *They All Died Young*（彼女らは皆、若くして死んだ）。

後のMWA賞犯罪実話賞受賞作家チャールズ・ボズウェルが、十件の殺人事件の顚末《てんまつ》を淡々とした筆致で詳細に記したこの犯罪実話集を、ウォーは一言一句貪《むさぼ》るようにして読みました。そして、「これを読み終わったあと、私はもう以前の私ではありませんでした。そこには一つの生気があります、血も凍るような冷たい恐怖が。それは今まで読んだことのないものであり、私の小説にも決して見いだせないものでした」（ローベール・ドゥルーズ『世界ミステリー百科』JICC出版局）と後日語るほどの衝撃を受けたウォーは、「そこでは現実に起きた事件が微にいり細にいり、淡々と描写されていた。こうしたタッチをフィクションに応用し、何か特別なもの、ほかの作家が読者にまだ提供していないミステリをつくりあげることはできないだろうか」（H・R・F・キーティング『海外ミステリ名作100選』早川書房）と考えます（ちなみにウォーは、*They All Died Young* との出会いを生涯にわたって掛け替えのないものだと考えていたようです。なにしろ、晩年——一九九〇年頃——彼が飼っていた愛猫の名前はミスター・ボズウェルというのですから）。

閑話休題。試行錯誤を重ねた結果、彼が目をつけたのが、一九四六年十二月一日に起こって未解決となっていた〈ポーラ・ジーン・ウェルデン失踪事件〉でした。これは、ヴァーモント州ベニントン・カレッジに通うコネティカット州スタンフォード出身の大学二年生ポーラ・ジーン・ウェルデンが、大学の近くにある有名な自然歩道ロング・トレイルにハイキングに行ったまま行方不明になってしまったという事件です。何人もの目撃者がいるにもかかわらず、白昼発生した若く美しい娘の失踪事件に惹《ひ》かれたウォーは、この件を調査していた事件記者や私立探偵に対するインタビューを重ね、『失踪当時の服装は』の執筆を開始します。

そんな彼を手助けしたのが、ウォーの婚約者ダイアナ・テイラーです。当時、名門女子大《セブン・シス》学七校《ターズ》の一つであるマサチューセッツ州のスミス・カレッジに通っていた彼女の協力があったからこそ、ウォーは、マリリン・ローウェル・ミッチェルを始めとする女子大学生の生態をリアルかつ生き生きと描き出すことが出来たのです。本書の献辞《けんじ》に彼女の名前が第一に挙がっているのは、単にフィアンセだからというだけでなく、この貢献によるものでしょう。ちなみにウォーは、本書出版の前年である一九五一年にダイアナ・テイラーと結婚しています。

こうして三つの出会いを得て、一九五二年に刊行された『失踪当時の服装は』は、ミステリ評論の大御所ジュリアン・シモンズから、『ブラッディ・マーダー　探偵小説から犯罪小説への歴史』の中で、「警察小説の可能性を示すべく、ただ一冊を選ぶとすれば、当然、ヒラリー・ボールドウィン・ウォーの『失踪当時の服装は』を挙げるべきだろう」「独創性の豊かさではヒラリー・ウォーに比肩《ひけん》し得る書き手は見当たらない」と絶賛され、ウォーは〈警《ポリ》察捜査小説《ス・プロシーデュラル》〉の確立者として、その名をミステリの歴史に永久に留めることになるのです。

各種ベスト企画にも何度も顔を出していて、ジュリアン・シモンズ選'The Sunday Times 100 Best Crime Stories'（いわゆる〈サンデー・タイムズ・ベスト99〉）や先述したキーティングの『海外ミステリ名作100選』に選ばれているのを始めとして、一九九〇年に英国推理作家協会（ＣＷＡ）が実施した「ＣＷＡが選んだミステリベスト100」（「ミステリマガジン」一九九一年四月号掲載）では十二位に、一九九五年にアメリカ探偵作家クラブ（ＭＷＡ）が実施した『アメリカ探偵作家クラブが選んだミステリＢＥＳＴ100』（ジャパン・ミックス）では七十四位にランク・イン。日本でも、一九九一年に「ミステリマガジン」が行った「読者が選ぶ海外ミステリベスト100」で二十位となりました。

今回、新たな翻訳を得て鮮やかに甦《よみがえ》った〈警察捜査小説《ポリス・プロシーデユラル》〉の不朽の名作を一人でも多くの方に味わって欲しいと念じつつ、筆を措きたいと思います。

検　印
廃　止

訳者紹介　1957年，東京都に生まれる。女子美術短期大学卒。主な訳書にウォー「この町の誰かが」，ボルトン「三つの秘文字」「毒の目覚め」「緋の収穫祭」，ナイト「修道院の第二の殺人」「エジンバラの古い柩」「蒸気機関車と血染めの外套」などがある。

失踪当時の服装は

2014年11月28日　初版

著　者　ヒラリー・ウォー

訳　者　法《のり》　村《むら》　里《り》　絵《え》

発行所　(株)　東京創元社
代表者　長谷川晋一

162-0814/東京都新宿区新小川町1-5
電　話　03·3268·8231-営業部
03·3268·8204-編集部
URL　http://www.tsogen.co.jp
振　替　00160—9—1565
フォレスト・本間製本

ISBN978-4-488-15208-6　C0197